湛庐文化 Cheers Publishing
a mindstyle business
与思想有关

Hot Lights , Cold Steel

献给帕蒂，过去、现在，以及永远。

Life,

Death and Sleepless Nights

in a Surgeon's

First Years

Hot Lights , Cold Steel

Life, Death and

Sleepless Nights

in a Surgeon's

First Years

主编的话

小罗的“白大褂”与小柯的“柳叶刀”

王一方

北京大学医学部 教授

这是一位年轻医生的坦率提问：

这年头做医生，心中总是五味杂陈，坊间不断传来各种伤医、毁院的负面信息，挫折、忧伤的情绪不时袭上心头，最初憧憬的职业神圣、崇高、尊严、成就感早已被现实的洪流淹没，甚至被击碎了。未曾想到医生的职业生涯如此艰困，迷茫、苦闷缠绕心间，应该拿什么来纾解？进一步回想，我是如何踏进医学之门的？那一刻不免有些懵懵懂懂、跌跌撞撞。古往今来，不是医学世家的传习，就是亲人罹难的悲痛，或是生命奥秘的召唤，还有隐秘快乐的诱惑。我属于哪一种类型？我为什么要迈进这个充满着艰辛与快乐、苦难与风流的职业？医学真是一座神圣的殿堂吗？缘何它就神圣了？年轻医生应该如何面对职业挫折，如何渡过职业生涯的激流期？

应该感谢这位勇于思考的年轻医生，他从现实激愤中触摸到诸多医学职业的母题。譬如如何品味职业的神圣感，医疗中都有哪些隐秘的快乐，以及职业生涯中的激流（挫折）期如何渡过？唯有把这些母题都思考透彻了，才会奋力坚守这个充满艰辛与快乐、苦难与风流的岗位。

能够回应这位年轻医生诘问的智者在哪里？被你捧在手中的书里就有两位：艾伦·罗思曼（哈佛大学医学院的学生）与迈克尔·柯林斯（梅奥医疗研究中心的住院医生）。他们是同龄人，他们以平视的眼光、平实的故事给人们带来一段平静的心灵拔节，记录了他们精神海拔的缓缓提升。他们的故事涵盖了医学生、实习医生、住院医生三个时段，深度展示了一位医者成长必然要经历的两个关键时期——斜坡期和激流期的苦闷与乐观、困境与突围。

∽ ∽ ∽ ∽

《哈佛医学生的历练》是医学生罗思曼的处女作，小罗姑娘的笔下描绘了一个医学生在哈佛医学院“全人教育”背景下学业与心智共同成长的平凡故事。故事从开学伊始，校方给医学院新生授予白人褂的仪式说起，那一天她的心中充满着喜悦与忐忑、神圣与敬畏，自此她翻开了医学职业生涯的第一页。很可惜，当时她领到了一件不合身的白大褂，但这丝毫没有减损她内心的那一份对职业荣耀的眷顾，毕竟为了迈入哈佛医学院，罗思曼思恋得太久，也付出了不少。当她第一次接触临床，就感受到白大褂赋予医者的神奇权威，自己只是一位 22 岁的年轻医学生，一张稚嫩的脸，映衬着毫无临床经验的、惴惴不安的心，一旦穿上圣洁的白大褂，就可以让一位饱经风霜的 73 岁的老妪把她当作疾苦的倾诉对象，生命的拯救者。在罗思曼眼里，那件绣有深红色“哈佛医学院”字符的白大褂凝聚着信任与勇气，是医学生们陪伴病人穿越苦难与死亡峡谷的坚硬盔甲。

无疑，医学教育不只是简单的技能训练（一教一练，一教一学），不仅教授健康与疾病的形态、功能、代谢变化，打起灯笼找证据、掘地三尺做检查，像汽车 4S 店里的修车技师那样只想着“换零件”，毫无共情、敬畏与悲悯地干预身体与器官；医学是人学，是心灵、情感、意志塑造的教育与教化。

医生要在学生阶段初步完成精神发育的历程，学会如何与苦难相伴、与死神周旋、知晓技术与人性如何融通、医生与患者如何共情、如何实施关怀与抚慰。医生不仅要重视生物医学信息的汇集与数据挖掘，还十分重视患者社会心理的分析与情感的挖掘。

哈佛的培养模式分为两类，一类是科研型的（Health Science and Technology）模式，另一类则是临床型的“新路径”（New Pathway）模式。新路径改革始于1985年，开启了哈佛医学教育的新格局，罗思曼医生在1994年入学，正好赶上这场教育改革。与传统医学教育模式相比，新路径将医学生快速推向临床境遇。在技术飞速发展的当下，找回失落的那顶人文“草帽”，需要更多地补充医学人文知识与临床人文胜任力，实现技术与人性的平衡。医学生下午的课程一般都是人文、社会、公共卫生和卫生政策课题，让学生能够在更广的视野中思考医学技术与人性的平衡，培养他们强烈的职业神圣感与使命感。“问题为中心的教学”（PBL）则主要针对医学院一、二年级的基础医学模块，学生在教师的指导下进行小组式的分享与互动学习，通过阅读、提问、相互讲授，在夯实基础知识的同时，培养与学习伙伴共同研讨的习惯。以问题为中心的方法，通过分析真实病例而非背诵课本的方式让学生把握医学基础知识。它重视医患关系的探寻、演练，强调在社会文化的背景下运用现代医学。《哈佛医学生的历练》讲到一门“患者 - 医生”（Patient-doctor）的课程，贯穿了罗思曼在哈佛求学的全程，从一年级就开始了，课程包括Ⅰ、Ⅱ、Ⅲ三级。其中Ⅰ级和Ⅱ级课程侧重于病史采集与查体练习，与中国的诊断学教学颇为相似，但哈佛让学生置身于真实的临床境遇之中，融入了诸多人文关怀的原则与抚慰技术。Ⅲ级课程旨在帮助医学生掌握复杂的交往能力，包括排解忧伤、克服恐惧、告知坏消息，为日后成为真正的医生做好精神、情感上的预备。哈佛还特别强调医学生“共情”与“反思”技巧的培养，因为没有共情就没有反思，也就没有对“患者利益至上”信念的坚守。

罗思曼讲述哈佛的另一项教改也颇有创意，那就是“纵向学习”

(longitudinal study)。现代医学的专科化趋势越来越明显，医学生的学习可谓“盲人摸象”，容易“目无全牛”。在病房里实习期间，与某个病人的接触通常只有两三天或者三五个小时，看到的只是疾病的“冰山一角”。比如心肌梗塞的患者，在进行心脏造影、球囊扩张、安置支架之后，很快就出院了。而患者的社会身份、性格类型、既往病史、社会交往史、出院以后的用药、康复情况、依从性、精神状态，都在视野之外。而这些，直接决定了病人的预后和转归。哈佛的具体做法是，让医学生在一年中随诊若干典型患者，如罹患心梗、糖尿病、中风、癌症等疾病的病人，和患者以及他们的家庭医生保持联系，每月追踪病人身 - 心 - 社 - 灵四个维度的波动情况，获得完整的“疾苦”拼图。

罗思曼这样的医学生通过“患者 - 医生”这门课以及随后两年的临床跟班，都掌握了哪些独门绝技？感悟了哪些医学的真谛？修成了怎样的正果？罗思曼用她的妙笔诉说了一箩筐的故事，她要告诉后来者，其实，临床各科疾苦的征象大相径庭，住院医生的应对风格也各有迥异。最富有挑战的是急诊科与妇产科，这里不仅有技术难题，还有伦理的困境。透过这些故事，哈佛的医学生们不仅掌握了疾病征象揭示与解释的技能，还具备接纳疾苦体验倾诉与抚慰的能力，知道如何警惕并克服诊疗活动中医生的“三大自毁行为”：冷漠、傲慢、贪欲（奥斯勒称其为“三宗罪”，但一些医者常常在内心为自我辩护，做各种合理化论证）。他们也知道如何面对患者疾苦时应激的“三大躁乱行为”，即盲目、偏见、戾气（在当下中国，医患纠纷常常发端于此，只因社会缺乏系统的疾苦与死亡教育，事发现场缺少真诚引导与理性解释），他们完成了技术 - 人性双轨认知，培育并夯实了共情能力、关怀能力、反思能力、纠错能力。就罗思曼而言，4 年的哈佛学习生活不仅修成了学业优异的正果，还收获了与同学卡洛斯的爱情，毕业后双双去了印第安保留地行医。

∽ ∽ ∽ ∽

《梅奥住院医生成长手记》出自住院医生柯林斯之手，小柯原本是一位蓝领人士，开过出租车，做过建筑工人，因仰慕医生职业的高贵与神圣，重回校园完成大学学业，大学毕业之后幸运地考入芝加哥的洛约拉大学（Loyola University Chicago），经过4年寒窗苦读，终于获得医学职业的入场券，然而，一场住院医生的入职面试，整得他灰头土脸。他在大学期间没有发表过论文，没有做过专门的骨科训练，对专科缩略语一无所知，差一点被梅奥的面试专家淘汰出局，好在他的灵机应变与谦卑好学的姿态得到了梅奥医疗研究中心主管的青睐，他侥幸过关，成为了全美排名前三的梅奥医疗研究中心的住院医生，两年后晋升为高级住院医生。由此可知，美国医生在人们心中的神圣感首先是众多的高门槛（入学，入职，专科资格，晋升等）堆砌起来的。

柯林斯在梅奥担任住院医生的前几周里，除了辛苦与紧张之外，最大的震撼是医学的不确定性，即使大专家也未能超越，也会有各种差错发生。他在跟随被称为“全能先生”的考文垂教授做髋关节置换手术的过程中，发现一位病人没做手术的髋部也有金属丝缠绕，原来，一年前，考文垂教授没有复核住院医生的手术标记，将患者健侧的髋关节外包韧带打开了，虽然及时纠正，还是留下了修复的印记。考文垂教授后来通过诚实的沟通与良好的照顾得到了患者原谅，但他总是用这件事来教育学生，警示自己。

让柯林斯困顿的还有住院医生微薄的薪酬。美国医生的高薪是全世界医生所羡慕的，但是住院医生却只有每小时2.5美元的收入，这对于已经成家，并育有两个孩子的柯林斯来说是实实在在的窘迫。为了节约开支，他只能购买二手车代步，而且还只能选择行驶了25万公里以上的旧车，以至于二手车行的老板甚至怀疑他的医生身份。为了补贴家用，柯林斯还必须同时兼职挣几份工资，这使得他疲于奔波，却也让他从不同层级医院的临床病例中相互借鉴（专科思维与全科思维互补，应急处置与慢性病管理能力兼备），获得更丰富的临床体验，并在短期内脱颖而出，两年后升任高级住院医生，不过，家庭接二连三地添丁使得他的财务状况一直处于入不敷出的状态，在三年住院医生生涯结束时不得不选择离开著名的梅奥医疗研究中心（梅奥的薪资并不是最优渥的），就在离开梅奥返回家乡芝加哥履新时，一件更“囧”的奇境发生了，他无力全额支付搬家公司的费用，只能先付 1/3，然后只身赴任，请求新医院提前预支一次周工资才把剩余的搬家费结清，这一窘迫的情形让许多中国医生读者常常感到不可思议。其实，这些真实的生活境遇恰恰是一个美国青年医生跨越职业生涯激流期的真实写照。

∽ ∽ ∽ ∽

印证罗思曼与柯林斯所述经历的中国伙伴是协和医院神经外科的年轻大夫杨远帆，杨远帆在忆及哈佛大学医学院、麻省总医院的岁月时这样写道：医生可以说是美国社会中“勤奋”“博学”“有社会责任感”等美好词汇的代言人，但是看一眼美国青年医生所付出的时间与热情，就知道这样的尊敬来之不易。住院医生必须每天在凌晨 3 点半起床，搭波士顿早晨的第一班公交车（出门的时候地铁还没发第一班次，必须搭汽车），再转两次地铁，才能最早到达医院。早晨 4 点多的第一班公交上，绝大多数人都是医院的外科大夫或者实习医生，到了麻省总医院几乎都会下车，而且很多医生在路上直接穿着刷手服，所以公交上目之所及是一片浅蓝，这趟车也被人称为“波士顿医生专车”，每次早查房时病人们感叹医生来得好早，他们常笑笑说：“We are on a different cycle!”（我们处在不同的时区！）白天医院外科的手术量很大，有的主治医生一个人甚至要排六七台手术，这就需要强有力的住院医生来协助完成主要的操作，主治医生在一旁指导和教学。没有这些经验丰富、吃苦耐劳的住院医生，他们不可能完成如此大的手术量。我们可以这样揣摩美国年轻医生的心思，他们艰辛付出的“盼头”是有朝一日跻身于高薪阶层——美国住院医生若能熬过 resident（实习医生）和 fellow（住院医生）做到 attending（主治医生）就会有一份好收入。或许是“先苦后甜”模式激发了他们的奋斗，但认可并接纳职业生涯的激流险滩期才是最重要的。就搏击职业生涯激流的勇气而言，小杨大夫最深的感触是：“我们真的没有他们（美国医生）那么努力”。

面对中国当下“病人看病真难，医生看病真累”的转型期困惑（国人步入小康社会后，对健康的关注更多，希冀更高）与医改难题（求医不甘，死不瞑目），应引导病人科学就医、分层就诊，劝导他们克制做“三好病人”（上最好的医院，看最好的医生，吃最好的药）的欲念。不必盲目涌到大医院看病，还是应强化基层服务能力，扩大危急症、疑难病的诊疗平台，增加医生的数量，减轻医生的劳动强度。这些都是改革的可选项，但都不可能改变医学扶危济困的社会服务（非常态）定位，也无法彻底改变稀缺的医疗资源（专家门诊、检诊、专科病床）与突发危急症、夜间救助等的矛盾与压力，医学界还是需要一种坚韧的奋斗精神与慈悲的大爱情怀作为信念来支撑。有了信念的点金石，苦与累就会升华为坚毅、韧性与纯粹，而不是滑向怨（牢骚）、混（资历）、熬（年头）、捞（实惠），才能让内心归于平静。

无疑，医学从古希腊医圣手中的蛇与杖，到现代医生身上的白大褂、手中的听诊器、柳叶刀，充满各种仪器的检验大楼，变得越来越物化，而且越来越期许靠物质去填平物欲，轻慢甚至否定职业精神的启迪与启航作用，这才使得如何渡过职业生涯“激流期”成为一个严重的身心困境。然而，现代性的可怕魔咒是“物欲沟壑，越填越深”“物欲越甚，灵魂越空虚”，因此，灵魂的不安与躁乱，才是职业生涯“激流期”最难战胜的江心漩涡。

夜深人静之时，每一位年轻医生都应该认真地问问自己：当初，我们为何选择医学？今天，我们应该如何做医生？未来，我们有怎样的职业前景？一位终日帮助他人直面苦难、穿越苦难、超越苦难的人，自己应该如何直面苦难、穿越苦难、超越苦难？我们还愿意为坚守初心再打拼一程吗？还愿意为明日霞光再爬涉一段长坡吗？想明白了，心里也许会好受些。

王一方

医学人文学者，北京大学医学人文研究院教授，北京大学科学史与科学哲学中心研究员。为北京大学医学部博士生、硕士生主讲医学哲学、医学思想史、健康传播、生死观等课程。

Hot Lights , Cold Steel

Life, Death and

Sleepless Nights

in a Surgeon's

First Years

中文版序

做医生，我不悔

值此中文版《梅奥住院医生成长手记》出版之际，我深表荣幸，并希望与每一位读者分享我生命里的一个重要篇章。

早在立志成为医生以前，我就渴望能成为一名作家。就在经历那一段喧嚣骚动、紧张得让人透不过气的住院医生岁月时，我意识到，这将是一段值得书写的人生。由于严重缺少睡眠，我预见到自己将不会总能清楚地记得周遭发生的一切，于是我竭力挤出时间来记录点滴感受与经历，有时是在手术前后，有时是在急诊室，还有时是深夜在兼职的医院里。直到现在，某个角落的箱子里还存有那些字迹潦草的记录。

结束了住院医生生涯，我又忙于养家糊口和新的工作，留给写作的时间就所剩无几了，这些笔记便静静地躺在地下室的某个抽屉里，直到 15 年后的一天，我终于决定要书写这段人生历程。促使我下定决心的因素之一是我偶然看到的一项调查，这项调查意在评估医生们对自己职业选择的满意度。其中一个问题是问执业医生是否愿意让自己的孩子继承衣钵，其中超过 50% 的被调查者不鼓励孩子成为医生。

面对这样的结果，我深表遗憾。如此多的同仁并不像我，他们没有感受到医疗事业的高尚与价值。我不得不认为他们已迷失了方向。当然，当前医生们遇到的挫折比我扔掉铁锹、决定做大夫的那个时候多了不少。医疗事故、费用偿还、公文，还有让我们逐渐屈服的保险业，这些都是要考量的因素，但它们并不能抹掉这样一个事实：作为医生，我们很荣幸地接受了专业教育，也有能力帮助那些被病痛折磨的人们。虽然医疗的很多方面都已经改变，但不变的是基本的医生与病人的关系。作为医生的你，仍然要打开那扇门，坐下来，与病人沟通，为病人做检查，希望能够缓解他们的痛苦。除了本职工作之外，我们还需要从一份职业中得到什么呢?

正如你接下来在书中要看到的那样，我成为骨科医生的道路并不平坦，不但工作辛苦，而且还需要长时间劳作。不过，我并没有尝试淡化医生工作的辛苦，而是希望当今的年轻人从我这段疯狂、繁杂的经历中感受到：当医生真有意思！今天，当我回首这段岁月时，心中不是庆幸它早已结束，也不是憎恨它让我如此辛苦，而是一种怀旧的喜悦：那个时候的我正奔跑在这条荣光大路上，沿着救死扶伤的传统前行。我的妻子，在那段日子里付出许多，也牺牲了许多，她和我的感慨相同，我们都认为那是生命中最美好的一段时光。

现在的年轻人总是误认为成功即意味着不再需要紧张工作。他们被告知工作是讨厌的，一定要能避免就避免。我在从医的道路上获得了满足与喜悦，也鼓励年轻人这样想，从事一项高尚的工作会让人感受到自我的价值。我不会说我喜欢在我当住院医生时那些不眠的夜晚和长时间的劳作，但我会说那是必要的过程。我想成为骨科大夫，所以我需要这些辛苦和磨难，它们会在我职业生涯初期训练我，使我习惯作为一个骨科大夫必然会遇到的艰苦。

回首过往，让我惊讶的是我竟然热爱这段经历，也痴迷于帮助被病痛折磨的人们之后的那种神奇的满足感。能够逐渐练就原本复杂、困难的技能并能用之来帮助别人的感觉是多么的美妙！因此，对那些考虑选择从事医疗事业的每个人，我会说：在成为医生的道路上，你会遇到一些糟糕的事情，你的身心也会备受折磨，但在最后，它值得！所有的都值得！

Hot Lights , Cold Steel

Life, Death and

Sleepless Nights

in a Surgeon's

First Years

楔子

圣·玛丽医院急诊室

明尼苏达州 罗切斯特市 梅奥医疗研究中心

第 4 年　6 月

急诊室的门“砰”地被撞开，急救护士们推着病人鱼贯而入。我在旁边跟着一路小跑，冲进了外伤第一诊室。

“男孩，14 岁，拖拉机碾伤！”急救护士汇报，“我们到时还有意识，高压 100、低压 60。右腿完了——开放性骨折，全身都是泥！”

“名字？”我问。

“约翰逊。肯尼·约翰逊。”

“挺住！肯尼！”我对这个不省人事的男孩耳语。

掀起盖住男孩下肢的床单，一股浓厚刺鼻的粪便恶臭味扑鼻而来。腿已经面目全非，偏向一边。参差不齐的胫骨一头已经戳破满是泥巴的牛仔裤。身下的血形成了一汪小塘，浸红了下面的床单。

想知道非盈利医院如何成长为全球顶级医院吗?
扫码查看梅奥享誉盛名的原因。

Hot Lights , Cold Steel

Life, Death and Sleepless Nights in a Surgeon's First Years

目录

第 1 年 菜鸟出诊

我和我的同事们在目睹了数不清的枪伤、截肢、车祸还有死亡后，还怎么去微笑、怎么在休息日修剪草坪、怎么去与孩子嬉戏？我知道我们不会赢得每一次战斗，然而我还是停留在想打赢每一场仗的思想层面上。

第 2 年

累得像狗

我警告自己："要像个医生，别像个法官。难道医生只对聪明的病人负责吗？"然而当悲剧发生时，你，相信能改变事件进程的你，质问自己为什么不能阻止它。可这并不是选择题，而是客观事实，在等待入睡时，记忆的魔鬼会蜂拥而来，骚扰你渐渐失去的意识。

第3年

完美出师

第一次独自完成手术后，我感到自信在胸中升腾，有一种多年的苦役终于得到回报的感觉。然而死亡、痛苦、失败统统都是敌人，即使我做了所有对的事情，它们仍然会胜出，因为它们不按常理出牌。最后我终于意识到：有一些问题是永远没有答案的。

第 4 年

各奔东西

我开始思考人生在过去这 4 年里的转变，忽然发现那些漫长的工作、微薄的薪水、漫长的学习、辛苦兼职以及值班的日日夜夜—— 一切都值了。能猛然发现人生并不都充满苦痛与磨难的感觉真美妙。

HOT LIGHTS , COLD STEEL

Life, Death

and Sleepless Nights

in a Surgeon's

First Years

第 1 年

菜鸟出诊

我和我的同事们在目睹了数不清的枪伤、截肢、车祸还有死亡后，还怎么去微笑、怎么在休息日修剪草坪、怎么去与孩子嬉戏？我知道我们不会赢得每一次战斗，然而我还是停留在想打赢每一场仗的思想层面上。

HOT LIGHTS , COLD STEEL

Life, Death

and Sleepless Nights

in a Surgeon's

First Years

呆瓜手术刀

4 年前的 7 月

一个闷热难耐的周五下午，我们聚在梅奥医疗研究中心 14 楼的一间小屋子里，准备参加岗前会议。再过一天，我们这些人就要正式成为住院医生了。挤在这间小屋里的人中有 15 位聪明绝顶的骨科医生，这是他们工作的第一年。还有我——29 岁，曾经的出租车司机、建筑工人，一个对医学怀有极大的梦想与热情却没有足够证书证明自己能力的我。

我们开始轮流做自我介绍，有人来自大学优秀生联谊会，有人则是阿尔法·奥米伽[①]的成员。梅奥医疗研究中心（后文简称“梅奥”）在世界上享有很高的声誉。我不禁开始怀疑自己到底是干什么来了。我就是那个急躁、不讨人喜欢的家伙，是一个迷恋着手术刀的“呆瓜”。

其他所有人早在医学院的时候就已经实习过好几轮了，其中大部分人还在之前花过无数个不眠之夜来写论文、做关于骨科的研究。可我呢，当我在

① 美国的一个名誉医学会。——译者注

医学院学习的时候，晚上会去货车停车场工作。我既没有搞过研究也没写过论文，并且仅仅只有过一次实习经历。我没有接触过成人外科手术的世界，而成人外科手术又恰恰占了梅奥骨科工作的相当一部分。

在介绍完规则后，一个身材高大、厚嘴唇、头发灰色还带着卷儿的男人笨拙地走到了台前，自我介绍说是部门主管约翰·哈丁医生。他首先对我们的加入表示欢迎，接着简要地介绍了梅奥骨科的历史，追溯了一大圈名人，并表示我们现在从事骨科医疗工作是非常幸运的，因为科技已经有很大的进步了。

哈丁医生讲完后，一个小个子男人凑近话筒，这人满脸皱纹、镜片很厚。等到屋子里安静下来，他才开始介绍自己："我是本杰明·伯克医生，住院部主任。"他也说了一些欢迎的话，然后就开始讲述我们这个职业的神圣性，警示我们前面的路还很漫长，但又可以拥有强烈的满足感。"你们要在这里待上 4 年，前两年是初级住院医生，后两年是高级住院医生。倘若你够努力、技艺也够精湛，那么在最后一年，我们或许会考虑让你来做住院总医生。"在末尾，他说："这儿就是梅奥。病人带着期盼来到这儿，希望从这里得到帮助，而我们也希望你们每个人都竭尽全力。"

最后，伯克先生的助理——维欧拉·霍普金斯向我们介绍第一年的任务："梅奥下属有两个医院，你们都需要在这两所医院里工作。但是在第一年，你们中的 12 人会去圣·玛丽医院，另外 4 人会去罗切斯特卫理会医院。"她还说期待再次见到我们，祝福我们都有一个"愉悦幸福的梅奥 4 年"。

接下来，我撕开了属于我的那个小盒。在"罗切斯特卫理会医院"的题头下，写着 4 个名字：

比尔·查普林

迈克尔·柯林斯

杰克·曼宁

弗兰克·威尔士

当我们从这间屋子四散而出的时候，一只手拍了拍我的肩膀。

“迈克尔·柯林斯？”

“嗯。”我应了一声，转过身来。

一个矮胖、满脸雀斑、长着一头桀骜不驯的红头发的男人伸出手来。“比尔·查普林，”他说，“我想我们会是一个战壕里的了。”

握手的时候比尔问：“你见过其他两位战友了吗？”他指了指身后。

一个看起来很友好，长着浓密褐色胡子、扎着蝶形领结的男人双手握住了我的手。“弗兰克·威尔士，见到你真高兴！”这就是弗兰克。后来的接触让我觉得，这个来自怀俄明州农场的小子有着灿烂的笑容和宽广的心胸。我都分不清他乡村式的滑稽有几分是故意装的、几分又是与生俱来的。

“我是杰克·曼宁。”一个高个子、有着运动员般健壮身材的男人说道。他戴着一副圆圆的眼镜，额头有些秃。我与杰克握了手。接着他问我从哪里来。

“芝加哥西区，你呢？”我说。

“盛产玉米的地方——得梅因，艾奥瓦州。”

我转向弗兰克·威尔士。“弗兰克，你呢？”

“我从上帝的领土来——”

“你也是从芝加哥来的？”

“芝加哥？哈哈，小子，是怀俄明，那里是麋鹿之乡、野牛之地。那山远得眼睛都望不到边儿。哈，在芝加哥可没有这样的好地方。”

我说确实没有，不过我们有大个儿的耗子和蟑螂。

在梅奥，每位大夫名下都有一定数量的病人。初级与高级住院医生会被分配给各个大夫。当我发现自己被委派给了哈丁医生的时候都傻了。

哼，太好不过啦，这正是我所要的：让部门主管亲自发现他雇了一个什么样的蠢货。我仿佛在脑海中看到了第二天哈丁医生考问我的样子。

“柯林斯医生，您都做过哪些研究？”

“研究嘛，啊，嗯，确切地说，我还没有……”

“那论文呢？写过什么东西吗？”

“论文？我写过东西吗？嗯，好像没有。我是说，啊，没有写过很多。嗯，这一点儿那一点儿的。也没有什么重要的东西。当然了，我还是很想写啦。想写很多。我有很多想法，正在……”这个时候，我就会搪塞说很快就会把写的东西给他过目。

非常幸运的是，哈丁医生——抑或是大约翰（住院医生们都这样叫他），在第二天早上根本就没理我。在草草地与我们握了手后，他就将精力放在了另一位高级住院医生——阿特·海斯垂身上。阿特引导我们去病房巡查病人。在梅奥，这样的巡查一天两次。除了星期天之外的每个早上，主治医师都要带领住院医生进行查房，而住院医生则在每天下午自行查房——包括周日早上。

当我们站在一号病人门外的时候，阿特对哈丁医生简要介绍说：“TKA[①]，第二天。引流管拔出。今天下床。状态还好。”显然，哈丁医生知道这些话是什么意思，因为他点了点头，进了屋。我呢，则忙不迭跟了进去，一边还在琢磨 TKA 是个什么玩意儿。

我缩在后面一言不发，整个上午的查房都是这样。只有这样，我的无知才不会被发现。当查房结束的时候，我是一个表面还清醒着但其实已经被吓蒙了的年轻人。真的要补课充电了。

可更糟糕的是，周六上午有组会。伯克医生提醒过我们，这样的组会是必须参加的。我磨磨蹭蹭地进了会议室，发现会议才刚刚开始，一位高级住院医生正在讲解病例。看到他自信满满，医学术语随口就来，令我由衷地产生了敬畏。

“这是一个 52 岁的农民。30 年前做过半月板切除术，术后恢复良好。最近 10 年关节变形。考文垂医生已经在上周三为其做了 UTO[②]。”

我满头雾水地坐在那里，对自己是梅奥最无知的骨科住院医生的事实心知肚明。于是我奋笔疾书，记录：“UTO？”“检查约翰·斯文森的 X 光结果。”

① TKA，total knee arthroplasty，全膝关节成形术。——译者注
② UTO，upper tibial osteotomy，胫骨前端切除术。——译者注

对于这样的会议，我在医学院里已经是司空见惯。通常是实例讲解在先，然后一些倒霉的初级住院医生就会被叫起来回答那些复杂的问题。他们中很大一部分自然是答不上来的，结结巴巴或者是不知所云。随后，高级住院医生或者主治医师就会给出正确的答案。在这种情况下，难倒初级住院医生被认为是件好事儿，因为可以激励其更加努力地学习。

可我呢，完全不在调上。虽然我在医学院的时候成绩非常好，但是我极少接触骨科。看到住院医生同僚们的资历后，我意识到自己缺少的不仅仅是经验。在他们面前，我简直是个骨科大白痴，倘若有人叫我回答问题，那么恐怕他们都会替我感到羞愧。一想到我还是他们当中的一员，整个部门的大夫没准儿就会疯掉。

当坐在我后面的杰克·曼宁向前凑过来问我见习过多少 UTO 的时候，我不得不假装没听到。他还不如问我坐过多少次 UFO 呢！至少我还知道 UFO 是个什么东西。

那个早上，若是比谁缩在椅子里更深的话，那么没人能赢得过我了。会议结束的时候，我脑袋都滑到椅子背下边去了，以至于被杰克取笑说我这个软骨头都快化了。化就化吧，幸运的是我还没有被点名回答问题，因此我的小秘密还可以保存一个礼拜。

会议结束了，直到我低着头蹭出了会议室，心里也还在哆嗦，生怕谁会把我叫回去问我：什么情况下更适于采用半侧的关节成形术，而不是整个肩部置换术？那样的话，我宁可趴到地上，让他们杀了我，至少这样还可以减轻点痛苦。

在短短的 24 小时之内，我已经从成为梅奥的骨科住院医生的兴奋中清醒过来，意识到自己不过是个假冒伪劣产品，这感觉真是痛苦。把我放在这儿都算是玷污了这些优秀的大夫们。一旦我的无知被发现了，他们准得命令我立即向住院医生项目主任汇报。接着，我就会被塞进昏暗的图书室，对着堆满了古老的、皮面的、褪了色的医学条款的樱木书架。再接着，从阴暗中走来了冷静的伯克医生，他会递给我一个精雕细琢的木盒子，并说：“来吧，打开它。”

于是我掀起盖子，发现一把30厘米长、把手上镶着珍珠的匕首静静地躺在小巧的缎子垫上，刀刃闪着凛凛寒光。

为了整个住院医生项目，为了梅奥，为了曾经拿起手术刀的每一位大夫，我一定要“做一次正确的事情”。当然了，伯克医生不可能作出任何许诺，但如果我“做了”，如果我还有“团队意识”，那么我就会在尸体实验室里坐上“头把交椅”的。

∽ ∽ ∽ ∽

回到休息室，我开始抄写哈丁医生名下病人的名单，计划着等有时间一个一个调出他们的检查报告看。刚抄完，阿特·海斯垂就进来了。

“迈克[①]！”他拍拍我，“周末我去双子城，你帮我代班吧。今天下午走之前我会查房，明天早上就拜托你啦！”他看到我很惊恐，继续说道：“别担心啦，如果遇到什么问题，就找高级住院医生，他们会帮你的。”

说完，他把传呼机递给我，笑着说：“就这么说定啦！”然后就晃晃悠悠地走了出去。

我一下子愣在了那儿有好几秒，手保持着微微张开的状态，眼睛死死地盯着手中的传呼机。这个吓人的东西。我小心翼翼地将传呼机别在腰间，仿佛那是一小瓶随时会爆炸的硝化甘油。一想到护士随时会通过它呼叫我，我就毛骨悚然。

接下来的一整天，我都在看检查报告。一边看报告上的信息，一边在卡片上做记录。然而，也有一些术语让我抓破了头皮也不知其所然。我的确可以问护士，但接下来她们就会把我扔出门去，谁让我什么都不知道呢！

6点，我已经开车回到在罗切斯特郊区的家中了。妻子帕蒂在后门迎接了我。她用双臂搂着我的脖子，问：“我们骨科大夫的第一天过得怎么样？”

① “迈克”是作者名字“迈克尔”的昵称。——译者注

我好像被蜇了一下。把我称作是骨科大夫可真算是异想天开了，连医学系的学生知道的骨科知识都比我多。可我只是亲了亲帕蒂，含糊地说：“还不错。”

“那干吗苦着个脸？做了什么傻事了？难不成切错腿啦？”

“亲爱的，我感觉我是个傻瓜，连骨科的基础知识都不知道。”

帕蒂用手背摩挲着我的脸颊说：“正因为如此，才需要住院医生啊！”

∽　∽　∽　∽

那个晚上，有3年住院医生资历的约翰·斯蒂文森举行派对。他很贴心地邀请了我们这些初来乍到的菜鸟们。于是，我和帕蒂将两岁大的女儿艾琳交给保姆照顾，于8点抵达了斯蒂文森的公寓。

帕蒂和我在屋子里闲逛，不时听到有关肌肉干细胞、肩胛下肌关节囊成形手术以及抗心磷脂的讨论。我真希望有人能谈点别的，那样至少我还能插上话儿。

我在厨房里找到了比尔、弗兰克和杰克。他们举杯示意后，开始向彼此介绍自己的妻子。

正当我们把酒言欢时，我的传呼机响了，我吓得差点儿把碗扔在地上。是卫理会医院的骨科打来的，我担心的事情还是发生了！电话一通，就马上有人告诉我赶紧到卫理会医院，有急诊需要处理。我当然不知道该怎么处理了。

我在卧室门边找到了电话，拨了过去。“您好，我是柯林斯医生。”

“柯林斯医生？”对方很困惑，“我要找的是海斯垂医生。”

“今晚我替他当班。我今天才开始上班，我是初级住院医生。”

“哦，好吧，”对方在电话中说，“我是安·齐沃斯，照顾韦尔特舍尔太太的护士。我们能扶她起来吗？”

听到这儿，我在脑海中疯狂地搜寻着。韦尔特舍尔太太……好像有一点印象。我顿了顿，最后终于咕哝道："韦尔特舍尔太太？"

"是的，韦尔特舍尔太太，在7214病房。3天前刚做TKA。"

我惊恐地琢磨：TKA？啊，想起来啦，全膝关节成形术。

虽然我现在知道了它是什么玩意儿，可是关于能不能把她扶起来，我可是一点儿都不知道。这个韦尔特舍尔太太没准儿是哪个国家总统的老婆呢。要是说错了怎么办？我仿佛看见明天的罗切斯特新闻快报的大标题写着：

由于蠢蛋初级住院医生错误地允许韦尔特舍尔太太在术后3天行走，导致腿断！

那我可完蛋了。我在梅奥的工作会仅仅持续一天——虽然按规定，我这不着调的医生还要待上4年呢。

我沉默了许久。护士终于开口了："喂？您还在听吗？"

"啊，我在。"

"那么，我们能扶她下床吗？"

再考虑也没有用，因为我压根儿就不知道答案。于是，我做了所能做到的最机灵的事儿——博取护士的同情。

"你瞧，安，我是新手。说实话，我不知道。你们通常是怎样做的？"

属于她的时刻到了。或许平日里她不被那些自大的外科医生放在眼里，这下，她可找到撒气筒了。

电话这边，我在等着。我们沉默了一会儿后，她肯定是可怜我，因为她没有把我当成撒气筒，而是慷慨地帮助了我——这不是护士第一次帮我，也不会是最后一次。

"通常情况下，我们会让病人起来。她术后恢复得很好。我想可能是海斯垂医生忘了和我们说了。"

"好的，那就好。你们让她起来吧。"

“谢谢您，医生。”

我长出了一口气：“安，这次算我欠你的。”

放下电话，我解脱了。第一天就这样过去了。我感谢了约翰的邀请，然后和帕蒂回到了家。我真想好好睡上一觉。明早还要去检查哈丁医生的每一个病人——独自去。

HOT LIGHTS , COLD STEEL

Life, Death

and Sleepless Nights

in a Surgeon's

First Years

查房

上班第二天

菜鸟出场的时刻终于到了——查房的任务只能落在我这个最菜鸟级的新手身上了。

我们负责 15 个病人，他们大多数都接受了我还从未亲眼见过的髋部或膝部的重置手术。我只要不犯什么大错就谢天谢地了。于是我决定早点去——趁着病人还没太睡醒、懒得回答我问题的时候。此刻，我非常害怕有人会问我："大夫，做完这个髋部（或膝盖、肩部）手术，我什么时候才能重新跳舞（或开车或做运动）？"

我当然不能搪塞说："放过我吧！"我应该回答说："哦，若想在髋部替换手术后活动，那么还要取决于许多因素。"接着，我应该摸摸下巴，慢慢悠悠地在他床尾踱来踱去，"要考虑到神经系统的工作情况，还要考虑到金属替代物之间的摩擦——更不用说润滑剂特殊重力问题。这些都是很复杂的。我会请哈丁医生周一早上给你详细解答。"

当我将车驶入卫理会医院西端的停车场时，时钟显示为 4 点 57 分。我从后门进入的时候，保安正在看杂志。见我进来，他从桌子上抬起头，问："有急事儿吗，大夫？"

"啊，"这个时候最好顺水推舟，"是，有急事儿。"确实是的。如果今天早上过不了关，我就等着被炒鱿鱼吧。那样的话，对我来说，还真是个急事儿。

走进医生休息室，我竟然找不到电脑中的名单。后来我才知道，每天早上的名单是在 6 点半的时候才打印出来。现在我手上的是昨天的名单。可倘若哪个外交官或是重要人物昨晚突然住院怎么办？要是晚些时候哈丁医生在听音乐会或打高尔夫时，他突然打电话过去，质问为什么没人来处理他胫骨上的霉菌，又该怎么办？

我缓缓走向骨科办公室。幽暗的走廊里回响着我的脚步声。进来后，我从架子上试图抽出表格。护士看见了，问我："大夫，有什么事儿吗？"

"哦，没有。我正要去查房。"

"查房？ 5 点 10 分就去？"

"我想早点儿开始。"

她摇了摇头，继续整理表格。

∽ ∽ ∽ ∽

走到第一位病人的房间门前，我足足站了有几分钟，同时在谨慎地翻阅表格、浏览机器数据、了解重要的生命迹象情况和恢复情况，以及查看治疗记录。终于，我缓缓地深呼吸，走了进去。

"瑞德克里夫先生？"

没人回答。

我又大声叫了一次，"瑞德克里夫先生？"

最后我走了过去，摇了摇病人的前臂，喊道："瑞德克里夫先生！"

"嗯？"

“你好，瑞德克里夫先生。我是柯林斯医生。”

“谁？”

“柯林斯医生。记得吗？哈丁医生带的住院医生之一。”

“啊，想起来了。柯林斯医生，有什么事儿吗？”

“没事，先生。就是来例行检查。介意我看一下您的刀口吗？”

就这样，我摧残了一个又一个睡眼蒙眬的病人，完成着哈丁医生给的任务（“明早给她引流。”“给他换衣服。”“给他打石膏。”）。一切都很顺利，直到进了拉维尼亚·奥伦巴姆的房间。奥伦巴姆夫人82岁，曾是拜伦医院的护士。她滑入了浴缸导致髋部骨折。哈丁医生于4天前给她做了手术。

我进来的时候，她正坐在床上扯着毯子。

“早上好，奥伦巴姆夫人。我是……”

“你这个坏家伙，撒谎精！”

我吓了一跳，感觉肚子仿佛被狠狠地打了一下。“奥伦巴姆夫人，如果我做了什么对不起您的……”

“你什么都做啦！你和他们。你们这是密尔沃基最烂的酒店。我再也不来了。”

密尔沃基最烂的酒店？噢，我明白了。关于她骂我是撒谎精的事儿，我没必要放在心上。我笑了笑，以示安抚。然后检查了她的刀口。小心地掀开病号服的衣角并轻轻拉向后面，我看到刀口愈合得不错。

奥伦巴姆夫人突然打了我的手一下，愤愤地说：“你想干什么？你这小子！”

“不好意思，奥伦巴姆夫人。刚才我是在检查您的刀口。”

“变态！你这个变态！”她开始用力地用左手挥向我。在她的扭动下，点滴架开始摇晃起来。

“奥伦巴姆夫人，不要这样。我是您的医生之一。”

“你这个肮脏的流氓！”

我不得不一边后退一边向她挥手示意不要说了。她喊得那么大声，整个楼层的人一定都知道了哈丁医生带的医生是个肮脏的变态。“嘘！奥伦巴姆夫人，您不要这样……”往后退的时候，我撞到了正在进来查看事情状况的护士身上。

“哎呀，您可把我们的丽维惹怒了。”她说。

我无辜地高举双手说：“我只是想检查她的刀口而已。”我在心里祈祷护士可别已经打电话给警察或是反恐特警队，让他们来抓猥亵 7203 号房老太太的神经病。于是几个一百多公斤的长着坚硬二头肌的大汉，头上罩着黑袜子，从楼顶天台拉绳子下来，用机枪瞄准我，大喝一声：“别动！蠢货！”然后，我将在奥姆斯特德监狱的性犯罪科度过在梅奥的第二日。

“放轻松，”护士说，“丽维今儿早上有点儿糊涂。一个小时前，她拔掉了点滴。我重新给她扎上的时候，她还想咬我来着。”

当我从病房走出去的时候，奥伦巴姆夫人还在紧紧地抓着被单盯着我。只剩下两个病人了。他们会怎么看我呢？一切都是我的想象，还是他们确实认为我很好笑？

7 点半的时候，我回到了医生休息室，查看哈丁医生的新名单。谢天谢地，昨晚没有外交官或是其他重要人物住进来。约翰·斯蒂文森正在从打印机里拉出他的病人名单。从穿着上看，他有一点儿憔悴。我对昨晚的派对表示了感谢，说玩得很尽兴。

“要去查房吗？”他问。

“刚弄完。”

“完啦？几点开始的，6 点？”

“不，5 点。”

“你傻了吧！谁会在周日 5 点就开始巡查啊。”

当我告诉他这么早干活的原因时，他表示理解地点点头。

“听着，”他说，“你会干好的。别担心，骨科可不像‘跳蚤’。不是每个人每时每刻都要刁难你。”

“跳蚤”是我们讽刺内科医生时说的。外科医生常嘲讽内科医生像跳蚤，到哪里都是一大群，忙忙碌碌却不见干了什么。看他们高人一等的神情就让人厌烦。

“不管怎么说，没人指望初级住院医生会有什么大建树，”约翰继续说道，“做好让你做的就行了。准备好参加每次手术，还有认真阅读手头的病例。”

谢过他之后我回了家，感觉更糟了。“准备好参加每次手术”什么意思？难道要我学习如何进行一次人工全膝关节置换术？我还没有见过这种手术呢！

我撕开新买的坎贝尔的《骨科手术学》的包装纸，开始认真研读关于髋骨与全膝关节置换术的部分。可事实证明我被打败了。每读一句，我就会发现一个新词，于是就开始查字典，可是字典给出的解释中又有新的词。接着查下去的时候，我都忘了最开始要查的那个词是什么了。

∽ ∽ ∽ ∽

“嗨，事情办得怎样？”周一早上，阿特问我。

“哦，还好，”我把传呼机递给他，“没问题。有几个病人的伤口还在渗血，但整体上说，大家都还好。”

是的，“大家”可不包括我。刚刚过去的 48 小时对我来说就是地狱。

这，难道就是我在未来 4 年要面对的生活吗？

HOT LIGHTS , COLD STEEL

Life, Death

and Sleepless Nights

in a Surgeon's

First Years

全膝关节置换术

7 月

勉强熬过了第一个周末，我重新捡回了一些自信。随着时间的流逝，我与阿特逐渐亲近起来。每天早晨，我们一起在医院楼下的咖啡厅里吃早餐。医院规定，只有前一夜值班或者是在清早 6 点钟之前就开始工作的医生才有资格享受免费的早餐。然而，在第一天付账的时候，阿特看到我在找钱包就大声说道："去他的吧！当你和我们一样玩命工作的时候，早餐就该免费！"

早餐通常是"阿特时间"，他会炫耀最近的猎艳经历。他是一个俊朗、机敏的人，具有和运动员一样的身材。他不但是个"女性杀手"，也是梅奥的传奇人物，身边总是不乏美女。虽然他的医疗专业技术不错，但总是马马虎虎，喜欢到处宣扬自己的兴趣在于解剖而不是骨科。

我和阿特将史密斯夫人扶上手术台。麻醉师将她麻醉后，我们用止血带将她大腿的上部勒住，盖好无菌单，然后去叫哈丁医生。这期间我非常兴奋，因为这将会是我看到的第一个人工全膝关节置换术。

大约翰（哈丁医生）从员工休息厅出来，匆匆地挤了进来，两手一拍，走向手术台。他用大手抬起病人的膝盖反复弯折了几次，触诊了两个膝盖后，伸出手说："手术刀！"

旁边的护士将手术刀递到他手中。在我还没来得及反应是怎么一回事的时候，大约翰切开了史密斯夫人膝盖的前部，脂肪层随即向两侧摊开。虽然绑有止血带，但血还是从四处渗了出来。

60 秒钟之内，他已经切开了膝囊、翻开膝盖骨，关节露了出来。我可以看到磨损了的层状软骨，肌肉的加速运动以及软骨附着的骨头。哈丁医生偶尔还会切下一团脂肪，然后扔进脚边的废物桶里。

哈丁医生完成了关节部分的操作后，从护士桌上捡起动力锯，开始伸向股骨的后方。"她有腔隙综合征的迹象，"大约翰切完股骨之后说，"也就是说我们要从胫骨这边走刀。"他一边咕哝着，一边把牵引器伸向了膝盖的另一侧。

"快！拿着这个鬼东西！"他朝我说。

我胡乱地接过牵引器。

"别害怕，它又不会咬人，"大约翰说，"使劲按它。我需要看清整个结构，然后才能开刀。"

他从护士手中拿过动力锯，稍稍偏向右侧，以便获得更好的视野。紧接着，他用动力锯将胫骨切开。然后，他绕过髌骨，将下面的胫骨也切开了。

当阿特用抗生素处理伤口时，大约翰转向负责清洗的护士，告诉她他将用什么样的修复法。与此同时，我则充满好奇与惊叹地看着眼前的一切：病人的膝盖被剔除了，锯子锯下来的骨头四处散落。我极力保持镇定——即使看惯了残肢断体，但对于这样的场景，我还是不太适应。

阿特仍然在处理伤口。液体布满膝盖位置。他冲我叫道："嘿，傻小子，赶快拿东西来吸，别在那儿愣着了！”

于是，我立即抓起抽吸器和海绵，开始清洁现场。

大约翰已经挑选好了他做修复时要用的部件。巡回护士把器械打开，扔到后面消过毒的桌上。然后大约翰转向我们道：“最有意思的时刻到了！”

他先拿起要用的部件，在胫骨与股骨间比画着，衡量着大小。然后拿起锯，将胫骨再割去一小块。接着对清洗护士说：“你来吧。”

护士从一个塑料袋子里取出一些粉末放在面前的盘子上，然后打开一瓶气味刺鼻的药水，倒出一些液体后将两者混合。

当我正疑惑这是要干什么时，护士告诉大约翰弄好了。他拿起这团白色、奶油状的混合物（后来我才知道那是粘骨的胶），开始抹在骨头的断头处，也抹在要装上去的假膝上。然后，他将替代膝盖安在原膝盖的位置上，拿一把大锤，一点一点地凿进去，摆正位置。

多么神奇的事情！我们打开了一个人的身体，从中切走了一部分组织并丢弃它，然后换上新的，最后再把身体合上。过了一两天，这个病人就会重新开始走路，并且感觉不到疼痛了。我要保持对这份事业崇敬与痴迷的心境，我不想让这份可敬的事业沦为平庸的日常琐事。

下午 5 点，我们完成了最后一个病例。昨晚是我值班，虽然也睡了几个小时，但是手术室里的劳作已经让我精疲力竭。在住院医生的更衣室里，我瘫在墙上，给妻子打电话，让她来接我回家。

15 分钟后，帕蒂开车到了卫理会医院的后门。艾琳坐在车里，一只小手忙着将一把动物形状的饼干塞进嘴里，还不忘用空出来的那只手朝我挥挥，嘴里咕哝着问好。我把头伸向后车窗，在艾琳的额头上找到一块干净的地方，亲了她一下。当车子驶出停车场的时候，帕蒂将手放在我的手臂上，问：“想我了吗？”我转向她，点点头，脸上带着疲惫的微笑：“当然，我总是想你。”

帕蒂是一名护士，所以我们之间有许多共同语言。在我任职住院医生的最初几个月里，帕蒂在骨科上可能比我懂得还多。她喜欢听我说自己的工作。

大多数年轻夫妇谈论的都是电影、书籍或是体育，而我们不同，我们的话题是骨科。

∽ ∽ ∽ ∽

乔纳森·威尔海姆咬了一口煎饼，小心地用餐巾擦了擦嘴角，突然间用大拇指指着我说："上帝呀，这是谁呀？"

威尔海姆是高级住院医生。这家伙喜欢自己的声音，并且总是喜欢打断他人讲话，发表自己的见解。

那天早饭的话题是肩部重置手术。像往常一样，我傻坐在那儿听着。他们在探讨一项名为"布里斯托"的手术。于是我问阿特什么是"布里斯托"，威尔海姆简直不敢相信。

"可别告诉我这家伙是骨科大夫！"他看着桌上的每个人，接着转向我，"你是医学院学生还是内科大夫？"

"我是哈丁医生带的初级住院医生。"

"你确定你是骨科的住院医生？"他带着厌烦的表情举手投降。

我被吓傻了，也羞于为自己的无知辩解。然而令我感激的是，阿特站在了我这边。

"一边待着去，威尔海姆。他很正常。"

"一个骨科住院医生竟然不知道'布里斯托'这也叫正常？"他摇摇头，接着吃煎饼去了。正当我松了口气时，他突然又转向我问："你知道髋骨是和大腿骨连在一起的吧？"他对自己的机灵相当满意，看了看周围的人，想让大家和他一起乐一乐。有一两个笑了，但被阿特堵回去了。阿特再次警告威尔海姆不要得寸进尺。

"不管怎么说，阿特，"笑声过后，威尔海姆说，"你算是和他绑在一起了。"

这是一个人所能忍受的极限了。阿特注意到我眼中的神情，伸手抓住了我的胳膊，说："走吧，该去查房了。"

∽ ∽ ∽ ∽

梅奥的工作日分为手术日和会诊日，即要么整天手术，要么整天为病人诊断。在手术日的所有手术中，我总是第二助手。偶尔阿特会主刀，可我除了帮着拿牵引器，就是记录术后工作内容。在会诊日里，哈丁医生和阿特看病人，我则紧跟在两人后面。

有天早上查房完毕之后，我发现住院医生休息室的布告板上写满了住院部主任本杰明·J. 伯克医生（以下简称 BJ）的通告，其中有：

> 服装要求：大褂和领带。周末也要穿。违反穿戴规则者，严禁查房。
>
> 每年一次的骨科培训考试将在 9 月 23 日星期六举行，所有住院医生都要参加。
>
> 周六的会议是强制性的！所有人必须参加！不许请假！

作为住院部主任，伯克医生全权负责我们这些人。他就是我们的国王和主人，是通往拯救之地的火车的控制阀。如果伯克医生不恩准，我们就无法完成这个项目，也无法成为骨科大夫。

“小心 BJ，”阿特提醒我，“每年都有一两个倒霉鬼触到了他的霉头。他会让他们生不如死的——会上点名、大厅里拦截，或许只因为他们领带系歪了，总之就是找碴儿。可不要惹着他，否则你的屁股就要被当球踢了。”

我打算离伯克医生越远越好。他要是发现了我有多无知，就真的会活埋了我。“干自己的活。少说话。不要把注意力引到自己身上。”每天我都在心里重复这样的想法。把自己当作是隐形的医生，并且我打算坚持到底。

在哈丁医生手下做隐形医生很容易。可能不到一周，他就会发现我的知识欠缺得厉害。也正因如此，他做了最善良的事情，那就是——忽略我。查房的时候，他总是和阿特说话。手术室里，他也是让阿特做手术。我都不确定 BJ 是否知道我的名字，但我不怪他。在值得被他教导之前，我得补大量的功课。

我的学习劲头的确很足，每每想到我的一个错误决定可能会要了某个病人的命或是使其致残，我就不寒而栗。当然了，现在还是有保障的——因为没有人会在第一天就把手术刀交给我。然而，这一天终究会到来的，所以我得准备好。

我比任何时候学习得都刻苦。一是因为我对自己的无知感到羞愧；二是因为我意识到病人的健康甚至生命都掌握在我手里；三是因为我热爱这项工作。是的，我正在逐渐爱上骨科。

每天晚上我都拿出之前记下的问题与笔记的卡片一张一张地看，通常熬到凌晨两三点，直到困得不行了，我才摇摇晃晃地蹭回卧室，蜷在帕蒂身边眯上几小时。第二天又是这样。

阿特总是在我连珠炮一般的发问中感到不耐烦。他知道如果鼓励我一小下，我就会整天追着他问问题。所以，他做了一件很明智也让我受益匪浅的事儿——把事情都塞给我。他总是时不时地走人，留下我照看一切事务。

有一次，我们正在更衣室换便装，阿特告诉我大约翰之所以如此有名，原因之一就是能背下一首关于一个英国男孩小阿尔伯特的叙事长诗。一小时后，当我们查完房，阿特用肘部轻推了我一下，对哈丁医生说："老师，我想迈克还没听说过《小阿尔伯特》呢。"

"啊？"哈丁医生闻言道，"你当真没有听说过《小阿尔伯特》？"

"我没有。怎么了？"

接着，哈丁医生把他那肥厚的左手搭在我的肩上，开始背诗。诗是关于小阿尔伯特和他碰到狮子的事。于是我们站在 7 楼的电梯外，听着他用伦敦佬的腔调背着诗。随着嘴唇兴奋地一张一合，他四处巡视。当讲到这个小孩糟糕却又令人捧腹的动物园之旅的时候，他的视线在跳跃，胳膊也挥舞了起来。故事以小男孩被狮子吃掉结束。小男孩的爸爸颇有哲理地评说道："没人帮的事情，只好自己忍着。"

这也成了我在接下来的 4 年里时常温习的句子。

∽ ∽ ∽ ∽

当我在哈丁医生手下工作的时间还剩6天的时候，他的助理马维拉打电话给我说科威特的萨勒博王子邀请哈丁医生、阿特和我在他卡勒饭店的总统套房吃晚饭。两个星期前，我们曾给这位王子做了人工全膝关节置换术。很显然，他是在表示感谢。

“可以带妻子吗？”我问道，希望帕蒂也可以玩上一晚。

“不，大夫。只是您三位。”

恐怕帕蒂会不高兴了。我去阁楼上的总统套房与王子共进晚餐，她则只能在家里和艾琳一起吃“汉堡帮手”[①]了。我一边在心里盘算如何向帕蒂解释这件事情，一边开口问马维拉：“什么时候？”

“周三晚上。”

“哦，不，”我发出痛苦的呻吟，“可别是周三。我晚上值班。”说到这里，我顿了顿，希望能听到她说：“没关系，我问问王子，看看能不能改天。”可是她却只应道：“真遗憾。”王子和主治医师们当然不可能因为一个初级住院医生而改变计划。

后来阿特告诉我饭店负责了全部的晚餐准备工作。王子的套房在顶楼，晚餐上有蜡烛、水晶器皿和银器。在罗切斯特的一个月，王子已经把整个楼层都租了下来。

随后我问阿特王子是否为我未能到场表示遗憾，阿特禁不住大笑。我想科威特人也一定有特定的词汇表示初级住院医生，不过不论有没有，王子也不会屈尊考虑这件事。我甚至开始怀疑我的婉拒是不是显得我很傲慢。或许他们还不敢相信哈丁医生的“奴隶”竟敢冒冒失失地拒绝邀请呢。

阿特说那顿饭吃得再顺利不过了。人人都沉默地坐着。王子的翻译就坐在离他很近的地方，但几乎用不到他说话。科威特人显然是被哈丁医生的沉着冷静镇住了，就像大约翰和阿特被科威特人的富有镇住了一样。

① 一种风靡美国的零食，类似于汉堡碎末。——译者注

他们吃完道别的时候，大约翰感谢了主人的款待。王子与其握了手，然后说了一句他们从没听说过的英语句子。

他说："我非常感谢您的慷慨与善举。"同时深深地鞠了一躬，接着将手伸向桌子——那上面放着三个盒子。他把其中的两个给了大约翰和阿特。

"最后那个是给你的，"第二天，当阿特向我伸出手来炫耀新的劳力士手表时告诉我，"多遗憾呐，你没有去。"

"他给你一块劳力士？你这混球，"我气得把手术帽团了一团扔向墙角，"你和大约翰吃龙虾、青蛙腿，我却解决了 4 个咨询，处理了一个腕骨骨折病例，还有一个膝盖出脓的瘾君子。"

"这说不定还挺公平的呢。毕竟，你要是太追逐财富了，我可是会为你担心的。"阿特一边说，一边扎起一片法国吐司扔到嘴里。

正当我逐渐适应了哈丁医生的时候，8 月中旬到了，我们要交换工作地点了。

HOT LIGHTS , COLD STEEL

Life, Death

and Sleepless Nights

in a Surgeon's

First Years

全能先生

8月

在梅奥有一些医师很受欢迎，每个住院医生都想跟随他们学习——汤姆·黑尔和安东尼奥·罗梅罗就是科室里这样的明星。他们都热爱教学，同时让跟随的住院医生亲手做大量手术实践。弗莱德·黑斯廷斯与加勒特·弗莱伯格则是世界闻名的手部手术医师，鲍勃·菲尔莫尔在肩部手术领域享有盛誉，但其中最德高望重的还要数马克·考文垂。

马克·考文垂是梅奥骨科的巅峰人物。满头白发的考文垂医生身材高大，风度不凡，他与生俱来的华贵气质使得其他的主治医师都敬他三分。他是外科医生中的佼佼者，在美国首次成功施行了髋关节置换手术。即使已经步入职业生涯的晚期，考文垂医生仍然是全美最受人尊敬的骨科医师。在这个8月的中旬，我离开哈丁医生，转到了考文垂医生的名下。

从跟随考文垂医生学习的第一天起，我就已经喜欢上了这样的感觉。同时我也为没有在去年就把我分给他而感到庆幸，否则考文垂医生一定会惊骇于我的无知透顶。不同于哈丁医生将我当作隐形人对待，考文垂医生不时地给我提出挑战。

考文垂医生对他手下的住院医生抱有很高的期望。如果发现我们不清楚出血、引流、病人疼痛或者凝乳酶等问题，大家就要祈祷了。在他注意到之前，我们一定要找出原因并且进行适当处理。考文垂医生对这些事情的重视，实际上是以他自己的方式重新证明了我们所做工作的重要性。他的态度、举止以及他对完美的执着追求都时刻激励着我们，让我们意识到自己身上的担子有多重。

吉姆·惠特默是考文垂医生手下的高级住院医生。他要求住院医生在正式查房前都要自行预查房。于是吉姆和我约好从每天早上 6 点钟开始探访负责的所有病人，然后去见“全能先生”（我们这些住院医生在背地里都这样称呼考文垂医生）。大约在 7 点半时，进行正式的查房。

在考文垂医生手下工作了两个星期之后的一天，当我正准备去探访一个病人时，我发现有一张骨盆的 X 光片看起来十分诡异。在片子上，我看到右边进行过髋部替换手术。左边看起来是很正常的髋部，只是大转子周围有些许金属线——那时候的髋部替换手术在最后的时候都要用金属线将大转子缠绕起来，但是我还没有见过将没有进行髋部手术的那一半的大转子缠起来的。

于是，我朝着刚从控制室里出来的吉姆·惠特默喊道：“嘿！过来看看这东西。”

他走了过来：“什么东西？”

“看，”我指着片子，“看左边的髋部。看起来好像……”

“托马斯·罗德尼维奇。”他马上辨认了出来。

“托马斯什么？”

“罗德尼维奇。托马斯·罗德尼维奇。”

“你知道他？”

“人人都知道托马斯·罗德尼维奇。”

“好吧。他是谁？为什么左边髋部还有金属线？”

吉姆走近了一步，看四处没人，就压低声音对我说：“听着，我不相信你还没有听说过这个病例。去年我们的‘全能先生’给他做了手术。那是当天的最后一台手术。可能所有人都累坏了，住院医生们把髋部弄错了。更糟糕的是，初级住院医生斯坦·沃克扎克把X光片放反了，使右边的髋部看起来像左边的。”

“我们为手术做好准备后，‘全能先生’走了进来。正当他打算把大转子拿下来的时候，突然意识到似乎哪里错了。他让护士重新检查文件后才发现做错了。谢天谢地，他只是将大转子打开，而没有进行髋部替换。可是这个错误的决定仍然是他作出的，并且还把大转子拿了下来。”

我几乎不敢相信这样的灾难竟然会发生在我偶像的身上，而且他还是骨科之神。我问道：“然后呢，‘全能先生’怎么做的？”

“他没说一句话，将大转子又安放回去并缝上刀口，然后继续做那一半的手术。术后他走了出去和病人家属谈了话，告诉他们手术室里发生的一切，同时将责任都揽到自己一个人身上。”

自打我到了骨科的第一天起，我就一直担心自己若是搞砸了，会招致什么可怕的后果。这个事情让我感觉到自己的担心并不多余。人都会出错，而事情的结果也会很糟糕。我忐忑不安地继续问道：“那住院医生呢？他们怎么了？”

“手术后，沃克扎克向‘全能先生’道歉，承认错误全在自己，他愿意离开住院医生的岗位。”

我的心脏开始剧烈跳动起来。离开住院医生的岗位？

“考文垂医生让他把话都说完，然后平静地说沃克扎克犯了一个严重的错误，他本该认真对待手中的工作。考文垂医生承认，就是他自己也不能保证绝对不会犯错误。最终，考文垂医生没有让沃克扎克离职，只是告诉他如果再犯这样的错误，就只有上帝才能帮他了。”

正当我想拿起X光片看其中的某个细节的时候，吉姆突然将片子抽了回去。

“喂！我还要……”

“先生们，”“全能先生”这时已经走到我们身后，点头打着招呼。他将X光片从吉姆手中拿走并重新放回看片箱中，“人们一定不能害怕正视自己的错误，惠特默医生。”

吉姆窘迫地点点头。

“柯林斯医生，你已经听说了这个病例的始末？”

“是的，老师。”

“你的结论呢？”

我正想说些无关痛痒的话，例如连最伟大的外科医师也无法避免失手，但他的眼神告诉我，他可不想听这样的废话。于是我深深地吸了一口气道：“嗯，先生，它把我吓坏了。”

“为什么？”

“我总是害怕自己会在手术中铸下大错，这个病例让我感觉自己的恐惧变成了现实。”

听后，医生点点头：“为了你的病人，你应该时刻保持这种恐惧感。”说完，他伸出手抚平了X光片，仿佛无惧于向整个世界剖析自己的失误。

“这就是当一个手术医生丢失警觉的时候会发生的，”我能感觉出来，他不仅是在说给我们听，也是在说给自己听，“手术室里发生的一切都是你的责任——所有一切。手术台上躺着的是神志不清、孤立无助的病人。他把生命和信任都交给了你。他所信赖的，不是住院医生这个名号，不是麻醉师，更不是医疗机构，而是——你。”

说话间，考文垂医生的肩膀垂了下去，我可以很明显地看出他在战栗。即使是一年之后的今天，他还在为这件事情煎熬着。吉姆和我对视。我们无法找出安慰的话。这个时候任何住院医生的话只能使情况更糟。

“先生们，”他终于开口说道，“将来你们就会发现，自己从失败中学到的会比从成功中得到的更多。”

ᔕ ᔕ ᔕ ᔕ

如果说最初我对自己从事骨科工作还有疑虑,那么这些疑虑则在马克·考文垂医生的指点下都烟消云散了。他向我展示了一个外科医生的人生是多么有成就感与满足感。

我之所以选择外科而不是内科，是因为我想实实在在地做事情。内科医生通常只对病人的恢复感兴趣，他们更注重了解一件事——症状是什么？即探求病因。也就是说，重点是检查与识别，而不是解决与修复。虽然“内科诊病、外科治疗”已经是由来已久的说法，但是这在内科医生那里还有另外一个版本：内科思考、外科蛮干。

那个时候，外科手术医生被极不公允地称为“医学界的傻子”，被认为是一些脑袋不是很灵光、只会修理腿的家伙。在内科医生看来，外科医生都是头脑简单、四肢发达的人。

我是在芝加哥的洛约拉斯特里奇医学院上的学。每年的圣路加（医生的守护者）节[①]，学校都会举行盛大的晚宴。宴会上会有讽刺剧表演，这些表演几乎把每个专业都数落个遍。有麻醉师麻醉的笑话，也有妇产科医生带着棒球手套的戏谑之举，而儿科医生则会把棒棒糖衔在嘴里。轮到骨科医生的时候，表演者往往是某个肥硕的傻家伙，腰间别着一个工具带。唯一的对话也被精简成：“骨头碎、我来修。”

不管骨科被笑话成什么样子，我仍然为之深深着迷。一直以来，我都喜欢自己动手做事情。当我还是小孩子的时候，我就乐于制作模型、要塞和城堡。我热爱创建的感觉：从一无所有到收获颇丰。

在考文垂医生手下的日子里，我收获了很多。从他身上，我看到了我们工作的高贵与神圣。他以身作则，告诉我们必须担当肩上的重任。然而最重要的是，他让我们体验到了帮助他人的感觉是如此美妙。

① 圣路加节，为纪念圣徒路加而举行，时间在每年的 10 月 18 日。传说圣路加是医生、艺术家等的守护者，被称作“亲爱的医生”。——译者注

从考文垂医生身上，我逐渐学会了享受在门诊工作的时光。像大多数骨科医生一样，我更喜欢手术室而不是门诊室。手术室才是我的心之所系，那里才是见证奇迹的地方，而门诊室里的一切，只不过是手术室里的序曲或是尾声。

可在“全能先生”这里却不同，与他一同门诊是令人兴奋的。每天，每个房间里都挤满了他所帮助过的人们，每个人都对他心怀感激。这总会使我心潮澎湃，每当想一下在未来的某一天，自己也有可能受此礼遇，我就飘飘欲仙。

与此同时，弗兰克、杰克和比尔知道我被分在了“全能先生”手下，全都嫉妒起来。

“喂，他怎么样？”在一个周五的晚上，我们聚在丁克勒酒吧，杰克问我。

“嗯，他从来没有废话，”我说，“总是问你问题，并以此检查你是不是在开小差。刚刚见面时，你会感觉他很酷、很散漫，但时间一长，他会愈来愈深地影响你。他在做检查的时候，一切都是公事公办，而闲暇时光里，他整个人会完全不同，丝毫没有之前不苟言笑的样子。你能感觉到他的温暖、他的真挚。”

我知道“全能先生”也一定有失败的时候，可是记忆中却找不出这样的碎片——即使是像托马斯·罗德尼维奇这样的病例，虽然考文垂医生有过失，但也很难被称作是失败之举。病人术前的疼痛完全不见了，托马斯也非常感谢考文垂医生对他的照顾。

∽　∽　∽　∽

这是为伯格曼夫人做的髋部整体移植手术。吉姆和我已经安置好病人，也做好了手术的准备。此时，我们在手术台旁等待着。考文垂医生手术时常用的护士格拉迪斯正在帮他穿白大褂，戴手套，然后他带着平静而自信的神态走向了手术台。

他向吉姆和我点头，算是问过早安了，接着便一言不发地伸手接过格拉迪斯递来的手术刀。这时，考文垂医生严肃地宣布：“柯林斯医生，你来做决定。”同时，他把手术刀递给了我。

我惊呆了，但也激动得无以言表，我真是做梦都没有想到，我原以为今天还会像往常一样做着流水线一般的工作。我在考文垂医生手下工作已经有将近 6 个星期了，我可以回答上他的每一个即兴提问，也习惯了在一旁一边轻松地观看“全能先生”和吉姆忙着手术，一边偶尔搭个手。一瞬间，我的心脏跳个不停。我还从来没有作过手术决定，也从来没有实地“开刀”。

作为住院医生——即使是初级住院医生，我们都时刻梦想着能亲自主刀，因为那才是外科医生应该做的事情。如果不曾进行过手术，那么我们就很难说自己是真正的外科医生。

偶尔在手术即将开始，在等待主刀医生到来的时候，我们就会情不自禁地盯着器械台上那些闪闪发亮的钢刀刃，内心无比渴望拿起它，也渴望拥有它所代表的力量与精湛技艺。一把手术刀代表了前方召唤我们的世界，一个手术和手术室的世界，一个如同事们所说的“炽灯寒刀”的世界。

主刀医生也心知肚明：每个住院医生都对手术跃跃欲试。第一年的开始阶段，主刀医生会关注他带的高级住院医生，考验他的技能、信心，判断其是否具有独立手术的能力。假如这个住院医生知道自己在做什么，能够正确回答出关于解剖的问题，并具有足够的专心和恭敬，那么主刀医生会将病例越来越多地分给他。

作为初级住院医生，我们梦想着有一天能够亲自主刀，进行一次髋部或者肩袖的修复手术。然而大家都知道，只有在完成了每个住院医生最初都做过的细微琐事之后，我们才有机会。这些琐事包括：引流吸出液体、应用烙术、切开骨缝或是缝合皮肤组织。

虽然我曾多次切开过骨缝，也缝合过许多撕裂伤，但是直到此刻，我才得到了主刀的机会。

“全能先生”后退了一步，让我走到主刀医师的位置。格拉迪斯、“全能先生”、吉姆、两名麻醉师还有巡回护士，大家都站在那儿望着我。我可以从吉姆眼里看见自己不可置信的表情以及眼里的兴意盎然。

我放下了手术刀，摸了摸病人的髋骨，以找寻可以用来帮助我作出决定的各种迹象。

那是大转子吗？我惊恐地想。病人很胖，这使得我很难判定。我又一次触诊了她的皮肤，然后接过格拉迪斯递过来的记号笔，在病人身上画了一条长长的紫色线条，示意我要在这里开刀。

“全能先生”同样触诊了病人的髋部，点头表示同意。我颤抖地向格拉迪斯伸出手。看到我的不适显然她很享受：“手术刀吗，医生？”

手术刀颤颤巍巍地被我夹在手指间。与此同时，我准备开刀。

“不能那样！”考文垂医生愤怒地低吼，“你不能像拿铅笔一样拿手术刀。把它握在手里，像个男人一样！”他从我手中抽走手术刀，将其稳稳地握在掌心，给我做示范。

瞬时我感觉自己没能通过第一次大考验。当我忐忑地再一次拿起手术刀伸向创口的时候，我迅速望向他，希望从他那里得到一些肯定的暗示。然而，他蓝色口罩上方的那一双镇定的眼睛并没有透露给我任何信息。我只好深呼吸，伸出手，将手术刀划向先前画的紫色记号线。拿开刀的时候，7 双眼睛都满怀期待地看着我所做的——一条浅浅的划痕横亘在髋部上方，它浅得连血迹都没有渗出。

“这是什么？”考文垂医生的声音听起来很刺耳。我可以看见吉姆在他身后偷笑。“这样的话，我们得在这里待上一整天。用力切，弄得像样点！”

我抓起手术刀，意识到又像是在拿铅笔，于是我将其拉后，紧握在手掌里，重新加大力道向记号线切下去。紫色记号线下的皮肉终于被切开，可我还担心自己手里的刀会因走得太深，伤到动脉和神经。大家又一次望向刀口。这一次，我至少切到了皮下组织。

“全能先生”笔直不动地站在那儿，什么也没说。于是我倾身下去准备继续。“换深刀。”这时他开口纠正道。

虽然已经清洁过皮肤了，但毛囊底仍会存在细菌，因此切过皮肤组织的刀就被认为已经不再是完全干净的了。一旦刀口切开，“皮刀”就要被消毒后的“深刀”取代。格拉迪斯再一次递刀给我。

我朝着油腻的黄色脂肪深切下去。与此同时，“全能先生”和吉姆在旁边拿着牵引器。我可以感受到他们正在逐渐失去耐心。我告诉自己正在切的这部分组织在解剖上不存在具有重要意义的结构。我想进展得快一些，然而我不能，因为对我来说都是崭新的。如果突然在某个时刻，我不小心切断了坐骨神经（我知道它正在我所切割的组织结构附近），那将会是很恐怖的场景。

“全能先生”的控制能力令人称赞，虽然我花费 10 分钟做的事在他那里只需要 30 秒，但是他仍然一言不发地充分辅助我：将挤压在手术区域的脂肪“黄墙”拨开，同时用抽吸器为我指路。

我终于到达了髋骨外面的筋膜处。“全能先生”用抽吸器敲了敲它，问：“柯林斯，你判断一下这个结构？”

“这是筋膜突变体张肌。”

接着他轻推了我一下：“正下方的是？”

“股外侧肌肌肉组织。”

“全能先生”点了点头，交给我牵引器，然后拿起了手术刀。“这部分的神经分布？”他一面精细地下刀切开筋膜，一面问我。

我又回到了初级住院医生的状态。聚光灯下的考验结束了。人人都有得意时，我的得意时过去了。我回答了全能先生的提问，指出股骨附近股肌内的神经分布，他听后满意地点点头：“不错，柯林斯。”

“全能先生”从指缝中分给我一些“面包屑”，他让我切开伤口。在我之前，他已经为数不清的初级住院医生提供过这样的机会。一周之内他没准儿就忘了这件事，但是对我来说，这个“面包屑”就是“美食大餐”。想想看，我曾经拿起了手术刀，并且进行了切割。

我成了外科大夫。

HOT LIGHTS , COLD STEEL

Life, Death

and Sleepless Nights

in a Surgeon's

First Years

急诊手术室

9月

急诊手术室。光听名字就仿佛有着一种灰暗、阴沉而又令人恐慌的感觉。

9月26日这天，我结束了在考文垂医生手下工作的6个星期，被分派到圣·玛丽医院的外科急诊手术室。每一次车祸事故、每一例农具伤人事件、每一起枪击事件，总之明尼苏达州东南部地区发生的每一例创伤事故，受伤者都会被送往圣·玛丽医院的急诊手术室接受治疗。

除了我，还有3名主修外科手术的初级住院医生被派到了急诊手术室。他们是：马克·赛尔富、罗利·怀特菲尔德以及杰瑞·沃什伯恩。急诊室的主治医师是乔·斯崔德莱克医生。乔是一名典型的创伤外科医生，对工作充满热情，但是经常受困于语言表达，因为他说的永远赶不上想的快。激动的时候，他甚至几乎连一个词都说不完整。

乔结束住院医生的工作才不久，但对于带学生却有着极高的热情，他同样也对提高梅奥急诊室的诊疗质量很热心。住院医生们都很喜欢他。虽然我对于离开考文垂医生有些遗憾，但同时也迫不及待地想在乔手下“参战”。

∽ ∽ ∽ ∽

来到急诊手术室的第一个早上，我们在旁边的急诊室开了一个小型会议，乔向大家分配任务。“你们这些初级住院医生会两天值一次班。这也意味着，”他在面前的文件里寻找答案，“柯林斯和怀特菲尔德，你俩今天值班；”他又看了一眼文件，“赛尔富和沃什伯恩，你俩明天。”

乔告诉我们，不用值班的时候可以回家，但是一旦有急诊，我们就可能会被召回。

马克、杰瑞、罗利和我看了看刚刚完成急诊手术工作的4个初级住院医生。其中的三个已经窝在椅子里会周公了。还有一个，胡子拉碴、衣衫不整地坐在那儿，手里拿着一杯咖啡放在膝盖上，目光呆滞。

“那些濒死的人在向你问好。”马克小声对我嘀咕。

“记得要穿内衣。”[①] 我回答。

∽ ∽ ∽ ∽

一周过去了，我们4个谁都没有睡上一宿好觉。马克把我们叫到一起。“听着，”他说，“真他妈的烦！我可不想在急诊手术室剩下的日子都这样度过，没日没夜的。”

罗利用手摸了摸下巴，说：“我也不想。”打了一个大呵欠后，他接着说：“哼，什么时候我们有发言权啦？我们就是奴隶，不记得了？”

“去他的吧！”马克咒骂道，“我有一个主意。”他把罗利手中的咖啡抢过来放在桌上，“听我说，”话音未落，用手指着我和罗利，“我向你俩发誓，

① 此处原文两人均用拉丁语。原文分别为“Morituri te salutant”和“Semper ubi, sub ubi”。后一句拉丁语直译成 always where under where，本身没有意义，但是由于 where 和 wear 谐音，就演变成了一句双关语笑话。——译者注

我向上帝发誓，从现在起，如果我值班，你俩在家，那我就不会让你俩再被召回。不管怎样，我都要这样做。我就是把乔·斯崔德莱克锁进太平间，也绝不让他叫你们俩回来。”他脸上闪着坚毅的表情，我知道他在计划什么。

我点头：“好，我们也会如此。”

“一言为定！”

我们就像进行私密结盟的小孩一样庄重地握了手，并且发誓绝不让已经回家的另外两人被召回。

于是理所当然地，那晚罗利和我回了家，没有被召回。我们睡了一整晚，直到第二天的6点半才去上班。晚些时候，当马克和杰瑞下班的时候，我从正在进行的缝合手术中抬起头来，向他们保证性地挥了挥手，说道：“回去吧！明天见。”

方法奏效了——是我们几个确保它奏效的。为了给其他的人圆场，我们可是什么招数都使了：编故事、成倍地努力工作……但是让这个办法得以实施的最好基础就是——我们厚脸皮地征用医学院实习学生。

∽ ∽ ∽ ∽

乔·斯崔德莱克正匆匆忙忙地将一位胆囊灼热的女士推入手术室，马上就要进行紧急胆囊切除手术。

“迈克！”他喊道，“快点儿，我需要你的帮助。”

我扬起带着手套的手：“我不行，我正在给病人缝腿。”

“那就叫马克或杰瑞从家里过来！”

可千万不要这样，我想。

我急忙扯下手套，冲进大厅。正好一个小鬼抱着一沓书走过。“喂，你是不是医学生？”我问他。

“嗯，是、是的。”他显然很吃惊。

“知道如何清洗吗？”我问。

“嗯，我……”

“好。”

我从他怀里把书掳走扔在椅子里，说：“去更衣室把衣服换了，然后去4号手术室。他们需要你，快！马上！”

他迷惑地站在那儿：“可是10分钟后我有一个生物化学的考试。”

我指了指更衣室：“快点，难道你想让病人去死吗？”

他看了看书，又看了看我，转身向更衣室跑去。

我在心里同情这小子。一会儿他就要身陷牵引器的“魔爪”了，他要用两手紧抓着牵引器，试图推开碍事的肝脏和脂肪。而与此同时，乔则试图将胆囊取出来。

“就是那个第一象限的人。”我们通常这样称呼拿牵引器的人。他通常是最年轻的，拿着牵引器站在主刀医生旁边。刚才那个小鬼肯定是要用两手费力地抓住牵引器，稍微后退，而主刀医生和第一助手则要挤在他前面进行手术。手术进行中，其中某位医生可能还会丢过来一个问题来娱乐他：“你能辨认出这个结构吗？”

这个小鬼可能说不上来：“我，嗯……”

“不，不是那个，是这个。”

“我真是不……”

“下次注意力集中点。”

“是的，先生。”他口上答应着，心里则会说，混蛋！

∽ ∽ ∽ ∽

我将车开回家，关上发动机后向后背靠去。太累了，都不想下车。即使现在我不值班，也没有被召回，可仍然需要在连续工作30到36个小时后，才有12到18个小时的休息。不工作的时候，我只想睡觉。

我坐在车中，头向后仰，闭目养神了几分钟。最后，我叹了一口气，拿起盥洗包，把自己拽下驾驶座，走向家的后门。

像往常一样，艾琳正在厨房里。“爸爸！”她张开双臂，摇摇晃晃地向我跑来，大声喊着。我把她抱了起来，用脸蹭蹭她的小脖子，她便高兴地咯咯笑起来。帕蒂此时正在水池边上。我抱着艾琳走过去。

“嗨，亲爱的。”我说。我换了手抱艾琳，俯身亲了帕蒂一下。她怀上了我们的第二个孩子。没有我在身边，她一个人照顾艾琳和整个家一定很辛苦——但是那个时候我并不知道。大多数的时间里，我已经累得顾不上关心她了。

她上上下下扫了我一眼，同情地笑了笑说：“白天过得怎样？哦，晚上过得怎样？”

“马马虎虎吧。”艾琳开始不舒服地蠕动起来，于是我一边把她放下来一边说：“很晚的时候，又有一起打猎引起的事故，哥哥把弟弟当作鹿了，枪打在肚子上。”

“让我猜猜。哥哥喝啤酒了。”

“没，他为了驱寒，只喝了点儿荷兰杜松子酒。”

“那孩子能活下来吗？”

“他直到被送进来才开始流血，真是个奇迹。哥哥把法兰绒T恤揉成一团堵在弟弟肚子上，这救了他的命。”我尝试回忆刚刚发生的事，“我们把他推进手术室。我不确定乔准备摘除他的一部分肺还是肠子，”我缓慢地说，“但我当时要给急诊室里的病人开刀，所以后来的情况我也不知道。”我伸出手，从菜板上拿起一根胡萝卜。

我根本就不知道那孩子是死是活。这与我有何干系？我是不是心里都长茧了，才这么不关心病人？

我从抽屉里拿出银餐具，一边摆桌子，一边问：“你感觉怎么样？”

她转过来说：“很累，但没事。今天我去看医生了，他说宝贝一切都好。”

我对她笑了笑：“真棒。你睡了一会儿没？”

“睡了。在艾琳小睡的时候，我也睡了一个小时。”

“说到小睡，我想我也应该……”

“等等，迈克，再过 20 分钟饭就好了。如果你躺下了，我就叫不起来你了。就坐在这儿陪我，一直到晚饭弄好，好吗？求你了。”

她把我推到椅子里，接着打开了冰箱。“接着，喝点啤酒，和我聊聊。”

我喝了一口啤酒，坐在这里真是太舒服了……

“迈克！”

我猛地一抬头：“啊？哦，对不起。”

“亲爱的，和我说说话。我整天除了艾琳，连个说话的人都没有。”她走过来，开始按摩我的肩膀。“和我说说周五那个醉鬼，他回家没呢？”

我并不想谈论那个醉鬼，我什么都不想说。我也不想喝啤酒、不想吃饭、不想看电视，我只想去睡觉。

我记得接下来就是帕蒂伸手捅了捅我的肋骨，接着把碟子“咚”地放在我面前：“你的饭！”

那一刻我该说的是：“帕蒂，虽然我现在非常非常累，但你是我生命中最重要的。我为刚才的走神向你道歉。几周后我就不在急诊手术室干活了，我们的生活也会和从前一样了。”

可事实上，我说的却是：“帕蒂，我，嗯，我只是……”我都记不起来自己说了什么。我吃了晚饭，上床睡觉。

∽ ∽ ∽ ∽

第二天的日报会上，我寻找着杰瑞的身影，想问他被枪击的那个孩子怎么样了。屋子的前面，一个高级住院医生正在做关于发生车祸的夫妇的报告。“乔在楼上门诊室里，正在看那个丈夫。他脾脏破裂、连枷胸。妻子还在 CT 室里，情况稳定，但是股骨干骨折，头皮撕裂，腹部检查情况不妙。”

我心不在焉，因为我想找杰瑞问问那孩子的事儿，然而杰瑞正靠在那辆撞坏的车上睡得正香。于是，我又转而询问马克。

他皱起眉头："斯文德森？从威札塔来的那个？"

"不是，昨天的那个。就是哥哥开的枪。"

"啊，那个孩子。"他摸了摸脑门，"乔把他半个肺切除了。我们阻止不了出血——给他输了手术室里差不多20袋血，新鲜冷冻的血小板。"说完，他两手环握住咖啡杯，闭上了眼睛。

"他到底怎样了？"我不耐烦地问。

马克一梗脖子，啜了一口咖啡，说："哦，他挺过了手术，不过之后的事我就不知道了。问杰瑞吧，他和那孩子进了重护病房，我到这儿来了。昨晚真是醉鬼之夜，我可能都创下梅奥的纪录了，不下4个醉汉嚷嚷着要是出了院，一定把我揍得屁滚尿流。"

"那你告诉他们要事先排队预约了没有？"

"哈，去你的。我说了你家的电话号码，还说你骂他们是一群娘娘腔的家伙，想踢他们。"

∽ ∽ ∽ ∽

直到10点我才得以有空去重症监护病房看看那个男孩。扫了一眼他床边的表格，上面写着"杰夫·拉森"，那是他的名字。

此时，他闭着眼睛。我看了看静脉检测仪，然后碰了碰他的肩膀。"嘿，杰夫？"我问。没有回答。

我开始翻看他的表格。上面显示，我们曾经在保持他的血压稳定时遇到了困难。虽然目前他排尿并无大碍，但是关于电解质和凝乳酶的记录却写了一整页：血清谷草转氨酶含量上升、血红蛋白含量下降、沉淀酶上升、钠下降、血液尿素氮上升、钾含量下降。

我看到他的腹部有绿褐色的液体正在从纱布中渗出。我不确定那是什么，血？胆汁？比塔定[1]？脓？还是粪便？我正在更衣室换衣服的时候，乔·斯

① 聚乙烯吡咯酮碘，局部抗感染药物。——译者注

崔德莱克走了进来。于是我便问了他这个问题。

“胆汁。”他说，“或许还有一点血。”我们走进了大厅。乔告诉我他不认为这个孩子能挺过去。“他肚子里的洞足足有我的拳头一样大——肺、胆囊、结肠、肠子都受到了重伤。不知道为什么在林子里他没有失血而死。”

我们走了出去，和杰夫的家人交谈。他父母年事已高，两人正相互扶持，安静地听着。射伤杰夫的哥哥站在一边。自从把杰夫送进来，他就没有离开过。现在他是清醒了，红着眼圈，我可以看到他眼中的痛苦。

告诉他这个坏消息的时候一定要谨慎，我心里想。这一切都结束的时候，他八成会回家拿枪结果自己。

于是当乔忙着和家长说明情况的时候，我转向了哥哥，“你救了他，”我说，“把T恤堵在肚子上防止了他因失血过多而死。如果不是你，我们连抢救他的机会都没有了。”他什么也没有说。只是摇了摇头，走开了。

我转向了父亲：“关于杰夫，你们能做的已经不多了。但是您的另一个儿子……”我朝哥哥望去。此时，他正孤单地站在房间的角落，背对着我们，望向窗外。“天有不测风云。这不是谁的错。您的大儿子，好像情绪不是太好。”

老人抽出手，重重地呼出一口气，好像认为大儿子应该难受。可能在心里他认为杰夫发生这样的事责任全在于大儿子。

然而我不会放弃。两周以前，我们治疗的一个男病人，因为汽车失控撞到了一个小女孩。他只是有些淤青和擦伤，但是小女孩却伤得很重，我们都不确定她能不能活下来。

这个男病人的内心被罪恶感吞没。虽然测试显示他血液里的酒精含量在法定的最高额度之下，但在事发之前，他确实喝了酒，也收到了一张粗心驾驶的罚单。于是他认为所有的责任都在于自己，反反复复地问我们小女孩是不是脱离了危险。我们告诉他我们会尽一切努力挽救小女孩的生命，但他还是不安地走来走去，情绪激动，险些发狂。我们好不容易把他包扎完毕送回家，可三个小时之后，医务人员再次见到了他。只是这次，他用枪把自己的整个脑袋打开了花。

杰夫哥哥的眼神与那个男子当时的神情一模一样。我极力想让男孩的父亲认清这个事情的重要性："听着，拉森先生，如果你不想惨剧在你手里发生，那就去你大儿子那边，告诉他你知道这只是一场意外，你已经原谅了他。"

老人终于明白了我的意思。他看起来很吃惊，也确实被吓到了。"哦，天哪！"他一边自言自语，一边转身，走到儿子跟前，开始用力地说着什么。一分钟之后，之前一直盯着地面的大儿子抬起了头，上前一步抱住了父亲。两个人紧紧拥在一起，相互拍着对方的后背。

那个晚上晚些时候，杰夫走了，当时是我在陪着他。这是我第一次亲眼看见一个生命的消逝，并且是我没有预料到的。一切发生得那么平静、理所当然。他的血压降了下来，心脏停止了跳动。然后，他走了。我站在那里，等着会有人大声地说点什么以示纪念，但是什么也没发生。护士叹了一口气，关掉了静脉检测仪。不久以后，呼吸医师会来拔掉氧气罩，而后，助理会联系太平间。

与此同时我在想，我在医学院所学到的所有知识会不会像此时此刻一样难以忘怀。

HOT LIGHTS , COLD STEEL

Life, Death

and Sleepless Nights

in a Surgeon's

First Years

鼻子里的鱼钩

10 月

并不是每个进入急诊手术室的病人都受到了严重创伤，40 岁的韦恩就是一例。他长着茂盛的红胡子，鼻子上插着一个鱼钩。事发当时，他在贝平湖上垂钓，他的兄弟一甩鱼竿，钩子便钩到了他的鼻子里。钩眼上还穿着线，打了个结，此刻正在他左鼻孔中若隐若现。

乔·斯崔德莱克认为这是锻炼初级住院医生的好病例。他说："如果你干得漂亮，没准我们下次会让你主刀直肠囊肿什么的。"

直肠囊肿。噢，我的天哪。我行吗？

我先对韦恩的鼻子实施了麻醉。随后，好像所有东西都在和我作对：胡子、灯光、探照灯还有出血。我刮掉了他的一部分胡子，但是仍然看不清钩尖。我的计划是剪掉钩把，然后晃动着把钩尖拔下来。如果能把鼻孔再扩大一点儿，就好办了。

突然我灵光一闪，转向护士："给我一把妇产科的阴道扩张器。"

“狗屁！”无菌单下韦恩咆哮着。

“放心，韦恩。手术器械都已经被清洗消毒过了，一点问题都没有。”

“我才不管那是什么鬼东西，你不能把它插在我的鼻孔里！”

“好吧，”我说，“拿把鼻孔扩张器给我。”

护士不知所措地盯着我：“没有这样的……”

“你知道的，那种有着铬把手、专门牵鱼钩用的鼻孔扩张器……”我朝她挤挤眼睛。

“噢，啊，知道了，鼻孔扩张器。”

于是她从妇科工具车上拿了一把扩张器给我。

15 分钟过后，我排出了他鼻中的血，将鼻孔扩到足够大后，把鱼钩把剪断。接下来，我只要把钩尖拔下来就大功告成了，可事情进展得并不顺利。韦恩总是很难保持不动，可能是由于他鼻子里塞满了貌似五金店里的工具的原因吧。

“啥时候能完事，大夫？”

“韦恩，别动。我马上要够到了。”

“你 20 分钟之前就这么说。”

“你从别人鼻子里拔出过鱼钩吗？”

终于，我把一个细小弯针伸进他的鼻孔，探到了钩尖，用力一顶，钩尖穿过鼻部皮肤，从外面露了出来，我伸手将它拔了出来。

韦恩发出了一声惨叫，从椅子上跳了起来。“啊！妈的！啊！噢！我的鼻子！天哪！要死啦！”那把阴道扩张器还晃荡在他的鼻子上。我可能是碰到了某个小动脉，因为韦恩的鼻子里外都在流血。

“韦恩，请你……”

“我要出去！”他喊道，“见鬼！我要出去！”

“韦恩，手术已经完了，我只是想……”

“去你的，完了完了。”他一把撕下了身上的手术服，想径直走出去。

“你不能出去，你还……”

他伸出手，摸到那把沾满血的扩张器，然后一把扯了下来。他盯着那把扩张器，半眯着眼睛端详起来。“它，它……”他说，“它就是那玩意儿。”他厌恶地瞪了我一眼，把扩张器甩到墙角，重重地走了出去。这时，乔·斯崔德莱克刚巧回来。

“柯林斯，”他说，“这儿到底发生什么事啦？”

“韦恩先生非常不高兴，但我的确把鱼钩拿出来了。”我给他看拿出的鱼钩。

“时间可够长的了。”他看了看表说道。

我耸耸肩，边脱手套边说：“这么说，我可以做直肠囊肿的手术了吗？”

∽ ∽ ∽ ∽

凌晨12时之后，我协助一位高级住院医生进行阑尾切除术。在手术刚做到一半时，我们就被告知急诊室有紧急情况。高级住院医生让我照看这里，自己下去帮忙。我接着做完手术，把病人送进了康复室，又写了术后指令。然后，告诉病人的父母这一切进展得很顺利。我洗了把脸，也走进了急诊室。

急诊室里拥挤不堪。足足有15个人围在手术台边，为台上一位年轻女子做着手术。我问护士艾米·沃特金斯这里发生了什么。

“她动脉裂了还是什么，不知道。我到的时候已经在手术台上了。”

“他们这个手术做了多长时间了？”

“很长时间了，”她说，“从开始心肺复苏术到现在差不多有半个小时了。”

这意味着这个女子生还的机会不多了。我瞥向她。她很年轻，和我年龄相仿。电子管线和急救呼吸的袋子挡住了她一部分苍白的脸。

“这些人都是谁？”我朝拥挤的人堆指了下头。

“除了急诊手术室和急救小分队的人，还有产科急救人员。”

“产科——？他们在这儿干吗？”

“她有40周的身孕。”

“天哪！”闻言，我感叹道。

乔·斯崔德莱克站在台边指挥着急救队。差不多三四组人同时在给她做手术。一组麻醉师正在给她套上麻醉袋，罗利·怀特菲尔德正在为病人进行心脏按压。

突然间，乔转过来，朝手术台尾的一群人喊道：“新生儿科的人在这儿吗？”

“是的，在。”一名年轻的住院医生应声道。

“你是谁？”

“玛丽·惠泽斯。是新生儿重危病房的人。”

“胎儿存活的概率有多大？”乔问她。他当然知道胎儿活下来的概率，他只是想知道自己正在和什么样的住院医生打交道，以及他是否可以在此次手术中信任此人。

“嗯……”她迟疑地说，“即使是最好的状况，心肺复苏术也不可能给胎儿供应足够的氧气。”

“所以？”

“所以越快接生越好——当然，这是从胎儿角度来说。”

乔点点头，转过身继续面对手术台上的病人。

我知道乔在想什么。心肺复苏术已经进行超过半个小时了，这个女人还是没有一点反应。乔必须作出决定。如果他坚持心肺复苏术，胎儿就会没命；如果他放弃心肺复苏术（简称 CPR）以保住胎儿，那么母亲就会没命。

乔仅仅迟疑了一秒钟，然后抓起了一瓶比塔定泼在病人的腹部，随后拾起了手术刀。一下、两下、三下。乔用手拨开刀口周围的脂肪，伸了进去，拎出来一个发育完整的小家伙儿。切下脐带，乔把婴儿递给玛丽·惠泽斯。

现在所有一切都变了——玛丽不再是无名的旁观者，而是注意力的中心，所有人都停下来看她要怎么做。护士、外科医师、麻醉师和技术人员都正盯着她手中的婴儿。

这是个女婴，还带有母体的温度，浑身滑溜溜的。玛丽把她放下，把气管插入婴儿的喉咙，让护士为其套上麻醉袋。

“谁会做新生儿的 CPR？”她喊道。一个麻醉师说他知道，于是玛丽让他做心脏按压。乔在婴儿的胳膊上缠上线，开启静脉检测仪。玛丽则开始沉稳且有条理地给出指令。她尝试了所有方法，使用了所有可能的药物，可是婴儿仍然纹丝不动。最后，在绝望中，玛丽为婴儿的心脏注射了肾上腺素。

即使一切都无济于事，玛丽仍然没有放弃。这个婴儿不是早产儿，她是发育完整的宝宝，是那种你在育儿杂志封面上看到的宝宝。这里本应该是她生命的起点，而非终点。

又过了 10 分钟，乔终于把手放在了玛丽的肩膀上。“做得很不错了，玛丽，”他说，“我们也是没有办法了，送来得太晚了。”

玛丽抬头看着乔，仿佛被电击到了一样，无法开口。她垂下了头，双手无力地滑落下来。

人们渐渐走开，我却仍然注视着轮床上那苍白的、一动不动的母亲。头顶上的无影灯仍然在照射着她，有人已经用无菌单覆住了她身体的下部。气管的一头还在她嘴里，另一端则耷拉下来。然后，我看见一个护士把婴儿抱了过来放在她旁边。就这样，两个人静静地并肩躺着。我移开了双眼。我不能再看下去了。

这是怎样的一个鬼世界啊！我想。

我看着托盘上散落着的注射器、针、瓶瓶罐罐的药、沾满血的纱布、手术刀和止血钳，真是一堆没用的行头。

玛丽·惠泽斯独自站在手术室的一角，努力使自己不哭出来。

我好像看见乔挥手让我跟着他走，也可能他没有挥手。如果我事先知道乔往哪儿去的话，我就不会跟着他了。因为这是我所不能处理的部分——关于人的部分。乔必须去告诉那个年轻的丈夫我们失败了——他的妻子、孩子都没了。

乔拉着这个丈夫的手，挣扎着拼出完整的句子：“我、我非常抱歉地告诉您……”

乔反复说着：我们很抱歉、我们的心都碎了、我们做了所有可能做的、一切可以做的我们都做了。这个男人感谢了我们，握了我们的手，甚至是我的手——一个什么也没做的旁观者的手。然而，我还没有准备好被感谢。我想揍自己，或是整个世界，抑或是某个人。母亲和胎儿不应该死去！

我与这个男人握了手后，走出了急诊室。靠在墙边，我用左手狠狠地揉搓右手，我还沉浸在刚刚发生的一切之中。6 点 45 分了，大厅里满是干净、整洁、年轻的医生和护士在进行例行的上班报告。对他们来说，这是新的一天；对我来说，这却还是漫长的昨天。

HOT LIGHTS , COLD STEEL

Life, Death

and Sleepless Nights

in a Surgeon's

First Years

创伤太严重

11 月

这是我在急诊手术室的最后一周。我拖着身体走向后门，却压根儿没注意自己在往哪儿走。艾琳已经听到了汽车的声音，她此刻正坐在地板上等我。我踩到了她的脚丫儿，她哭了起来。

“你踩到她了。”帕蒂边说边冲过来抱起艾琳。

“她坐在那儿到底想干吗？”

“她在等你！她有两天没见到你了。你呢，走进来却踩了可怜的小东西。”她转向艾琳，用手抚摸孩子的头发。“没事儿的，宝贝。没事儿。”艾琳紧紧贴着帕蒂的脖子，啜泣着，双肩一耸一耸的。

我用手覆上了脸颊。我不想这样。昨晚只睡了半个小时的觉，而且从上午 10 点开始就为一个枯燥得要死的腹部手术做第二助手。我本想从后门进入屋子，一个人待着。我要安静，安静！不需要有谁告诉我要做什么，没有传呼、没有指令。我想做的就是关上大脑、闭合感官。

上帝啊，难道我就不能在自己的房子里享受片刻的安宁吗？孩子在哭闹、老婆在埋怨，这些我通通不需要。整日整夜的工作已经让我受够了。

在急诊手术室的6个星期耗费了我大量的精力。我见过了数不清的枪伤、截肢、断肠、车祸，还有死亡。我见过了无数的死亡，渐渐地死亡不再让我觉得不堪承受。悲伤并不实用，我早已经学会了实用主义。两个月前能让我惊骇的事情对于现在的我而言已经稀松平常。悲剧每天都在上演，而我又太忙太累，故意漠不关心是我避免身陷不尽悲情的唯一出路。

我已经学会对眼前的工作之外的一切都熟视无睹。我变成了一个糟糕的丈夫、糟糕的父亲。我很少在家，即使在家，也对所有东西都提不起精神，毫无耐心、毫无兴趣。

现在我正站在重症监护病房里一个头部受到重创的女孩的床尾。我已记不得她是怎么受伤的了。也许是车祸，也许是高处坠落。她的体温一直在上升，可我无能为力。她的高烧不是由于感染引起的，而是因为大脑系统体温调节中枢的严重损伤。

我曾经在她周身塞满冰块，也曾为她洗胃。我尝试了所能想到的所有办法，可她的体温还是不断攀升。如果再升下去，那她生还的可能性就很小了，即使活下来，也会变成植物人，因为大脑忍受不了那样的高温。

天啊，她才20岁。我是见着什么鬼了，为什么救不了她？

我站在那里，手里紧紧捏着病历，眼睁睁地看着她的体温继续上升。

乔·斯崔德莱克走过来，见我将时间浪费在一个根本就不可能存活的病人身上有些恼怒，但他看得出来我并不好受。

“迈克！我们做了所有可能做的。她只是……嗯，有时候创伤就是太严重了。”他拍了拍我的肩膀，从我手中将病历表接了过去，扔在床尾的箱子里。“走吧，”他轻声说，“急诊室里需要你。”

乔的这种能力我没有。他知道什么时候和死亡搏斗、如何搏斗，也知道什么时候该止步。他对自己在每个案例上的能力很清楚，这是我所不及的。我还停留在想打赢每一场仗的思想层面，所以在急诊手术室的这几个星期让我倍受折磨。

突然间，我意识到自己还没准备好面对这一切。我曾因很优秀才争取到梅奥的住院医生资格。我的解剖学、生理学成绩很好，在全国医学委员会前表现得很好，我成功地得到了系主任的推荐信，也受到过有关这份工作的知识方面的良好培训。然而，这里没有关于情感方面的培训。推荐信、分数永远都不会使我平静地接受抢救孕妇和婴儿失败以及眼睁睁看着20岁的女孩一点点地烧坏大脑。

我还没有准备好接受这些，但它们正慢慢地将我吞噬。我在想，生命会如何持续下去？我和我的同事们在目睹这些之后，还怎么去微笑、怎么在休息日修剪草坪、怎么去与孩子嬉戏？

当然了，如果我们毫不在意——甚至装作不在意，事情就好办多了。我们可以努力做好工作，同时不带感情色彩，但我们走入医学世界的时候不可能没有感情在里面的。之所以选择学医正是因为我们在乎，但这份在乎正持续不断地带给我们痛苦、挫折和折磨。

为了成为外科医生，我们花费了几年的时间去学习。在大学中，我们曾名列前茅；在医学院中，也曾崭露头角。我们的生命在以前就是一个接一个的成功，直到有一天——也就是现在，我们成了世界闻名的梅奥医疗研究中心的外科住院医生。一切都太完美了。但就在我们额手称庆之前，在我们找到更衣室之前，才发现这个职业与其他的职业一样——迅速、粗暴、无情地宣布我们并不完美。头部重伤的病人找到我们，我们帮不了；带着枪伤的病人到了这里，我们也治愈不了；动脉破裂的病人被送了进来，我们同样无能为力。

我们就这样不断地面对各种难题，不断地失败。这就是我们，一直都在成功的我们，一直都知道怎么做的我们，一直都极度自信的我们。过去的我们从来没有尝试做过如此重要的事，也从来没有失败得如此彻底。

我们曾试图告诉自己："她死了并不能说是我的错。"但在内心深处，我们却不能接受这样的自我安慰。医疗不是简单地遵照教科书的引导，我们要做的是治病救人。然而在很多时候，我们看起来并不是在救人。

"想听真话？"我们会发疯一般地问自己，"这就是真话。一个尚还喘气的年轻女孩到了你这儿，眼中带着恐惧，渴望你能救救她。而此刻呢，她正躺在太平间的金属轮车上，盖着白布。这就是你所要听的真话。”

然后，我们还要硬把自己拖向急诊候诊室，去面对那一双双等候了几个小时的恐惧又焦急的眼睛。这一双双眼睛曾经在我们推着他们的女儿跑向手术室时满含热望与恳求地望着我们。现在，我们开口之前，他们已经明白了，因为从我们挣扎着开口的神态中就表现出来了。

“我……我非常抱歉地告诉您……”

随后，我们就会坐在医生更衣室的长凳上，深深吸一口气，慢慢地吐出来，但我们并没有吐出并且摆脱所有的事。我们会坐在那里，紧握双手，低着头，提不起精神去清洗沾满鲜血的手，累得不想睡觉，没有心思去管护士两个小时前要进行的静脉注射。我们的意识会逐渐失去焦点，慢慢地从过去几个小时的恐怖中退出来。

如果幸运的话，我们会在早上八九点钟查完房后就下班了。开车回家的路上，早晨的阳光穿过树叶在我们周身闪耀，一跳一跳地射进我们的眼睛，仿佛救护车灯一般。我们回到家中，回到需要我们的妻子身边，咕哝着打个招呼，匆匆从妻儿身边走过，然后陷入无梦之眠。

然而更多的时候我们还不能下班，眼前还有一整天的工作在招手，因此我们没有时间去想昨夜发生了什么。如果病人死里逃生，那前面还有其他新的挑战在等待我们：电解质紊乱、心脏输出流量减少、刀口渗血，这些事情都需要我们去处理。于是我们就欣慰地忙碌着，忘却了昨夜的恐怖幽灵，忘却了那些断肢、枪伤、翻开的腹部、玉米收割机割伤的手指以及沾满泥与沥青的张开的脚踝骨。

我们渐渐明白，那些培训、那些“在乎”并不能解决每个问题，这不是在医学院，我们也不会场场考试都得优，白发苍苍的老教授也不会拍拍我们的头，赞叹我们的聪明。我们不会赢得每一次战斗。

“有时候创伤就是太严重了。”乔说。

是的，对我来说，的确如此。

HOT LIGHTS , COLD STEEL

Life, Death

and Sleepless Nights

in a Surgeon's

First Years

老婆想吃肉

11 月

这是一个多风的早晨，地面覆着约 10 厘米厚的新雪。我坐在梅奥的急诊室里，参加最后一次晨报会。此时，杰瑞还在楼上的手术室里，为一个肠裂病人做手术。马克瘫在角落里的椅子上。罗利和我则由于昨夜休息而相对清醒一些。乔·斯崔德莱克感谢了我们，说我们干得很好，之后就开始例行指导新来的住院医生了。

晨报会结束的时候，我与罗利、马克握手告别。他们说对于我这个骨科笨蛋来说，干得还不错。我则感谢了他俩，也开玩笑地祝他们在接下来的日子里能够好好照看那些直肠囊肿病人和肥胖病人的胆囊。

我让他们替我向杰瑞道别之后就向医生休息室走去，开始新的任务——在儿童骨科工作 6 个星期。杰克·博格是我的新高级住院医生。听说我刚刚从急诊手术室那边过来，他一定很同情我，因为在完成了例行的查房之后，他就让我这周末休息。

杰克·曼宁也刚刚开始在黑尔医生手下“服役”。早上他用车载我到卫理会医院参加周六早上的会议。在急诊手术室的时候，我们从来没有时间去开这个会，因此自从9月起，我就没在这里露过面。这次的会议内容是关于手腕舟状骨骨折术后的并发症。我正要坐下，伯克医生叫住了我。

“柯林斯医生，看到你过来可真好。请解释一下与舟状骨骨折相关的不愈合以及骨坏死高发的原因。”

我解释说，这是因为在舟状骨骨折的同时，部分骨头的供血血管也会断裂。

“哪部分骨头？”

“末端部分。”

“断裂的血管叫什么？”

“我认为那是……”

“你认为？”

“桡骨动脉。它进入舟状骨的……”

“我没问你它在哪儿进入，我问你它的名称。”

“哈哈，告诉他是肛门动脉。”弗兰克·威尔士在背后小声嘀咕。

“对不起，老师。我想不起来。”

“别向我道歉，”他回答说，“你该向你那倒霉的病人道歉。”

“是，老师。”我嗫嚅着准备坐下。

“你上次参加会议是在什么时候，柯林斯医生？”

我又站了起来：“有几个星期没来了，但是这段时间我一直在……”

“我不管你在哪里，参加会议是必须的。”

“但是我当时是在……”

“必须！”

这个时候，我知道应该闭嘴，于是我说：“是，老师。”

“‘必须’是对那些还想继续做住院医生的人说的。”

“是，老师。”

当伯克透过眼镜的上方将我上上下下打量一番的时候，我就在沉默中静立着。“坐下，柯林斯医生。”他终于发话了，“曼宁医生，你知不知道这个血管的名称？”

当我如释重负地坐回椅子里时，弗兰克从后面拍拍我肩膀，小声说：“我想他对你有好感。”

∽ ∽ ∽ ∽

11点半，我回到了家。虽然杰克住在这个城市的另一端，却还是用车送我回了家。

太阳升起来了，昨夜的雪已经开始消融。帕蒂站在侧石上，旁边是我们的车——一辆绿色的老道奇车，已经有4天没有发动了。帕蒂身穿一件奶油色的爱尔兰羊毛开衫，毛衫在她隆起的小腹两旁耷拉下来。艾琳站在旁边，双手搂着帕蒂的右腿。从维修站过来的詹森先生也在这儿。他抬眼冲我点了下头，然后又在发动机罩前埋头苦干去了。

杰克说帕蒂气色看起来不错。“我喜欢这个沙滩球的造型。”他说。

“哈哈，你真幽默。”帕蒂冲他吐吐舌头。

杰克把车倒出车道，挥手与我们告别。他开车走后，我亲了亲帕蒂，她看起来忧心忡忡。

詹森先生直起身来，“啪”的一声扣上发动机罩。

“你好，詹森先生。你看，怎么样了？”我手指着车问道。

他倒是很痛快：“发动机坏了。修它得花2 000块，可能还要多一点。”

2 000？买它才花了700！

詹森看出来了：“得了吧，不值得修了。”

帕蒂和我站在那儿，什么也没说。

“对不起。”詹森说。他往自己的卡车里走的时候，转过身对我说：“我给了夫人一个我认识的垃圾收购场伙计的号码。他也许能出价三四十块。”

我勉强笑了一下，心想他是不是装滑稽。等他走了，帕蒂和我大眼瞪小眼。

“现在怎么办？”她问。

“你有多少钱？”我问。

她伸手往兜里一摸：“6块。”

我伸手搂住了她：“我们在银行里有300块，再加上从垃圾收购场的……”

她看着我：“你还真相信他会给我们30块吗？”

10分钟以后，我给曼托维尔垃圾收购场场主厄尼·豪斯菲尔德打电话。

“柯林斯？啊，知道了。老詹森说你可能会打过来。他说你是梅奥的医生？”

“嗯，我是。”

“那你怎么还开一辆破家伙？”

啊，是啊，我给忘了。医生们总是开保时捷、宝马之类的。“我那辆兰博基尼在店里，”我告诉他说，“我开管家的车呢，我想应该给他买辆新的。”

“你可真逗，大夫。好吧，这样：你要是能把车开到这里来，我给你35；要是派拖车过去，那就25。”

就25吗？我叹了口气：“发动机坏了，厄尼。你得过来拖走。”

“行。把产权证准备好。一个小时之内会有人过去的。”

3个小时之后，一辆拖车停在了我家门口。一个戴着脏蓝色鸭舌帽的年轻人跳下车，核对我们的地址。我走了出去。他扫了一眼右手里的纸条问：“柯林斯医生？”

“柯林斯。”我伸出手去。

他把纸条塞回口袋，和我握了手。“我是吉米，给厄尼开车，”他看了看道奇，“这就是您的车？”

我点点头：“是，就是它。我还真舍不得它。以前挺棒的，就是最近完了。”

“是都弄走还是留点备件？”

“好，留点儿吧。”备胎虽然磨平了但还有气儿！于是我把它滚进了车库，也许能在将来买“新”车的时候派上用场。

吉米倒过拖车，将保险杠钩在拖车上。他按了卡车的一个按钮，我的车子就离开了地面。我把产权证给他后，他给了我 5 张脏兮兮的 5 元钱。

帕蒂走出来，看着吉米把车拖走。“迈克，接下来我们怎么办？”她问我。

我告诉帕蒂，我还没有想好如何才能有钱买辆新车，我说还是等下次的工资发了再说吧，还有两个星期。加上银行的存款，差不多够了。我转头向屋子走去，但是帕蒂却还留在原地。“你没忘什么东西吗？”她问。

“比如？”

“比如买食物的钱。”

“我值班的时候会从医院带回来吃的。”

“我可不要再吃一个月的苹果和西梅甜卷了。”她说。

“如果你对我好点，那我也许带回来点鳕鱼砂锅。”

帕蒂拉起艾琳的手，气冲冲地朝我走来。

“我不要鳕鱼砂锅！”她说，“我要肉！还要蔬菜！还要土豆！”

我叫道：“我应该娶个可以吃上一个月苹果和梅子的女人。”

“我应该嫁个律师。至少桌子上还有吃的。”

帕蒂一定是承受了不小的压力，否则她不会说出这么伤人的话。

HOT LIGHTS , COLD STEEL

Life, Death

and Sleepless Nights

in a Surgeon's

First Years

冰球赛扬威

11 月

时光走到了秋天的尾巴上，这个时候我们已经逐渐安顿下来。我很享受在儿童骨科的日子，帕蒂也逐渐与邻居熟络起来。她已经是詹森店里的常客，与巴罗家的杂货店里的肉贩丹成了朋友，还有邮差蒂姆和垃圾处理员扎克。经常有人在路上认出我说："你一定就是帕蒂的丈夫了。"

我们买了新车，是从机场附近的一个人手里买来的一辆 1972 年的庞蒂亚克。这车没有缓冲装置，刹车直叫唤，车身也锈迹斑斑，可启动却非常灵敏。就 600 块的价格来说，已经算是不错的了。

"前座怎么了？"帕蒂初次坐进来的时候就问。

我忘了告诉她前座的螺栓已经生锈报废了，于是揶揄道："我开车的时候你就不用费劲摇宝宝了。"

她白了我一眼："买的时候这个功能还加钱吗？"

"咳，宝贝儿，你以为我们那 600 块还能买到什么呀？"

她口气缓和了一点："好吧，车胎看起来还不算太坏，但你确定用这个载着艾琳会安全吗？"

"除非她能找到更好的父母，否则只能和咱俩绑在一起，还有咱们的车。"

∽　　∽　　∽　　∽

这些日子，我在骨科方面越来越得心应手。虽然感觉还是与其他的住院医生有差距，但是至少我已经是圈内人了。从急诊手术室那边出来之后，晚上突然被召回的次数少了许多。大概每 3~4 天值一次班。值班的时候，我就待在医院里，负责骨科的所有事务，例如急诊、咨询，还要随时准备被骨科护士呼叫过去，睡觉的时间少到只有两三个小时。然而，至少大多数的夜晚我还能回家与帕蒂还有艾琳做伴。

艾琳总是睡在帕蒂身旁的婴儿床上，但是由于我们要迎来第二个宝宝，所以我俩想应该是时候让艾琳适应独自睡了，于是就腾出了一间屋子做育婴室。

可让艾琳独自睡觉似乎还有点残忍自私，我们总担心她会出什么意外。不过话说回来，艾琳已经有 16 个月大了，可以睡一整晚不用醒来。那还怕什么呢？问题当然不在于她适应这个变化的能力，而是在于我们。我们把艾琳放在她新房间的第一晚，帕蒂先后三次起来去看孩子有没有事儿。

∽　　∽　　∽　　∽

过了一周，我在《内部消息》中看到一则启事，说是梅奥职工冰球队又要开始新赛季的比赛了，所有感兴趣的人都可以在 11 月 26 日早上 8 点参加首训。终于有我想做的事儿了，真让我激动。在骨科上，我还是个后进生，比这里的任何医生知道的都少，但冰球不同。冰球是我的强项，我曾在上学期间取得过优异的成绩。虽然毕业之后我没怎么碰冰球，但我还是充满信心，也极度渴望重返冰球场。

09 冰球赛扬威

那天早上，我在更衣室里穿上了还是上学期间的装备，看上去并不怎么专业。当我俯身系冰鞋时，有人在我面前停了下来，道：“你还玩冰球呐？”

我抬头，看见那个曾嘲笑过我的乔纳森·威尔海姆正鄙视地看着我。自从那次在哈丁医生手下干活时的早饭事件后，这家伙从不错过任何一次笑话我的机会。那件事简直成了他的笑柄。每天早上他都会说我是“世界上最笨的住院医生”。天知道这日子什么时候才会结束，说不定要到我被踢出住院医生队伍的那一天。

当来自富人区的威尔海姆不谈论自己是优秀的外科医生时，就夸夸其谈地说自己在中学时是多么好的冰球手。

他站在我跟前：“柯林斯，你从哪里来？”

“芝加哥。”

“芝加哥？芝母牛去的地方？[①]”他又开始大笑起来，朝着那些我不认识的住院医生喊：“嘿！我们这儿有个波比·霍尔[②]呢，他从芝加哥来。”

威尔海姆戴上头盔，以免弄坏发型。然后，他用球杆碰了碰我的脑袋。虽然是碰，但也很疼。他大摇大摆地走出了更衣室。

我的脑袋还有点酸疼，但不妨碍我的好心情。太好了。美梦成真。

突然间我就不着急了。检查了刀刃，还把鞋带系了又松，然后在防护服外缠了一圈半的带子。虽然什么事也没发生，可是我却感觉已经享受到了过去几个月都没有的兴奋。其他的队员换好衣服，走上冰场。更衣室里渐渐空了，最后只剩我一个。我听得到赞博尼磨冰机发出“啪啪”的响声，以及铅块撞到挡板的声响。

我还是在等待。我想做最后一个上场的。我这个装备寒酸的家伙会是挑选队员环节中最后被选中的。我唯一在意的就是千万别被分到威尔海姆的队里去——我猜他也不会要我。

① 芝加哥英文为 Chicago，这里威尔海姆为了嘲笑柯林斯，故意把 Chicago 拉长音来读，这样中间就出现了 cow 的发音，意为母牛。——译者注

② Bobby Hull，美国著名冰球运动员。——译者注

磨冰机的声音终于消失了，这是双方争队员的时候了。我伸了伸胳膊和腿，放松之后，把前面的假门牙取了下来放在口袋里。这会是一个地狱般的早上。

∽ ∽ ∽ ∽

“你该为自己感到羞愧。”那天晚上在我告诉帕蒂这件事后，她说我，“你都快 30 的人了，你结婚了，有了宝宝，另一个也快出生了。你应该成为外科大夫，可你却游手好闲，像酒吧里挑事儿的。你就不怕威尔海姆找你麻烦？他要是在会议上让你难堪，到主治医师那里告你的状怎么办？”

“不用担心。今天威尔海姆医生和我达成了共识。虽然我没想让他恢复理智，但是我的说辞也蛮有说服力的。我相信今后他会用一种新的眼光看待我们之间的关系。”

他确实这样做了。在第二天的早餐桌上，我端着自己的盘子坐在了他旁边，没看他一眼，也没和他说一句话，我只管埋头吃饭。但生平第一次，威尔海姆医生看起来嚼得很吃力。那天早上他没和我说话，也没说关于我的话。

HOT LIGHTS, COLD STEEL

Life, Death and Sleepless Nights in a Surgeon's First Years

儿童骨科的男孩

12 月

我喜欢上了儿童骨科。在历经急诊手术室那喘息不得的忙碌后，不慌不忙地给小孩子们看看病还不错。然而，儿童骨科也不单单是关于扁平足和鸽趾——这里可是梅奥，我们也会有难对付的病例。

波比·朗是个 6 岁的小男孩，从迪科拉转院过来。他骑着车从小山上冲下去，直接撞到了一辆货车上。幸运的是，除了头部被撞破皮之外，只伤到了左腿——股骨骨折，小腿前部软组织受伤。急诊手术室的医生们确认孩子没有大碍，为他包扎了头部，然后把他交给我们处理。

杰克·博格是与我一同在儿童骨科工作的高级住院医生。我们用一个大盆取了数千毫升的消毒液，然后花了一个小时为波比清理伤口，从他腿里取出泥土和沥青。看起来他需要接受皮肤移植了。我完成包扎之后，杰克拿着 X 光片上楼找我们的主管医生斯坦伯格医生。他回来的时候，我问他斯坦伯格医生打算如何处理小家伙的股骨骨折。

“99 型牵引。”他回答。这就意味着波比可以不用手术，但是得在牵引床上待 4~6 个星期。与此同时，他得平躺在床上，髋部和膝盖要被牵引到与背部成 90 度角。

为骨折患者做牵引的时候，得先在骨折远端的骨头上钻一个钉头，再连上重物。在重物的作用下，让骨头恢复原位。

我告诉杰克，我从来没有安装过牵引用的钉头，杰克说这就是我该学习的时候了。他让护士取来骨骼牵引的托盘，然后指导我如何做。

“好了，”托盘拿来的时候，杰克说，“开始干吧。”

我惊奇地望着他。“就在这儿吗？”我问。“难道我们不需要到手术室，麻醉之后再做吗？”

“不，就在这儿，在床上。”

牵引钉是用手钻钻进去的。在皮肤组织留下穿孔，然后用一个带有引线的钉子穿过孔，直达骨外层，再从另一面出来。我从来没有看过这样的操作，但我知道一定是疼死了。难不成我们要对一个 6 岁的小男孩下此毒手，还不用麻醉？他说的一定不是真的。

“迈克，”他告诉我，“这不算什么，我们总这样做。总不能因为这么个两分钟的小小操作而进行全身麻醉。我们会给他注射吗啡，穿进牵引钉，挂在牵引器上。用不了一两天，他就会感觉好多啦。”

这倒是很好。不过在我把一个近 30 厘米长的斯坦曼导钉穿进他股骨的时候，这孩子显然不会“感觉好多啦”。

∽ ∽ ∽ ∽

杰克告诉波比的父母说我们要在他腿上穿颗钉子，让两位暂时回避几分钟。他们走出去之后，杰克在波比膝盖下方垫了一张毯子以保持膝盖的弯曲。尽管打了吗啡，波比还是发出痛苦的低吟。杰克把腿的位置摆好，过来帮我处理股骨。

“有几点需要注意的，”他把斯坦曼导钉穿进小家伙的骨头里时说，“首先，远离生长骨。如果不小心碰到了，那么将来这条腿会比另一条短 10 厘米。”

我听了，咽了咽口水，点了一下头。

“其次，让牵引钉从骨头的正中间穿过去。你得先用牵引钉在骨周围比量比量，确认正中间的位置。然后用手钻往里钻，直到牵引钉穿过去，进入另一侧的皮肤。接着，我在另一侧开个口，使它出来。明白了？”

我又点点头。

“好啦，柯林斯，动手吧。”

我戴上无菌手套，拿起手钻。杰克则拿起 11 号刀在孩子的大腿上切开一个小刀口。“从这儿开始。”他说。

忍着疼痛的波比在床上呻吟着。我装作干过这事一样，走近他，给他一个表示安慰的微笑。当我拿起手钻准备开工的时候，波比开始颤抖起来，大眼睛里盛满了泪水。好在由于骨折，他的腿还不能动。我把手钻凑近，钻头就从刚才杰克开口的地方钻了进去。

“停，”杰克喊，“应该往这边偏一点。”他推了推我的手肘，“对，就这样。”

我慢慢将手钻钻进波比的肌肉中，直到感觉碰到了股骨。

“现在上下挪动一下，找到前后方的皮层。”杰克说。我这样做的时候，波比哭得更厉害了。

“行吗？”杰克问。

“行，”我说，“找到正中间的位置了。”

我一点点推进，穿上线的牵引钉开始进入股骨。我看了波比一眼。此时他正呻吟着，脑袋不断地左右摇摆。与此同时，我一直在推进手钻，直到感觉到牵引钉出了骨头。再转动几下，我就可以看见钉子将另一侧的皮肤拱起来了。

“好，”杰克说，“现在等我开个小口。”他拿起手术刀，在另一侧开了刀口。这个时候的波比几乎没有出声。在经历有人把一颗大钉子穿进他骨头里之后，这个小小的刀口就不算什么了。

过了 20 秒后，我把牵引钉穿在了正中间的位置，两边各留三寸在外面。

“我看挺好！”杰克说，“现在上牵引仪吧，把重力加上。”

15 分钟后，我们拿回了 X 光片。“干得好，”杰克说，“看见没，你钻的地方正好在生长骨上方几寸。很完美。现在把腿吊起来吧。”

我们安放了几个滑轮，保证波比的股骨竖直向上指向天花板，他的小腿与大腿垂直，与床平行，被一个布带吊着。床脚处是牵引所需的重力物。在整个过程中，波比一定是疼极了，也一定累坏了，恨不得我们马上完事儿。不论我们做什么，他就只是呻吟而已。

等一切都完毕后，我们包扎了伤口，让波比的父母进来。当妈妈弯腰亲波比的时候，孩子哭得更厉害了，并且用双手牢牢地攀住妈妈的脖子。

然而，波比要受的折磨还远没有结束。由于他腿下部皮肤组织受伤，我们必须每天给他换药。纱布每次都粘在伤口上，即使我们动作再轻，对波比来说仍是个折磨。终于有一天，我们把他推进了手术室，进行了植皮手术，将他右腿的皮肤取下一块植到左腿受伤的部位。

每次进波比房间的时候，我都比他还要害怕。如果是成年人就会好些，他会明白我们所做的事儿都是为他好。他应该接受在股骨里钉上牵引钉，也应该同意每天换药。虽然不喜欢，但他至少还知道这样做的必要性。可波比却不懂。他知道的就是大人们天天到病房里弄疼他。他们给他打上绷带，把一个钉子钻进他的骨头，扭曲了骨折的那条腿，然后从一条腿上扯块皮粘在另一条腿上。

波比在医院的这几个月里，我眼见着他眼睛中所流露出的情感由焦急到害怕，再到厌恶，最糟的是——绝望。到月末的时候，我们再进病房，他已经不哭了。他就躺在那里，用空洞无神的眼睛盯着我们，一眨不眨地。

一个月后，波比新植的皮肤开始生长，骨折也开始愈合。是时候把他从牵引器上放下来，挪到轮床上，让他出院了。然而，前提是必须先将牵引钉拿下来。杰克让我来做，但是我拒绝了，我可不想被这小男孩那样盯着了。杰克莫名其妙地看看我，耸耸肩，说好吧，他来。

我们轻轻地拿下牵引器，摘下与牵引钉的连接。然后，杰克用剪针钳剪掉了连着肌肉的那部分钉，接着用手钻把剩余的部分拔了出来。这次波比没有哭也没有动，而是用眼睛盯着看。这令人丧气，这也是波比的“复仇”。那双眼睛分明在说：你们伤害了我，记住你们对一个小孩子做了什么，也记住这双眼睛所告诉你们的东西。

这双眼睛里所藏的信息是孩子不应该有的，也是大人们不想看到的。

我们把波比放在了轮车上，让他第二天再出院。他恢复得很好。股骨很直，皮肤也愈合了。我希望有一天他会感谢我们。然而，这复原的股骨以及愈合的皮肤得来不易，我不确定波比要用多长时间才能忘掉这伤痛，他还能不能用孩童的眼光看待这个世界。

波比出院之后，我花了很长时间来思考这件事，并试着调整我的情绪。这孩子身体恢复得非常好，我很高兴，但是我仍对带给他的痛苦而深感不安。后来我得出了结论：要想轻轻松松、完完全全地在一瞬间没有丝毫疼痛地解决波比的问题是天真可笑的。我们不是上帝，我们只是一群为治愈患者而竭尽全力的医生。对于波比，我们做了应该做的。我们没有毁了他的股骨，而是修复了它。我们也没有把皮肤从他身上撕下来，而是进行了移植。这些的确使波比感到痛苦，但如果不是我们，这孩子的后半生就有可能残废。

我在过去的6个月里变了很多，已经逐渐习惯克制自己的情感。我变得有一点心硬了，也更适应自己的角色了，但是这个小男孩的痛苦仍然让我忍不住思考。我也知道，要是想做外科医生，就必须做好面对残酷现实的准备：母亲会死，小孩子会被卡车碾伤，我们帮助病人的时候也会给他们带来痛苦。我的确需要同情心，但同时也不能被同情心麻痹。我应当相信我所从事的工作，也应当相信外科医生这项工作的艺术实质：一把手术刀，它能切开多少就能治愈多少。

HOT LIGHTS , COLD STEEL

Life, Death
and Sleepless Nights
in a Surgeon's
First Years

谁才是孩子们的父亲

12 月

有一天，我兄弟丹尼打电话给我："我右肩膀出了点儿问题，而且越来越糟了。我知道现在你还只是住院医生，可还是想问问你，这是怎么回事？"

我可不愿意听"只是住院医生"这样的废话。

他告诉我，他在大学里有一次打橄榄球时伤到了肩部。"打那以后，这鬼东西就从来没给我安生过。"他下周有时间。如果我能给他预约的话，他就来梅奥。"但我可不想叫住院医生看，"他说，"给我约个好的医生。"

见鬼，我们又回到侮辱住院医生的话题上来了！当下并不是我们接待来客的最好时机。帕蒂刚刚生了我们的第二个女儿，取名叫玛丽。虽然分娩过程很顺利，但她也是筋疲力尽。我努力让她看开点。

∽ ∽ ∽ ∽

几天后，丹尼开着他那辆破吉普来了。接下来的 4 天里，我都没有见到丹尼，因为他来的第二天我就开始值班。第二天我 6 点到家、7 点睡觉。第三天又开始值班。

当第 4 天我回家的时候，丹尼正坐在厨房里，把玛丽放在大腿上。他已经看了梅奥的专家号，做了 X 光检查和磁共振，计划第二天早上动手术。

帕蒂告诉我，有丹尼在身边是一件很美好的事。在不去医院的时候，丹尼帮着喂艾琳、购物、打扫庭院、修厨房的水龙头，他几乎做了一个真正的丈夫该做的每件事。现在呢，他还拥着我的女儿在腿上。这小家伙心满意足地坐在那儿咬指头，口水流了丹尼一身。

晚餐是鸡和土豆泥——丹尼的最爱。我问为什么没有我最爱吃的烤肉，帕蒂马上叫我闭嘴。因为我可不像丹尼那样，在第二天要动手术的。再说，我现在也不像前一段时间那样消耗体力了。

手术进行得很顺利。丹尼在医院住了一个晚上后，第二天就出院了。帕蒂让他在这里再待上一星期，直到拆了纱布再走。事实上，就算这家伙右胳膊吊着绷带，也能抱小孩和陪艾琳玩儿。

丹尼术后的第 4 天，我晚上 6 点回到了家。他正在起居室里抱着宝宝，轻轻摇着。宝宝在他肩膀上睡得很香。

“让我抱抱这小甜心儿。”我对他说着，同时伸出手，把玛丽从他肩膀抱下来。她马上开始忸怩不安起来。

“不能那样，”丹尼说，“她不喜欢被那样抱着。”

我换了个方向抱她，可她还是哭。

“咳，”他说，“给我吧。她不习惯陌生人。”

我是她爸爸，我不是陌生人。然而，受了打击的我还是把她给了丹尼。丹尼重新把她抱在肩膀上，轻轻拍她的后背。小家伙扭了一两次，终于满意地出了口气，不动了。

“陌生人先生想害你吗？”他低语，“不要怕。丹尼叔叔在这儿，不会让坏人碰你。”

他的嘲笑狠狠地打击了我。我过的这是什么日子？我经常见不到老婆，孩子不认识我，我兄弟比我更像是孩子的爸爸、帕蒂的丈夫。这就是我要的生活？

我顿时感到罪恶与挫折——只有两分钟。一小时后，帕蒂叫醒我，让我到床上睡去。我才知道我在沙发上睡着了，口水流了一衬衫。这样的我对谁来说都没用。我晃晃悠悠地站起来。罪恶感早忘了。什么都忘了。我将脱下来的衣服扔在地板上，然后转身砸进床里。

3 天后，丹尼走了。我还没来得及和他告别。接下来好几周，艾琳看见我从后门进来就皱眉，问我丹尼叔叔什么时候回来。

HOT LIGHTS , COLD STEEL

Life, Death

and Sleepless Nights

in a Surgeon's

First Years

零下 38℃

1月

1 月 3 日这天，我开始在安东尼奥·罗梅罗手下干活儿了，他是梅奥最繁忙的医生之一。第一次值班的时候，我只挤出一个小时的睡眠时间。回到家时，我又饿又累。又下雪了。

虽然才 5 点，但外边已经是漆黑一片。后门外的灯下，雪花在肆无忌惮地飞舞。我真不情愿离开温暖的厨房，但是假若不扫车道的话，那明天早上我的车就出不了门了。我系上马靴，拉上鸭绒服的拉锁，扣上扣子，匆匆出了门，在风雪中走向车库。那里有我不知什么时候从建筑工地上留下来的一把厚重的铁锹。

每隔 10 分钟我就直起腰来，支起铁锹伸伸腰。汗出得很厉害，我就把衣服拉开，把帽子揉成一团放进口袋里。我的头发上已经落了一层雪。换了只手，我又开始干了起来。只剩不到 2 米了。

90 分钟后，我完工了。但是，当我回头看到扫完的车道上又开始累积起白雪时，我还真有点儿沮丧。

∽ ∽ ∽ ∽

下雪已经很糟了，可比它更糟的还有寒冷。周六睁开眼睛的时候，我迎来了有生以来最冷的一天。一整晚，北风呼啸，硬是把路上的积雪吹开了一条小道儿。帕蒂和我盖了 4 层被子，但还得蜷缩在一起相互取暖。

克罗克电台的早间主播哈雷·弗拉瑟读了政府部门的声明："国家气象局发出严寒气候预警，预警范围涉及整个明尼苏达州。预计气温将降至 -20℃ ~-40℃，并伴有大风天气。风寒将达到零下 38℃。州长已经宣布进入紧急状态，请市民不要出门。"

整个市区中，汽车都发动不起来，有的甚至在路中间熄火。水管冻裂、邮件停送、气泵也冻住了。

曾与我在急诊手术室共事的马克·赛尔福来自佛罗里达州。早上查完房后，我在医生休息室里碰到他。马克说他从来没有见过这么冷的天，感觉就像爱斯基摩人。他还说要能在这个被上帝遗忘的地方生活下去，就得变成坚果。

中午我回到了家。帕蒂哄孩子睡午觉后，给我俩做了几个奶酪三明治。吃完后，她看我又穿上了靴子，问我："你想到哪儿去？"

"我去还埃蒙的椅子。"我说。

埃蒙·乌苏利文是个爱尔兰人，到梅奥进行神经学的研究。可怜的人！一生中他都没见过低于零下 20℃的天气。当我打电话告诉他一会儿给他送我们借的椅子时，他可吓坏了。

"你疯啦？"他用那浓重的西海岸口音问，"你没看见外面的天气啊？天哪，比什么都冷。"

"好啦，埃蒙，我就是送个椅子，又不是和你玩垒球去。"

他求我别过去，发誓说他不需要椅子，过两天他自己会来拿。"说良心话，我可不想看你死。"他说。

12 零下38℃

“15分钟内我就会到。”我说。

不过，首先得能发动起车子。庞蒂亚克之所以早上能发动起来，是因为我晚上就起来折腾它了。我太熟悉这个傻瓜车子了：每次试多长时间，隔多长时间再试一次，油门踩进去多少，就能把它唤醒。

我穿上鸭绒服，出去开始发动车子。车库门又冻上了，所以我不得不后退几步，用上半身撞它几下，把冰撞松。车的前门冻上有两天了，我只能从后门进去，再爬到前座。第二次启动的时候，车子“突突”地有了生气。我为发动机加速了一两次后，就让它开着。接着下了车，回到屋里暖和暖和。10分钟后，我回到车库。车子已经暖到零下5℃了。我打开后备箱，把椅子顺进去，前往埃蒙家。

我先是朝俱乐部旁边的小山驶去，经过一条无人的街道后到了埃蒙家。我没有关闭发动机，并从前座爬到车后门。出来后就一路跑到他公寓门口按门铃。风还是不断地怒吼着，把雪刮到我脸上、夹克底下、袖子里。我开始怀念在车里坐着的时候，不是说留恋那个温度，而是在车里面，最起码能躲过这风。

埃蒙开了门，一把拉过我胳膊，把我挽进了屋。他“砰”地把门关上后，立刻用胳膊拍拍胸脯。可怜的埃蒙和妻子莫伊拉已经把孩子、电视和几把椅子都移到了厨房——他们这地下室公寓里唯一可以暖暖身子的地方。烤炉开着，门也开着。埃蒙穿了好几件毛衣，戴了两个帽子，他又穿了一件大衣之后出来帮我抬椅子。

我坐了一会儿后向他们告辞，希望车子的发动机还开着。于是我站了起来，把马克杯放在水池里。水池上方的窗户已经冻得死死的了。我们可以听到外边的风声。我指着水龙头告诉埃蒙说：“你们应该把水龙头打开一点儿，这样水管就不会冻。”

“能让水管不冻？”埃蒙惊奇地重复说。他刮了刮窗上的窗花，又倒了杯茶给自己，然后用双手环握住温暖的杯子说：“零下38℃。风刮得跟女鬼似的。车子也发动不起来，水管也冻着。苍天呐，这到底是个什么地方啊！”

HOT LIGHTS , COLD STEEL

Life, Death

and Sleepless Nights

in a Surgeon's

First Years

骨科医生诊癌症

2 月

当还在罗梅罗医生手下干活儿的时候，我认识了苏珊·施恩可。苏珊是从明尼苏达州威诺娜来的幼儿园老师，43 岁。一个星期一的早上，她来到梅奥说自己右边臀部疼。以前，苏珊的身体很好，每天都跑上 5 公里。就在一个月前，由于若有若无的疼痛，她不得不放弃了跑步。

“走路瘸吗？”我问。

她迟疑了一下，说：“嗯，我丈夫说是。”

“晚上疼吗？”

苏珊点了点头，说：“是的，过去的 4 个星期，我每晚都会疼醒。于是，我就想过来让你们给看看。”

我开始警觉起来，试着若无其事地问：“有过癌症史吗？”

“没有，像马一样健康。”她回答说。

“那父母和亲属呢，有过癌症吗？”

“嗯，我母亲几年前死于乳腺癌，但她那时已经 78 岁了。”

苏珊说她大体上是很健康的。虽然她最近体重有所减轻，但她认为那是跑步的结果。最近她还感觉到有点儿疲劳，但她不担心那个。“就是这个讨厌的屁股，”她说，“我觉得没什么大毛病，可就是不好。”

除了疼痛这侧的臀部有些软之外，苏珊的检查结果还算正常。于是我让她去做了 X 光检查，自己则开始接待下一个病人。两个小时后，苏珊的 X 光照片出来了。我站在检测室的外面，对着光看片子。在她股骨转子下方，竟然有一处溶解性病变。

∽　∽　∽　∽

我把片子拿给罗梅罗医生看。他盯着看了几秒钟后，抬头看向我。我们都心知肚明，她很有可能发生了癌细胞转移，病源从乳腺处来。

于是，我们两个脸色阴沉地走进屋和苏珊谈话。罗梅罗医生先是和我一样问了苏珊一些类似的问题，然后告诉她 X 光片显示她可能出了状况。

她笑着说：“我早就想到了。”但是看到我们两个仍然表情严肃，她似乎感觉到了问题不简单。“是什么？”她问，“怎么了？不是关节炎，对吗？”

“不，不是，施恩可夫人，不是关节炎。”

一阵令人难堪的沉默之后，罗梅罗医生最终开了口：“目前我们还不能明确这是什么，还需要做进一步的检查。”

苏珊第一次紧张地看看我，又看看罗梅罗医生，想从我俩的脸上找出些答案。她开始明白了。“是大病吧，是吗？”

罗梅罗医生停顿了一下，说：“可能是。”

苏珊的肩膀垂了下去，头瘫到胸前，紧接着用右手遮住了眼睛。“哦，上帝啊。”她轻声说。

罗梅罗医生握住她的手，告诉她目前还不能确定病症，对为她带来的不安深表抱歉，而更抱歉的是，最终的结果得两天后才能出来。最后，他说会打电话给她丈夫。

苏珊摇摇头。“不，”她说，“不要让他担心。”

我写下关于骨扫描和血液鉴定的事宜，然后告诉苏珊，两天后会告知她检测结果。我提醒她说：“你应该使用拐杖，因为你的髋部现在很脆弱，如果让其承受太大压力，就容易骨折。”

“骨折？光走路就能骨折？”问这个问题的女人在几个星期前还每天跑5公里来着。

“不排除有这样的可能性。”我回答说。

∽ ∽ ∽ ∽

两天后，苏珊和丈夫来到梅奥，在一间检查室里等待着。与此同时，我和罗梅罗医生在放射科研究骨扫描的结果。苏珊的整个骨骼布满了癌细胞，而且这不是简单的骨癌，因为癌细胞是从别的某个地方扩散过来的。

“可能是甲状腺或是肾，”罗梅罗医生说，“但很大一部分看起来来自乳腺。”

我揣测着他将如何告诉苏珊和她丈夫。虽然医生在遇到这种情况时隐瞒病人的日子早已不复存在，但我们仍然希望有办法能使病人减轻恐惧感。

“我想慢点告诉他们，”罗梅罗医生在通往14层的电梯里对我说，“人不能一下子面对这样的噩耗。他们会拒绝听下去。”看来，他遇到这种情况已不是一次两次了。他叹了一口气，继续说：“好在我们已经给施恩可夫人透露过一些信息了，她也知道结果并不乐观。”

我们一走进检查室，苏珊和丈夫就站了起来，担心地望着我俩。在罗梅罗先生进行了简单地介绍后，直入主题。“我知道你们着急知道检测的结果，”他开始了，“骨扫描结果证实了先前的诊断。髋部的问题确实很严重，而且这部分病变很可能是从别处转移扩散而来，不仅仅是髋部，其他基础骨骼也存在这样的情况。”

罗梅罗医生每讲一句，夫妇二人就靠得更近一步。他没有喘息，接着说："另外，血液检测结果显示有贫血的症状，意味着肝脏可能也出了问题。我们还要进一步诊断。"

施恩可夫妇惊呆了，坐在那里足足有几秒钟，施恩可先生才轻声问："这些意味着什么？"

虽然他不能直接问出来，但是这样的问题实际上是问："我妻子会死吗？"同样，虽然我们也不能直接说出口，但回答也将是"是的"。然而，我知道罗梅罗医生不会那样鲁莽。不是在这里，不是在此时。他们需要一点时间消化这个坏消息。

"这意味着您的妻子病得很重，"罗梅罗医生说，"这意味着她需要许多帮助和治疗。"

"那它是……是癌症吗？"苏珊问。

"是，施恩可夫人，是的，是癌症。"

∽ ∽ ∽ ∽

那天下午，我们接收苏珊入院。腹部 CT 结果显示，她的身体内部有大规模病变。肿瘤学家检查了她的胸部，并发现了一个大肿块。两天后，她接受了乳房切除术。她腋下的淋巴组织也全部都有癌症的迹象。

"没有比这更糟的了。"肿瘤学家告诉我们，"即使使用化疗方法，她也只能有 6 个月的寿命了。"

事情变化得太快了，苏珊还来不及接受。3 天前，她还是一个自认为健康的女人，只不过臀部有点酸痛罢了。3 天后，她不幸地被告知将在夏末死去。

更糟的是，关于如何处理髋部的问题还没有定论。"癌细胞已经吞噬了一部分髋骨，"罗梅罗医生告诉她，"我们可以通过化疗的方法杀死癌细胞，但髋部仍然很脆弱，容易骨折。"

"那怎么办？"苏珊问。

“我们可以采用预防手段。不用等到骨折，我们可以先将髋骨打上夹板，以防骨折。”

“如果不进行这个手术，我就一定会骨折吗？”

“我们不确定，但如果不采取任何措施，一旦骨折，手术就会相当有难度。”

苏珊点点头，没有说话。然后她转过头，望着窗外。

“想一想吧，”罗梅罗医生说，“和您丈夫谈谈。如果有问题，可以随时找我或者柯林斯医生。”

晚些时候，我去查房，苏珊问我：“关于手术，你认为我该怎么做？”

手术所意味的东西很明确——一旦病变的部分占了骨骼的一半以上，就需要采取预防措施了；如果不做，骨折的概率就会很大。我解释说。

她耐心地听着，点点头，问：“但是，您认为我该不该做呢？”

毫无疑问，问题问得非常明确。我应该马上回答：“当然，必须做。”可话一出口，却变成了：“我……”

苏珊从床上抬起头看着我，等着答案。答案是很容易的，但是我却迟疑了。她刚刚经历了乳腺切除术和淋巴摘除术。医生们切开了她的腹部，在发现癌细胞扩散得非常厉害而无法实施手术之后，又把它合上了。化疗使得她总是无精打采的。而现在，我们还要在她身上施行另一个痛苦的大手术，只是为了预防可能发生的事情？

她只有 6 个月的寿命了，我们真的有必要再用一次手术增加她的痛苦吗？虽然检测结果很清楚，但检测结果只关乎她的股骨。采取防护性措施的确会对股骨有好处，但并不意味着对苏珊也有好处。再进行一次手术就意味着更多的痛苦、更虚弱的身体以及更快地衰弱。持续不断的手术已经从这个女人身上拿走了太多太多。

然而，我只是一个住院医生。难道不应该注意界限而保持沉默吗？

“苏珊，”我柔声说，“你知道如果不进行这个手术，你的髋骨就很容易骨折。假如骨折的话，手术会比现在难做得多。”

“求你了，”她说，“我受不了了。我不要再做手术了。我要回家。”

我伸出手，覆在了她的手上："我要是你，也会这么做。"

∽　　∽　　∽　　∽

苏珊拒绝了手术要求，于两天后离开了医院。接下来的数周里，每当传呼响起，我都心里一悸，生怕是急诊室告诉我苏珊的髋骨骨折。那样的话，就全是我的错。但是事情并没有发生。

复活节的那个周日，苏珊病逝于家中。走的前一天，妹妹在给她翻身换床单的时候，她的髋骨骨折了。然而那个时候，苏珊已经陷入了昏迷状态，对此并没有知觉。

HOT LIGHTS , COLD STEEL

Life, Death
and Sleepless Nights
in a Surgeon's
First Years

时薪 2 块 5

3 月

冬天跌跌撞撞地让路于春，雪也不情愿地把领地让给冰雨。这个时候，我们手头上即将没有钱了。作为一名初级住院医生，我每月能拿 981.48 美元。对于一个要养活 4 张嘴的人来说，这点钱并不多，但也足以养活我们，还可以买上许多肉松面包和土豆。那时的我们过的虽不是很奢侈富足的生活，但也说得过去。

在芝加哥生活的时候，帕蒂和我得到了许多帮助。每个星期，她的父母都会招待我们一次。岳母还经常把吃不完的食物让我们带走。那些食物足够我们吃上一顿的了。我们需要的家居用品（如育儿床、银器、家具或婴儿服装等）也可以在某个堂兄弟或姑妈家找到。

然而，在我们搬到罗切斯特之后，帕蒂和我就只能靠自己了。再也没有免费的食物，也没有哪个亲戚千里迢迢地给我们送日用品，更没有谁邀请我俩大吃大喝一顿。

14 时薪2块5

现在的我成了住院医生，虽然挣的是以前的两倍，但我们的花销也是从前的两倍。

在某种程度上来讲，这是很耐人寻味的。本来我们认为自己应该挣得更多，但假如什么都不给，我们还是会在这里工作。我们在世界上最好的骨科医院里接受训练——大家心知肚明，我们不仅仅是雇员，也是学生。在我们为诊所做出贡献的同时，也从这份工作中获得了知识。虽然每小时两块五还算说得过去，但是并不足以让我付清账单。

∽ ∽ ∽ ∽

帕蒂和我坐在厨房的桌子旁。我刚把孩子们哄睡着。帕蒂的面前是一份展开的报纸，而我则忙着算账。我们不但没有存款，反而还欠了60块钱。

我把笔往桌子上一扔，靠在椅背上，对帕蒂说："我准备赚外快了。"

"赚外快？怎么赚？在哪儿？"

"我和一个高级住院医生谈过了。史蒂夫·塔克，他说他可以每个月安排我到曼卡托的圣·乔医院工作几次。"

明尼苏达州东南部郊区医院的急诊室通常缺少医生，因此他们也愿意付钱给兼职的住院医生。距罗切斯特145公里的曼卡托的圣·乔医院就是这样。梅奥的住院医生在那儿工作的历史已有几年了。

"梅奥允许你们这样做吗？"帕蒂问。

"我也不知道，"我清清喉咙，"梅奥应该不鼓励这样做，但也没有用正式的通知来禁止。"

"如果伯克发现你这样做了，他是会说他不主张这样做，还是会说'你被解雇了'？"

我摇摇头，"不知道。很多人这么做，但我不知道后果会怎样。"

我知道有一些培训项目严禁学生赚外快。杰克·曼宁曾跟我说过，他的一个同学因为在杜克的一个外科医生培训项目中赚外快而被踢出了该项目。

史蒂夫·塔克说梅奥在此事上表现得比较开明。"他们知道我们赚外快不是去买法拉利，"他说，"我们赚外快是因为要买食物、还贷款。如果你做好自己的本职工作，而且不让兼职妨碍了正常工作，他们就会睁一只眼闭一只眼。然而，如果兼职开始妨碍到正常工作了，他们就会着手解决了。"

∽ ∽ ∽ ∽

有一天晚上，我们安顿好孩子，坐在客厅的沙发上看电视。帕蒂此时已经勉强同意让我去干兼职了，只是仍然不确定每月会去几次。

"每月应该没有多少次，"我告诉她，"时间上也只是周五、周六、周日。"

"那也就意味着，如果你周末不在梅奥值班，你就要去曼卡托了。"

我倒是没从那方面想过，但她是对的。在梅奥每两周的周末，我就要值一次班，而另一个周末我就要到曼卡托去。我用胳膊抱住她，她倒在我怀里。我们就这样沉默伤感地坐着。这会是一场灾难。

第二天早上，我打电话给史蒂夫·塔克，告诉他把我加进去，同时给了他一份我的空闲时间表。我不得不十分谨慎地计划，因为我肯定不可能在有值班任务的晚上做兼职，也不能在值班前一晚或后一晚去。一个晚上不睡觉还可以忍受，要是两个晚上都不睡，就会要了我的命。

在我去曼卡托的时候，也要有人帮我代管传呼。随时都可能会有传呼，问题也随时有可能发生。这个时候一定要有人在，不但能回答问题，还要在必要的时候赶往医院。

比尔、弗兰克和杰克从没有在我需要帮助的时候迟疑过，他们说会帮我扛着。

∽ ∽ ∽ ∽

三周后的星期六早上，我 4 点起了床。在梅奥查完房后，5 点 15 分我已经在路上了。天仍然黑着。我在明尼苏达州 14 号高速路上向西行进。这

14 时薪2块5

是我在圣·乔医院兼职的第一天。杰克·曼宁答应代管我的传呼，但要求我于星期日早上9点之前回去。

6点50分，我到了圣·乔医院的停车场。进了急诊室后，我看见三个护士坐在控制台前，就问里昂医生是否在。史蒂夫·塔克告诉过我，里昂医生会带我熟悉这个地方。

三个护士中最胖的一个回答了我。她大约50岁，梳着卷曲的棕色头发。她问："您是柯诺林医生吗？"

"不，是柯林斯。"

"柯林斯医生？"她看起来很迷惑，"里昂医生说柯诺林医生会来负责。"

"里昂医生在哪儿？"

"他刚走，他让我告诉您一切都好。医院里没什么病人，除了4楼的一个家伙，桃罐头盒子割破了他的舌头根。"

我把盥洗包放在桌子上，问："什么的根？"

"啊，舌头。里昂先生说，对您第一次兼职来说，这是个完美的病例。"

我不喜欢她说这话时眼里的神态。

"嘿！"从角落的帘子里传来一个声音，"有银给我看石头还斯怎么地？"[①]

护士（名牌上显示是"康妮"）递给我病例表。"贝格霍夫先生在等您。"她领我到轮床处。上面坐着一个络腮胡子的人，T恤前面沾满了鲜血。

"躺下，艾尔。"康妮用手在他胸前推了一把，然后转过来对我说："贝格霍夫先生在一小时前用水果刀打开一瓶桃罐头，撕下拉环，用嘴啜食桃子的时候，在开口处把舌头割坏了。"

"可否让我看一下您的舌头，贝格霍夫先生？"我问。

"这儿。"他一边说一边伸出还在渗血的舌头。

舌尖并没有完全掉下来，而是耷拉着，中间仍有连接组织。这倒是很有趣，我还从来没有缝过舌头呢。

我告诉康妮需要什么器械。在她去取的时候，我琢磨着如何给艾尔的

① 病人舌头受伤，口齿不清。此句应是："有人给我看舌头还是怎么的？"——译者注

舌头麻醉。舌头上有一条神经，舌咽神经还是舌下神经来着？归哪条脑神经控制？

脑神经有 12 对：嗅觉神经、视觉神经、动眼神经、滑车神经、三叉神经、外展神经、面部神经、听觉神经、舌咽神经、迷走神经、副神经以及舌下神经。一直以来，医学生以及护士们都得花很大力气才能记住这些。我不确定是哪条神经，因此我最终决定只进行局部麻醉。

“贝格霍夫先生，”我说，“一会儿我要在你舌根部扎一针，使舌头麻木，行吧？”

“嗯哼。”他说。

康妮戴上手套，拉住艾尔的舌头，用两块棉纱布托着。

“好了，”我拿起注射器，推出一点儿液体，说，“现在你要坚持住，我开始注射了。”然后，我朝康妮点点头，示意她托住舌头，我把针头扎进了艾尔的舌根部。

艾尔嚎叫起来，扭头躲开。他瞪着我，嘴里好像在说：“你这个混蛋。”

“贝格霍夫先生，”我说，“你必须保持静止。”

康妮看起来很不待见醉鬼，她一把又抓住了艾尔的舌头。“你没听见大夫说什么吗，艾尔？”她一边说一边拉了艾尔的舌头以示强调，“他说要保持静止。”

艾尔瞪大眼睛道：“忽啦（好啦）。”他一边说一边点头表示同意。

我在舌根部注射了三到四针，然后说我们要等几分钟，等麻醉剂发挥效用的时候再动手。

这个缝合花了我一个小时，最后我终于把他的舌尖给缝上了。本可以更快一点儿的，但是从他嘴里冒出的大蒜味儿和啤酒气让我不得不每隔几分钟就转过头去喘口气。

“我想会好的，贝格霍夫先生。”我告诉他。

我脱下手套，扔到他身边的轮车上。“头几天不要吃固体食物，只吃类似于奶昔或蛋奶糊这样的食物，知道吗？”

“嗯哼。”

我转过来，这时他问：“偶柯伊和皮及不（我可以喝啤酒不）？”

我看看康妮：“他说什么？”

康妮面向艾尔。“不可以，艾尔，”她一边说一边用毛巾打了他脑袋一下，“你喝得够多了。回家睡觉！别碰桃罐头！”

∽ ∽ ∽ ∽

我们一整天都很繁忙，处理各类病人：划伤的、扭伤的、耳朵疼的小孩子、肚子疼的女人们以及前胸疼的男人们。自从在急诊手术室工作后，没有什么能难倒我了。第二天凌晨3点左右，我处理完了在车祸中颈部受伤的男病人，给他安了颈圈，开了一些止疼药，还给他周一来访的家庭医生写了建议。此时急诊室已经没人了，我就趴在休息室的床上睡着了。大概两个小时后，护士叫醒了我。来了一个后背疼痛的女子。

我迷迷糊糊地下床，趿拉上鞋，胡乱地披上白大褂。病人叫玛丽·戈夫，看起来神色紧张，坐在轮床的边儿上。

“这是我丈夫，吉姆。吉姆·戈夫。”她说。

“你好，戈夫先生。”我与他握手说。

戈夫太太开始讲述她的病情了。疼痛是从晚上早些时候开始的。最初没什么大不了的，可是慢慢地疼痛在加剧，直到现在她连站都站不起来了。

我给她做了检查，继而安排了血液检测和尿检。半个小时后，我拿回了结果。

“你们两个结婚多长时间了？”我问。

“一个月——到今天！”她回答的时候轻轻地笑了。

“嗯，”我说，“你的膀胱受到了感染。事实上，这在新婚夫妇中很常见，被称为‘蜜月膀胱炎’，通常不严重。今晚我就开始给你注射抗生素，过几天再做一次尿检，看一看治疗是否有效。”

“为什么在新婚夫妇中常见？”她问。

“哦，”我说，“当女性还不习惯过性生活时，膀胱通常会受到一点儿小感染。”

玛丽和丈夫相互看了一眼，迅速把头扭开。对于这样的谈话，他们显然还不习惯，好像让大家知道他们有性生活是件令人尴尬的事情。

“它会持续下去吗？”玛丽问，“我是说，会反复发作吗？”

天，可怜的人儿。难道她是想因为这件事而不得不停止夫妻生活呢，还是以为疼痛会跟着她一辈子？

我转头对着戈夫太太，不想让她认为自己会和这疼痛绑上一辈子。“通常情况下，这种感染只是一次性的，”我说，“但如果持续发生，那么与你的妇科医生沟通是很重要的。”

“我没有……妇科医生。”她说“妇科医生”的时候看起来很不好意思。

“那就问家庭医生，或者，”我说，“你母亲会给你一些建议。”

她看了我一眼，仿佛在说我疯了，她怎么能和母亲探讨这样的事情？

我给她开了处方。“多喝水，”我告诉她，“吃小红莓也有好处。如果没见好，就再过来。有时如果药物治疗不见效的话，我们会采取静脉注射。”

我可以看出她脸上的恐惧。一想到再来这里让她胆战心惊了。我有一种预感，在接下来的几天里，她会狂喝小红莓汁。

此时，已经是早晨6点了。我与夜班护士聊了一会儿，然后洗了个澡，刮了脸。史蒂夫·塔克差10分钟7点的时候走了进来，接我的班。

“还活着，是不？”他问。

“嗯，还好。”

“好，回家睡个觉吧。今天天气很好。”

我走向停车场的时候，盥洗包在胳膊下晃动，我不由得产生了一种罪恶感。在这里工作的24小时，平均每小时赚20块，相当于我在梅奥工作两个星期的所得。在如此短的时间内赚的钱太多了，好像我在抢劫似的。

我逐渐失去了耐性。天哪，我想，我一定要详细分析每件事儿吗？谁知道为什么外快就比正常工作赚得多？然而事实就是赚得多。又不是我定的规矩。我只是受益者罢了。我赚外快是因为要偿还贷款和买吃的。这样一来，就没有必要为一小时赚20块而感到羞愧了。

但事实上，我确实感到惭愧。

HOT LIGHTS , COLD STEEL

Life, Death

and Sleepless Nights

in a Surgeon's

First Years

骨科犬

6 月

我关上了梅奥值班室的灯，整了整枕头，合上了眼睛。我终于开始意识到：好像每个晚上我不是在圣·乔医院兼职，就是在梅奥值班。一年的时间已经快要过去，我已经逐渐习惯了缺少睡眠，并且也学会了怎样对待。不过，我仍然祈祷传呼机不要响，哪怕是让我睡一小会儿也好。我长出一口气，准备睡觉，可睡不着，总觉得有什么不对劲儿的地方，我好像忘了点事儿。

检查麻醉！我忘了检查麻醉后的病人了。于是我赶紧扯下被子，打开灯，胡乱塞上运动鞋。“妈的！”我抓起凳子上的大褂，急匆匆跑出去。时间显示 3 点钟——凌晨。

“对于服用麻醉类药物的病人，必须保证每 48 小时检查一次。”这是梅奥的规矩，也是每个值班的初级住院医生的职责。每个晚上我们都要到骨科病房，检查有没有过了麻醉有效期的病人。如果我们忘了，护士是不会继续给病人用药的。

虽然这件事是我们的职责，但是每个人并没有太把它放在重要的位置，因为总是有一些更重要的事情分散我们的注意力。我们可能要在手术时帮忙，可能去急诊室，还可能去接待病人。以前我总是努力在睡前把这项工作做完，可那天晚上我太忙了，以至于把这件事儿给忘了。

走出电梯时，我看见正在用红色拖布拖地的门卫，便朝他点点头。“小心，大夫。”他示意我地板很滑。我挥挥手，踮起脚尖，走向护士站，仿佛那个寂静的大厅是黑暗里的灯塔。不出所料，我到的时候发现9张病历表静静地排列在那里，等待我的签名。

那个晚上，我处理了三个咨询、接收入院了两个病人、治疗了一个手腕扭伤的10岁儿童，还为一个腿肚子被电线划开的农民老汉进行了缝合。现在，我又被迫起来做连一个猴子都会做的事情。

“像个好猴子一样签好名。”我一面嘀咕一面准备开工。

“您说什么？”一位护士问。我抬起头，是安·齐沃斯。

“啊，没什么。我就是在给自己鼓劲儿，好把这表格填完。”

安优雅地笑了。她已经习惯我们这些初级住院医生稀奇古怪的夜间活动了。我们常常称呼自己为“骨科犬”。

我没看病人，也没浏览表格的其他部分，更没有核对病人的名字。我想当然地认为护士已经准确无误地拿来表格，自己只是交差一样机械地签上名字。

“真是‘好猴子’。”安在我签完最后一张表格的时候说，同情地朝我笑笑。

安总是身穿干干净净的护士服，由内而外透着灵气和漂亮，让人一见就舒服。她把棕色的头发梳在脑后，系了一根粉色的丝带。那时她和我共事已有几次了。我们曾经一起为病人做静脉监测，在同一小组工作，为病人更换衣服，还有幸运的是，只宣告过一次病人的死亡。

这是个奇怪的词儿，也是个奇怪的习惯：“宣告”某人死亡。当病人死了的时候，说“好了，他死了”并不恰当。一个医生还应当正式地“宣告”病人死亡。

安曾经有一次传我过去验证一个病人的死亡。我走进病房，庄重地拉开病人头上的无菌单。是的，他已经冷了、蓝了、僵了，很有可能已经死亡。为了进一步验证，我伸手去按他的颈动脉，进而在其胸膛上听了听。生平第一次，病人的胸膛比我的窥镜还要冰冷。

我转过身对安说："他死了。"

安看了看表。我的宣告应伴随着精确的时间，这就像在火车终点站一样。

"柯林斯医生，"她在表格中写道，"于凌晨 2 点 12 分宣告病人死亡。"

帕蒂和我都是在人口众多的爱尔兰天主教家庭里长大。我有 7 个兄弟姐妹，她有 6 个。我们早已经习惯大场面的婚礼和守灵夜。如果一个人孤零零地在黑暗的病房里死去是多可怜啊！没有人握住他的手，也没有人为他掉一滴眼泪。如果不是一个小时后护士查房，那么甚至都没有人知道他已经死了。关注他的死亡的，只有某个姗姗来迟的住院医生，他被迫起床，并且满腹牢骚地宣告他的死亡。

∽ ∽ ∽ ∽

我靠在柜台上，手支着下巴。我几乎接连工作了 24 小时，而且还要继续工作 6 个小时。我低头看了看身上皱巴巴的工作服，袖口上还残留着那个病人的血迹，嘴巴里脏兮兮的，眼皮发沉。我应该去洗洗。我也知道自己更应该上床睡一觉，但是和安在一起感到轻松。

"你是 11 点来的吗？"我问。可我心里明白着呢，所有值夜班的护士都在 11 点上班。

"哦，是啊。大夫，我是。"她回答说，还不忘忍着不笑。

"外面怎么样了？"

"黑啊，"她沉思着点点头，"很黑呢。"

"天，这儿什么都是一成不变的，是不是？每晚都是同样的事。"

安笑了笑，开始将表格放回文件夹。

我在她身旁的椅子上坐了下来，想留下待一会儿，却又找不出话题。

“迈克，”安右手拿着表格说，“你看起来不怎么样，应该去睡一会儿。”

“这可不是你说好话的时候。”

我麻木地坐在那儿，懒得不想起来。

她忙完了手头上的表格工作，对我说：“好吧，如果你不想去睡觉，那么去23号病房察看弗兰纳里先生怎么样？他有便秘，没准儿你能帮上忙。”

这招很奏效。“好吧，我走。可如果我走不到值班室怎么办？要是在阒无一人的走廊尽头我突然倒下，死于不明原因怎么办？那时就不会这么有趣了，不是吗？”我站了起来，挥挥手，仿佛看到了头版头条：

梅奥住院医生被发现死于储藏室　　骨科护士因涉嫌虐待生物被调查

“你能走不？我还有工作要做。”

“哦，好。别担心我，”我一边往黑暗的大厅里走一边说，“如果我再也见不到你，那么我希望你要过得好。”

“我应该会这么幸运。”

“要是在储藏室发现我冰冷的尸体，那么到时候哭都晚了。”

她笑起来，朝我一挥手：“睡觉去！你这疯子。”

“人们也是这样叫文森特·梵高的。”

我拖着沉重的双腿向电梯走去。在骨科的第一个年头马上就要过去了。我从来没有过像这一年一样学习到这么多，见过这么多，也没有受过这么多的折磨。面前的路还很长，我还只是一个迟钝的初级住院医生，还要握一年的牵引器，还要再检查一年的麻醉病人，并且是在凌晨3点。然而，我心中仍然有团小火花使我抛开眼前烦琐的工作向前看。再过一年我就是高级住院医生了，再过三年我就是骨科医师了。

走廊的尽头，门卫仍然在拖地。我仍旧向他点头示意，兴奋地走过湿滑的地板，按下了电梯按钮。我站在那里，看起来皱皱巴巴、干枯无力，像弗兰克笑话我的时候说的“被死命地踩过后丢在一边”那样。我都可以从门卫用眼角看我的目光中猜到他的想法：“这家伙是个医生？”

我经历了不少，成长了许多，但是在第二年工作开始的时候，我仍然在思考同一个问题：“我是个医生？”

HOT LIGHTS , COLD STEEL

Life, Death

and Sleepless Nights

in a Surgeon's

First Years

第 2 年

累得像狗

我警告自己："要像个医生，别像个法官。难道医生只对聪明的病人负责吗？"然而当悲剧发生时，你，相信能改变事件进程的你，质问自己为什么不能阻止它。可这并不是选择题，而是客观事实，在等待入睡时，记忆的魔鬼会蜂拥而来，骚扰你渐渐失去的意识。

HOT LIGHTS , COLD STEEL

Life, Death

and Sleepless Nights

in a Surgeon's

First Years

吸烟与断指

7月

虽然已经是在梅奥的第二年了，但我们仍然是初级住院医生，也还是干着琐碎零活的“骨科犬”。有时候，我们在病例治疗过程中帮帮忙，或者拆下踝骨骨折的病人的夹板，但还从来没有全权负责过一例大手术。

第4年的住院医生全都走了，包括阿特·海斯垂，他已经去了科罗拉多州韦尔市。乔纳森·威尔海姆也没能留下。一些非常和气的新手住院医生进来了——也不一定，就像比尔·查普林说的：“我们那时候真的是新手吗？”

“我是。”我说，我心里对一年前那个无知的自己清楚得很呢。

“啊，我忘了。柯林斯，一年前你还属于没有骨科脑子那类的呢。说实在的，我曾一度认为你在BJ那里上了濒危动物名单了。在威尔士、曼宁和我的调教下，你总算有了点儿骨科医生的头脑。”

“啊，是吗？那我把腓总神经当成会阴神经了吗？”我们都知道，腓总神经伸向腿部下方，而会阴神经走向阴部，但在去年9月，比尔在一次骨折会议上出了个大洋相。打那以后，我们经常拿他开玩笑，问他会阴神经是否正常、活跃并且功能齐全。

“苍天呐！”他咕哝着，“真是一失足成千古恨！”

∽ ∽ ∽ ∽

我在第二年中的第一个任务，就是在马特·威尔克医生手下工作。他是梅奥首席手部医生之一。在他手下工作了大概一个月后的一天，我被叫到急诊室去处理杰森·卫泽斯的伤情。杰森是个 36 岁的木匠，在用锯的时候切断了右手的 4 根手指。他的工友很聪明，把手指放在袋子里，用冰裹着。我检查了这些手指。除了食指的大部分皮肤以及软组织都被锯掉了，其余的指头都还好。

我给杰森打了吗啡，处理了伤口，继而使用抗生素。接着，我让他去拍 X 光片，同时也让他把 4 根被锯掉的手指做 X 光检查。

在等候结果的时候，我和杰森攀谈了起来。他结婚了，有两个儿子，分别是两岁和四岁。

“大夫，”他说，咬紧下嘴唇努力使自己不哭出来，“我的手没了，怎么办啊？我是个木匠。只剩一只手，我还怎么干活啊？”

我对杰森的感受十分理解。我也是小孩子的父亲，我也是靠着一双手生活。

“你们能不能治好？”杰森问，眼里闪着泪花儿，“我的手还能回来吗？”

这可真是个难题。他的出血很严重。虽然伤口感染倒不是很严重，但是复原 4 根手指可真是个高难度的活儿。

10 分钟后，X 光照片出来了。片子显示，电锯的切处全部位于 4 根手指的指根部。

我知道不是所有的断指都能够并且应该被复原，但是对杰森来讲，确实应该复原他的手指。他还年轻，所从事的职业也对手部有很高要求，并且受伤的是他的右手。但在复原手术之前，还有一件事儿。

“你不抽烟吧，杰森？”我问。

“不，我抽。”

“每天抽多少？”

“一天一盒半或者两盒。”

这使问题复杂起来了。威尔克医生讨厌给吸烟的人做断指复原手术，因为吸烟者的断指复原手术成功率要比不吸烟者低很多。马特不止一次地说过：“我发誓绝不一整夜给某个家伙做断指复原手术，然后转天他就因为吸烟又把手指扭断了。”

“你一定要帮帮我，大夫，”杰森恳求道，“我还要工作呀。”

说服威尔克医生会很困难。

“杰森，你认为自己能戒烟吗？”

“戒烟？我想可以。为什么？”

“嗯，首先，吸烟是人类做的最伤身体的事儿了。其次，吸烟压迫血管。如果你的手指还有复原的可能，如果我们为你进行了复原手术，如果手术后有足够的血液供到手指，如果这一切都顺利的话，只要你一吸烟——哪怕是一根烟，那么所有这些努力就都付诸流水。吸烟会使血管受到压迫，手指也就完了。”

杰森挣扎着在轮床上坐直身体，向前倾去，用左手从衬衣兜里取出一盒“骆驼”烟扔到了地上。“大夫，如果你们能把我的手指安回去，我保证从此以后不抽烟，一根也不，永远不抽。”

∽　∽　∽　∽

我找到威尔克医生，把情况告诉他。

“全部4根手指，嗯？”他想了一会儿，问：“一次性截断的？”

“是的。”

“多久的事儿？”他问。

“两个小时。断指一直在冰里放着来着。”我试图说服威尔克医生给杰森做复原手术。

威尔克医生停顿了一下，问：“听起来很适合做复原手术。他不抽烟，是吧？”

“嗯，他抽烟，但是说会戒掉，以后一根也不碰了。”

“他们总是这样说。”

他继续保持着沉默，直到最后我受不了了。

“他是个木匠，老师，伤的是右手。”

还是没有回应。他怎么这么倔？

“他还有两个孩子。”

“所以你认为我们要给他做复原手术？”

“是的，先生。除了食指。食指看起来很糟糕，但是我认为其他的手指应该可以。”

“他说戒烟你就相信了？”

“是，先生，我认为是这样。”

他叹了口气，说：“好吧，让手术室去做准备，好了告诉我。”

∽ ∽ ∽ ∽

我回到杰森那里。这个时候，他的妻子已经来了。我做了自我介绍，继而告诉他俩：“好消息，我和威尔克医生说了，他是世界上最好的手部医师之一，他认为我们应该尝试手指复原手术。”

“谢天谢地！”杰森说。

“杰森，不要有太高的期望。首先，你有一根手指看起来希望不大，而其他的 3 根，即使我们成功接上，也不能保证它们能成功复原。而且，即便是复原了，也不会像以前那样灵活。”

“我了解，大夫。你们只要把手指帮我安上，我就会让它们恢复活动。”

“还有一件事儿，”我说，“你必须戒烟。”我把目光从杰森转到他妻子身上，“一旦他吸烟就全完了，他的手指就没有挽救的余地了。”

“大夫，您不用担心。你们要是把手指帮我安回去，我保证连看都不看烟一眼。”

像所有的复原术一样，手术时间漫长得没有边际，我们两个手拿显微镜工作了 6 个小时。杰森的食指损伤得特别严重，已经无法复原，但其余的三根指头均成功复位。我们为杰森连接了血管与神经，修复了肌腱和指骨。

在最开始的 3 天里，他的手指看起来死灰一片，很难说复原是否成功。每天早晚我都要揭开白纱布，检查一下这几根指头。虽然看起来不是很糟糕，但也好不到哪里去。

第 4 天早上，开始有了起色。他的手指第一次稍稍呈现出粉色，看起来健康一点儿了。到了第 5 天，可以很明显地看到：复原手术起作用了。

杰森和妻子高兴坏了，连没有受过专业医学训练的他们也能看得出变化。日子一天天过去，杰森的手指也开始恢复。就连理疗师都很惊奇。

手术后的第 10 天，杰森出了院。我们为他安排了恢复计划，并约定在一周后复诊。

他离开的第二天，他妻子慌慌张张地给我打电话：“出事儿了！他的手指看起来非常糟糕，您马上给看看吧！”

我让她把杰森直接送到急诊室，我会在那儿等着他们。杰森妻子说的没错——手指头冰冷发黑。

我懵了。“杰森，”我说，“对不起。我不知道事情会这样，一定是哪里出了问题。”

杰森没吱声，也没看我。他紧闭嘴唇，盯着地面，看起来像是很有负罪感。这让我想起来一些事情。

不会吧，我想。他应该不会那么傻。

“杰森，”我问，“你没有抽烟，是吧？”

没有回答。

我退了回来，不可置信地摇摇头。“哦，杰森！”我掩饰不住失望与厌恶，我真想骂他几句：“你这该死的混球！”

我看了看杰森和他妻子。大家都知道发生了什么。

“还有希望吗？”他的妻子问。

我长叹了一口气：“我去叫威尔克医生，把杰森送回手术室。”

她燃起希望：“重新做手术？”

我摇头：“不是，是看看还能不能挽救。”

∽ ∽ ∽ ∽

我是怀着忐忑的心情去找威尔克医生的。他本来不想做这个手术，是我说服他做的，而且我向他保证杰森会戒烟。那么长时间的劳作，几千块钱的手术费，还有我们的全心付出全都付之东流。杰森等于是在自己背上扎了一刀——正如威尔克医生所预料的。

我不敢相信，真是不敢相信。我是真想为杰森做任何事情。一开始见到他，了解情况后，我都想把自己的手指给他一个。为了他这个病例，我付出了全部的心血与情感。每件小事儿我都处理得很认真，以确保手术能够成功。

可现在，这个愚蠢的傻子把什么都毁了！

我越想越生气。他是个自我毁灭的傻瓜！我不是足足告诉他不下50次不要抽烟吗？我不是警告过他会出现什么样的状况吗？可他还要抽烟！我说服世界上最好的手指复原专家给他做手术，却被他就这么白白地毁了。

接下来的10天里，我们给杰森做了3次手术，每一次都把手指上的神经组织取出一点。到最后，只剩下了拇指。

威尔克医生在这期间没有说什么，而我心里七上八下，一直等他骂我：骂我是个大傻瓜，骂我坚持为杰森接指既浪费了他的时间，又浪费了其他人的时间。

我仍然两天看杰森一次。每次进入病房给他换药时，心里都恼怒得要命。我那态度就仿佛在说："我把希望押在你身上，你却背叛了我。"

终于有一天，威尔克医生把我叫了去。该来的总是来了。

"迈克，"他说，"给我看看你的右手。"

我疑惑地伸出手。

"你有几根手指头？"

"有几根……啊，4 根。哦不，是 5 根，还有拇指呢。"

"杰森有几根？"

"没了。只有拇指。"

"那你怎么还表现得像个受害者？你怎么还不放下姿态？像个大夫，别像个法官。杰森做得的确非常愚蠢，但那并不意味着我们对他的责任就没有了。难道外科大夫就只对聪明的病人负责吗？杰森不仅没有右手了，他还要在下半辈子时刻想着这是自己的错。让他歇歇吧，他已经够可怜的了。"

我僵硬地点了下头。一个住院医生在这种情况下只能这么做，但是过了许久我才了解威尔克医生的深意。外科大夫有些时候投入到手术中太深了，把大量感情都用在了为病人做的手术上。病人进了我们的医院，接受我们的手术，遵照我们的安排，就很容易使得我们陷入这样的思维怪圈：认为病人的伤痛就是我们的伤痛，病人绝对不能打破我们为他设定的医疗计划。不是吗？

威尔克医生尝试告诉我：这无关于计划，无关于大夫。病人需要我们的帮助，而不是品评。

我不知道如何去和杰森说。在第二天早上给他换药的时候，我告诉他我很抱歉，没有预料到事情会是这样。"我为没有理解你而抱歉，"我说，"你若是知道后果的话，就不会抽烟了。"

杰森沉默了很久，最后他小声地说道："我知道说什么都没用了。下半辈子我就是一个废人了。但……"他扬起下巴，目光坚定地看着我，说："我一定会戒烟。以后一根烟也不抽了。"

太晚了？我不这么认为。这只是个开始，他还需要很长一段时间去调节悔恨与自我厌恶。手是回不来了，但是我们仍然可以帮助他重新开始生活，例如为他做理疗，或是劝他去专业戒烟机构。

“这是个很好的第一步，杰森。”我说。

HOT LIGHTS , COLD STEEL

Life, Death

and Sleepless Nights

in a Surgeon's

First Years

骨科犬的“起义”

8月

有些时候，初级住院医生的生活会变得沉重难耐。有一个周二的早上，杰克·曼宁从《邮报》的体育版上抬起眼睛，道：“真没劲。”他合上报纸，扔在一边。“什么都没劲。”

“你在说法式面包？”比尔问。

“不是，笨蛋。我是说这个，”他环顾四周，手好像指着所有事物，又好像什么也没指，说，“所有这些我们要经历的狗屁事情。”他把脏兮兮的眼镜放在桌上，揉揉充血的眼睛，“该死的，昨晚我一宿没睡。”

“哦……”讽刺的声音从四面八方传来。“可怜的小东西。”比尔戏谑道。如果杰克想博得同情，那么他可是找错对象了。

杰克没有理会他。“我连看看床铺的机会都没有。整个晚上都没睡，干的那些蠢活连门卫都会做。”他伸出手，从比尔的托盘上拿起咖啡。

“要是做的是什么有价值的事情也就罢了。整个晚上我都在检查麻醉病人、开静脉监控，还给一个醉鬼缝腿。那该死的家伙骑车冲进了街对面花店的橱窗，一点儿速都没减。等警察到时，车轮还在转呢。这家伙倒好，在一堆康乃馨上昏过去了。大腿还流血呢，像臭水沟似的，弄得地板上全是血。到急诊室的时候，血红蛋白只有 8 了。”

“我给他缝合，这家伙嘴还不干净，一直说我是个胆小鬼，说要是把他放了，他不踢烂我的屁股才怪。哼，要是按我的做法来，肯定把他绑上 6 年。”他叹了口气，从双手握着的咖啡杯里啜了一口。

杰克接着说：“然后，7 楼有个老太太胸口疼……”他疲惫地晃晃脑袋。“每隔 10 分钟就有人要我去给开静脉监控。妈的，我都开了不下 10 次了。”

“嗯，嗯，你都说过了。”比尔连头都没抬就说道。

“你知道我还对什么不爽吗？”杰克问，“让我不爽的还有，所有病人都认为我只是主治医师的备胎。事情都是我做的。我接收他们，我给他们记录病史，给他们体检。除了我没有别人能给他们开静脉监控。我做了书上说的全部零碎的活儿。医院里所有人——主治医师、护士、病人，还都认为我什么都不是。”

“哼，等再有护士说我不行的时候，我就承认。我就走进病房，这样介绍：‘过得怎么样，夫人？我来给你开静脉监控。我不得不这样做，因为您真正的医生——法兴海姆医生让我这么做。他去打高尔夫了，一切由我来做。’”

“她会说：‘高个子的先生，你叫什么名字？’”

“然后我就直视她的眼睛说：‘狗屎[①]。杰克·狗屎，为您服务，夫人。’”

“那我也不会泄气。我会一直工作，我会好好活下来，我会做别人都不愿意做的活儿。无论如何，总有一天我会完成住院医生的活儿。到那个时候，我要在曼哈顿开一家豪华诊所，在墙上挂花花绿绿的画和纳瓦霍人的地毯。我还要雇用超级模特做接待员。当然了，我也要改名儿——杰克·狗屎在曼哈顿可吃不开。我要在办公室门口挂上金光灿灿的铭牌，上面写：杰克·费

① 原文为“Shit”。——译者注

西斯医生。”

比尔打了个哈欠：“嗯，我看挺好。杰克，不管你叫什么吧，我一定会给你介绍很多病人去的。”

桌子上其他人的谈话还在继续，我们几个则一直保持着沉默，直到杰克再次打破沉默。

“我说，这儿真没劲。”

没人搭话。说它有什么用呢？也不会改变什么。我们只能忍受，抱怨也没用。

杰克把比尔空空的咖啡杯“啪嗒”放在桌上。“听着，”他说，“我们不能再忍了，我们要改造住院医生项目。还有谁比我们这些住院医生更了解这个项目？我们要到梅奥中心去，要求他们处理。”

我们几个相互看了看。杰克出哪门子毛病了？凡事都有好有坏，这儿的事也不至于那么糟糕，还不值得我们去造反。况且他也不像是挑头惹事儿的人，只是昨晚的夜班很糟糕罢了。

“我想知道你们支持我。”他说，“我要到 BJ 那儿去，给他列一个要求清单。我要告诉他应该如何管理住院医生项目。”

“要是 BJ 炒了你鱿鱼，你怎么办？”比尔问。

我们几个仍然一头雾水。大家可不想看到杰克这么疯狂，他难道是想把自己折腾出去吗？

杰克“呼”地站起来，一把抽出了比尔手中的报纸。“听我说！”他近乎疯狂，“我们要改变。从这里开始，就现在。从现在起，去他的查夜，去他的半夜开静脉监控。”他提高了声音。周围的住院医生开始竖起耳朵，听听他要说什么。

“我受够了！”杰克简直咆哮起来了，“这儿所有的规矩都要变一变。首先要变的就是夜班。我再也不值班了！”现在他用喊的了。整个餐厅静下来听着。医学院学生露出好奇的神色，护士也端着托盘停了下来盯着杰克。

“从今天起，”他说，“骨科值班都由主治医师做，静脉监控只能由中心管理者来开。查夜也要用退休职工，并且必须在凌晨三四点之间进行。”

人们开始笑了起来。我们这些骨科住院医生长吁了一口气。杰克越来越起劲，他干脆站到椅子上，开始向周围人游说：“大家注意。现在是‘骨科犬’的‘起义’！我们要告诉大家，梅奥骨科初级住院医生马上要占领法国南部。问诊时间为周二到周四，早10点到晚4点，午间例会还要有冰镇香槟和进口牡蛎。”

所有人都鼓掌大笑。弗兰克打了个牛仔口哨。

此时的杰克只能大喊才能盖过笑声。“所有护士，”他说，“会取芭贝特或者谢丽之类的名字，都要有大胸脯，还要穿得性感火辣。”

“哈哈，我们的传呼怎么扔掉？”有人问。

“别傻啦！”杰克不屑一顾，“传呼有用。主任还要用它告诉大家樱桃烤鸭面包准备好了呢！”

杰克每宣布一项新举措，人群中就涌起一阵欢呼。抛光的柜台后面，戴发网的女人们手握着勺子，惊愕地看着。身穿褪色工作服的门卫支着拖把，也和着杰克的演说笑了。

“至于住院医生嘛，结束工作的时候都要参加测试。凡是肝脏酶不足的或是没有前列腺肥大症状的都要延长培训期。”

他挥挥手，示意大家安静。“先生们，”他望着脚下的骨科住院医生们说，“这些政策只在一定时间内有效。请于明早把申请交到我桌子上。”然后他抬起头，看看实习生，说：“‘跳蚤们’不准申请。”

嘘声和纸巾从四面八方向他涌去，杰克迅速抱住脑袋蹲下。几秒钟过后，人群散了。排队打饭的队伍又开始动了起来。门卫重新打扫地板。两个与我们一起工作了一个礼拜的实习生走了过来，怯懦地问是否可以和我们坐一桌。杰克伸出手，从他们的托盘上又拿起一杯咖啡，叹气道：“小子们，这真是狗一样的生活。”然后他又重复了一遍：“狗一样的生活。”

当医生束手无策

9 月

每个月有两个周末我在圣·乔医院做兼职，而另外的两个周末则在梅奥值班。这也就意味着，有时候我会连续工作 14 ~ 21 天才能休息一天。一旦有时间休息，我就尽量陪陪帕蒂和孩子们。

一个星期六的早上，我早早地查完房，然后全家一起驱车前往圣保罗看望在圣·托马斯学院上学的弟弟皮特。在那里，我们一起野餐，看了一场迪士尼电影，晚饭是在有歌手的意大利餐馆吃的。大约晚上 9 点钟，我们把孩子放在后座上，开车回家。

车子行驶在通往罗切斯特的 52 号高速路上，音响里放着轻柔的老歌。车里很黑，孩子们盖着毯子在后座上睡着了，小脑袋往前凑，手里还抱着泰迪熊。

走了有一会儿，帕蒂开口道："明天怎么安排？"

哦，天哪，我忘了告诉她了。"帕蒂，"我尽量温柔地说，"明天我去做兼职。"

“咳，迈克，”她说，言语里透着疲惫、失望、厌烦，甚至还有点像遭到了背叛，“我还寻思至少有一次我们能够……”

她虚弱地扬起手，又任它垂下，落在大腿上。借着对面驶过来的车子车灯的照耀，我能看见她眼里的泪水。听到她话语中的无望，我很心疼。

于是我开始讨厌自己，恨自己对心爱女人的所作所为。我伸出手去，想握住她的手。她一开始想把我推开，后来放弃了。

“不是我的错，”我说，事实上这就是我的错，我心里很清楚，“只是，嗯，如果不去赚外快的话，我们还能怎么做呢？”

“是啊，我知道。”帕蒂很小声地说。

她也知道，也和我一样讨厌这么做。然而她也清楚，我无力控制我的生活，正如她也无力控制她的一样。我们不得不这么做。帕蒂解开安全带，滑过来搂住我的胳膊，头枕在我肩膀上。

一个小时后，当我把车开回罗切斯特家中的车道上时，她们都已经睡得很熟了。

∽　∽　∽　∽

第二天早上 6 点半，我已经查完房，行驶在去往曼卡托的路上了。整条马路上就我这一辆车，这辆绿色的小盒子车在明尼苏达东南的农田与树林间一路颠簸向西。我唯一的伴儿就是一群往南飞的鹅，它们在田野间低回。我摇下车窗，享受清晨田野的味道和清凉的空气。翻越了一连串小山，我看到高高的玉米地，中间还夹杂着橡树和榆树。田野在我眼前延展，一直到看不见的远方。从后视镜里刚好看见初升的太阳。在野鸡飞起的大地上，还笼罩着一层灰色的薄雾。

在穿越一些小镇的时候，我会把车速降到 30 迈，甚至在经过这些小镇的主干道时，我还会把脚从离合器上移开。这个时候，小镇上唯一开着的铺子就是吃饭的地方。门口三三两两地停着老福特车。店里面，身着褪色蓝工作服的男人挤在吧台旁坐下，喝着咖啡吃着鸡蛋。

我很羡慕他们，也嫉妒他们之间的轻松和理所当然的亲密。而我呢，我只是一个被雇来给一群陌生人看病的。病人和我有一段时间的接触，之后就消失在我的生命里。对于他们而言，我不是迈克尔·柯林斯，我只是“给我治脚的急诊室医生”或者“那个梅奥的急诊室医生，给我缝腿来着”。倘若在街上碰到，我不相信他们还会认得出我来。

但另一方面，我又满心希望能和被我治疗的病人保持联络。我希望自己之于他们而言不是一个简单的开药机器。我希望当我走入某个饭馆的时候，能够被人认出来并且受到欢迎。

当我进门的时候，门口的风铃会叮叮当当地响起来。吧台上的人们会转过头来，热情地与我打招呼。与此同时，我则随意地把外套脱下挂在衣架上。

吧台后面的史蒂夫会在我坐在高脚凳上的同时，微笑着给我倒上一杯咖啡。坐在我旁边的阿尼会拉拉帽子，说最新的比赛战况。然后，我会一面把手环在咖啡杯上一面说：“今儿早上真冷。”此时，正在烤蛋糕的史蒂夫会说：“是啊。听说昨天有人的炉灶都冻上了。”

∽ ∽ ∽ ∽

驶出镇子的时候，我踩了油门。这样的白日梦有什么意义？我早晨 4 点半就起来了，又走了大半个州，可不是为了到这儿和人闲聊的。我只是一个浑身疲惫、急需银子的住院医生，一个交易中的商人。我要诊断的病人也不需要一个新朋友，他们只想有人帮忙驱走耳朵疼痛或者缝合脑门上的伤口。我只要做好本职工作，拿钱走人就可以了。所以说，我是商人——至少短时间内是。

不过，在内心里我还是希望换一种说法来描述我现在的所作所为，也换一个名字称呼我这样出卖自己的人。

当天早上 9 点钟的时候，一个 38 岁的男子走了进来。他胡须蓬乱，络腮胡子看起来好几天没刮了，靠在他朋友身上。“沃特病了，”他的朋友说，“他一直在吐，应该已近脱水了。”

我和护士扶他到轮床上。“您是……”我看了看病历，“戴夫米尔先生？我是柯林斯医生。”

“叫我沃特就行了，”男子说，“戴夫米尔先生是我爸爸的专称。”

护士去做准备工作的时候，我为沃特检查了身体。他很胖，有凸出的但很柔软的将军肚。此时的他正急速地呼吸，或者说是大口地喘气。起初我还以为是爬上轮床让他气喘吁吁的，但这沉重的呼吸一直不停，我开始警觉起来。

“你有糖尿病吗，沃特？”我问。

“没。”

我为他进行了血液连接酶和其他一些相关检查。与此同时，沃特昏昏欲睡，我则不时地问几个问题，使他保持清醒状态。他很友好，也很配合我。

30分钟后，我拿到了血液检查的结果。正常人血液的葡萄糖浓度大概在100左右，而沃特的结果则显示“高于900”——这个数值是实验室里的仪器所能测出的最大值了。随后，实验员稀释了样本，并进行了进一步的检测，结果是1443。这个数值是我见过的，甚至是听过的最高的了。

血液连接酶的检测结果几分钟后也出来了——沃特存在糖尿病性酸中毒现象。我给他服了一些液体和胰岛素，又把内科医生惠特森叫过来。然后沃特开始呕出黑色的物质，后来证明是血。

正在我安排沃特进入重症监护病房的时候，惠特森医生打电话过来说，沃特没必要进入重症监护病房，他只需要一张普通病床就行了。

我告诉他，我无法同意他的观点。虽然沃特还神志清醒，生命体征良好，但在我看来，他就像是个粉末做的水桶。

惠特森医生对我的质疑很不满，问道：“你治疗过多少糖尿病病人？”

“我是个骨科医生，”我说，“但是我想……”

“送他进普通病房。”说着，他挂了电话。

自此我就没有沃特的消息了。直到第二天凌晨两点半，急救小分队在扩音器里高喊："430 病房！ 430！ 430！" 急诊室的医生要负责所有的紧急情况，因此我立马冲到了 430 病房。两个护士已经在为一名男子做心肺复苏术了，过了几秒钟，我才认出那男子是沃特。

我告诉她们暂停心肺复苏术，摸了摸沃特的脉搏。心电图还开着，因而我又检查了他的心率。这个时候我注意到他的嘴角流出了某种液体。我扳起他的肩膀使他歪向一侧，一股吓人的黑色液体瞬间涌了出来，淌到床单上、地上，弄得我裤子上、鞋上都是。

我马上清理了他的气管，随即在其中安插上呼吸机，之后又在他的胃部插上导管。流出的黑色液体一定是血液，因此我又向实验室要了 4 袋血液。

几分钟后，惠特森医生赶到并指挥全场。我们相互之间没有言语交流。既然惠特森医生来了，那么这里就没有我什么事了。然而，我仍想留下来，希望看到奇迹的发生。

小小的病房里挤了我们 8 个人，但还是鸦雀无声，这个生命垂危的病人才 38 岁的事实使我们心情无比沉重。整个屋子杂乱不堪。地上流淌着黑色的血液，但是在惠特森那边的病床上则浸满了红色的鲜血。管子和海绵到处都是。

又过了 20 分钟，护士告诉我说急诊室里需要我。我告诉惠特森我得走了。他扫了我一眼，点点头。表情已经告诉了我一切：沃特恐怕不行了。

匆匆赶往急诊室的时候，我路过一间病房。病人在门口站着，显然他是听到了整个事件的经过。经过他身旁的时候，他和我打了个招呼。

在整个晚上发生的事情中，印在我脑海中挥之不去的，就是这个病人的眼神与和我打的招呼。他的眼神——仅仅是眼神，所传达出的信息就已经比他和我能表达的多得多。那里有羡慕、有感激，还有同情。仿佛他知道我也无能为力，知道我也在迷惘、在抗拒。他了解这种情感，于是他用眼神告诉我：没有关系，你已经尽力了。

我不清楚病人的眼神是否真的告诉我这些，还是我为了寻找自我安慰而产生的一厢情愿的猜想。当悲剧发生的时候，绝望笼罩着你，让你急切地想寻找帮助。你相信你能改变事件的进程。

然后，一切戛然而止。这个 16 小时前还活生生地在你面前喘气并与你交谈的 38 岁男人，现在正在自己的血泊中渐渐冷去。而你，相信自己能改变事件进程的你，开始盘问自己为什么不能够做点什么来阻止它。是由于它是不可抗因素导致的，不仅是你，所有的医生都束手无策呢？还是由于你没有做这个，或应该做那个却没做，抑或是没有考虑到此因素，又忽略了彼因素呢？

接下来，你得出了结论：你或者是自命清高、回天乏术，或者是个笨蛋，本来有机会挽救整件事情，结果却弄砸了。

这不是个选择题，而是客观存在的事实，是你在午夜的思考题。幸好疲惫的身心容不得你细细思量，该做的工作需要你去做，做完了累得倒头就睡。然而，在你等待睡去的那段时间内，记忆的魔鬼蜂拥而来，骚扰你渐渐失去的意识。这些魔鬼很有耐性，如果今天晚上不来纠缠你，那么早晚有一天也会找上你。

对于这样的纠缠，你束手无策。它们是一系列折磨人的问句：发生了什么？为什么？你怎么卷进来的？你为什么救不了他？你怎么能够心安理得？哪有一个好人、一个有感觉的人会心安理得地接受这个结果？难道你不关心吗？难道你没有情感吗？

也许这就是我需要用那个病人的目光来武装自己记忆的原因。我宁愿相信在那目光里，我读到了同情与感谢。

回到急诊室的时候，屋子里已经挤满了 6 个病人。他们等了有一段时间了，很是不安，他们一定认为我一直在睡觉或是看综艺节目去了。主管护士康妮·弗瑞茨递给我病历，我没有接，而是直接从她身边越过进了值班室。将沾满血的工作服脱下扔到篮子里后，我走向盥洗室清洗手上的鲜血。

时间仿佛很漫长。

HOT LIGHTS , COLD STEEL

Life, Death

and Sleepless Nights

in a Surgeon's

First Years

尴尬的异物移除

10 月

这是一个寂静的星期六下午，我正坐在圣·乔医院的值班室里学习。渐渐地，我闭上了双眼，呼吸变得低沉而均匀。教材摊在我胸前，正当我尝试着记忆有关髁上骨折的章节时，我被一阵电话铃声打断了。

"你好。"我说。

是急诊室的马西。"柯林斯医生，"她说，"这儿有个病人，怎么问都不开口，说就要和医生说话。"

之前出过类似的状况，通常是一些染上淋病的病人，他们不想告诉护士病情。我站起来后，书滑落到地上。我叹了口气，用手捋了捋头发。进了急诊室后，马西朝我耸了耸肩，递给我病历表，上面写着：马克·施帕恩，23 岁。

我拉开帘子，走进他的隔间。"嗨，施帕恩先生。我是柯林斯医生。"

他看了看我，没有说话。

"施帕恩先生，我能帮您做点什么吗？"

他在轮床上动了动，不安地四处望望，接着说了些什么。声音太小，我听不清楚。

“施帕恩先生，您愿意到私人病房去吗？”

他感激地看了我一眼，说：“是的，大夫，我愿意。”

于是我们起身去了4号病房，那是为妇女做骨盆检查的地方。进来之后，我随手把门关上。

“好了，”我说，“我能为您做点什么？”

“是这样，大夫，”他还是不愿意看我，“我，嗯，啊，我……”

“你怎么？”

他用手掩住了嘴巴，像是怕被人听见似的，同时眼睛瞅着地板，蚊子似的说了句：“我有……”

“你有什么？”我花了几秒钟才反应出他说的是什么——他的肛门里堵了个性玩具。“哦。”我放平稳语调，极力让他感觉到这是再平常不过的事情。

“这是怎么发生的呢，施帕恩先生？”

“嗯，”他叹了口气，摸摸后脑勺，说，“我就是把它塞进去了，然后它就堵在里面了。我给自己灌肠了，但不管用。”

我为他做了简单的体检，确定其腹膜没有感染，之后让他去拍X光。15分钟过后，施帕恩回来了。X光片显示在他直肠里面确实有一个老旧的性玩具。这时，一群技术人员、护士和助理都围过来，好奇地盯着光片看。我白了他们几眼，大家四散而去。我回到施帕恩那里。

我让他躺下，给他做了直肠检查。我几乎够不到那个玩具的边儿，我可真不想接手这个工作。

我给住院总医生打了一个电话，他满不在乎地告诉我给病人灌肠。虽然我觉得灌肠会让这东西滑得更深，但我还是吩咐护士去灌肠。

结果果真如此：这东西进到直肠更深的位置了。

我又给医生打了电话，他不耐烦地说他5分钟之后到。过了一个小时，他来了，用一把单爪子宫钳在这孩子的直肠内来回摸索了10到15分钟，最后涨红着脸从里面走出来，嘴里咕哝着“蠢货”。他告诉我拿不出来，应该马上给罗切斯特方面打电话，把他转到梅奥去。

我可不赞成这样的建议。要是把他转到梅奥，就得需要我来联系，还要说明我是负责转院的医生。在过去的一年半里，我逐渐在梅奥赢得了一些名声。我最不想看到的场景就是 BJ 在转院表上看到我的名字，知道了我在曼卡托赚外快，而且还负责取出性玩具。

于是，我给圣·玛丽医院打了电话，要求与值班的住院医生通话。谢天谢地，接电话的是杰瑞·沃什伯恩，我在急诊手术室时的拍档。

“嗨，杰瑞，”我说，“迈克·柯林斯。我现在在曼卡托，手下有个病人想要转到你那儿去。”

“噢，不要啊，”他呻吟了一声，“又来了一个。”

我在曼卡托期间可麻烦过他们不少事情，每次转过去的都是棘手的病例。

“放松，”我说，“这回是个简单的。”

“什么意思？心脏还跳着的？”

“不是，说真的呢，就是体内有异物的病人。”

“哪里？气管？”

“啊，也不是，”我清清喉咙，“实际上，异物在其他的洞里。”

电话那头一阵沉默。“上帝啊，你在哪儿搞的这些病例啊？”

“听着，”我说，“这真是个急诊，你一定要接手。这个病人急需转到有异物移除专家的医院接受治疗。好吧，做个好人，赶紧给紧急性玩具移除部门打电话，告诉他们做好手术准备。”

杰瑞承诺帮我，同时也说整个明尼苏达都不能够隐藏住我的所作所为，迟早会露馅儿的。

我则回应说这是在浪费时间。“分秒都至关重要，”我说，“要是他到你们那儿之前就完蛋了呢？”

“柯林斯，”杰瑞说，“总有一天，我也要弄个医学史上最恶心的骨科病例。然后等你升到了主治医师的位置（假如真有胆儿大的愿意提拔你的话），把他给你送去。还要赶在凌晨 3 点，而且必须是圣诞节、你老婆怀有 9 个月身孕——第 10 次怀孕时。”

“祝您愉快，大夫。”我挂了电话。

∽ ∽ ∽ ∽

我初次接触到性行为异常的病例是在医学院。在一次翻看法医病理学时，我看到了一章关于异常性行为的文字。正如任何一个 24 岁的热血男青年一样，我立刻就被吸引了。刚一翻到这章就看到了一个颇有隐晦意义的标题——“有悖于自然的行为”。听起来挺有意思。

第一个章节叫做“恋尸狂”。恋尸狂？接下来的文字并没有给这个名词下定义，仿佛读这本书的人都已经知道它的含义似的，可是我这个读者还真不知道。因此，我去查《斯特德曼医学辞典》。词典上是这样解释的：恋尸狂——与尸体进行性交。

我不敢相信地盯着解释，眼珠凸出，嘴张得老大。“和尸体？死尸？”我不但没有听说过，就连想也无法想象。可能在这个大千世界，仅有一次，有个人会病态到这样做，我还不相信会有这样的一个医学术语。

第二天打完垒球赛的时候，我还在不可置信地摇头。我和同伴们那时还都是一群芝加哥西区的十五六岁的孩子，其中的大多数来自爱尔兰天主教家庭。严格说来，我们都没有多少性经验。

“说真的，伙计们，”我说，“那个词儿是指和死尸睡觉的家伙。”

马上嘘声一片。“啊，得了吧，”他们都说，“那些医生没别的事儿做了？整天坐在那儿编故事，还是关于变态的。”

“不是，我发誓。就在词典上写着呢：与尸体性交。”

“你就在学校里学这个？”又有一个说。“怪不得国家江河日下呀。啊，对了，”他貌似单纯地问，“要是和狗的尸体睡算是兽奸还是恋尸狂啊？”

“是真爱啦。”另一个接过话头。

这真是太疯狂了，也太难以想象了，因此就被当成了玩笑的靶子。我们的游击手一把推开椅子，开始一瘸一拐地走起来，假装拽着一具尸体。“你们这些家伙真让人倒胃口，都不能让我们清静清静？”

“要停下的话，就说‘不’。好吗，亲爱的？”他朝着假想的尸体温柔地说。

这个时候，我才意识到本不应该提这话题的。

然而，我对于变态行为的接触还没有结束。法医病理学教材接下来的一节是关于皮德菲力尔[①]的。皮德菲力尔？我又感到非常新奇：这是什么？我开始回想中学时学过的拉丁文。皮德、皮德斯——脚。

脚？真是难以置信。这与脚有什么关系？我真是搞不明白，好像自己是整个北美大森林中最大的宝贝了，对一切都一无所知。

在读到了与死尸性交之后，我开始对所有东西都持开放态度了。我开始在脑海里想象一个披着脏战袍的男人，头不梳脸不洗，就开始对着自己的脚做各种疯狂的举动。

我对此有点消化不了了。也许到医学院上学不是个好主意。死尸、脚，接下来的会是什么？和鱼做爱吗？和死鱼？和死鱼的脚？

绝望之中，我又查了《斯特德曼医学辞典》。当看到词条解释说并不是与脚做爱，而是迷恋儿童的时候，我说不清自己的感觉是解脱还是震惊——至少我还听说过关于后者的种种例子。

∽　　∽　　∽　　∽

最后，我终于成功地将施帕恩先生转到罗切斯特。他反对乘救护车去，但是我担心他要是回家用衣架想把异物勾出来，那么不得结肠穿孔才怪。

几天后的早餐时，我见到了杰瑞。“那个异物移除的病人怎么样了？你把它取出来了没？”

“梅奥敬业的主治医师奉献了又一场医学奇迹。我们先是温柔地、充满

① “pedophilia”的音译，即恋童癖。——译者注

爱心地为那个年轻人做了异物移除手术，然后又把异物消毒、清洁，还到了它的主人手里——毫发无伤，还能继续为主人效劳。”

“很好。要是再有这样的病例，我知道找谁了。”

他闻及此言，放下刚刚叉起的炒鸡蛋，凑过来，说：“请不要再给我捧场了，行不？”

我们只负责修复

11 月

当他们把本送进来的时候，我正以初级住院医生的身份在圣·玛丽医院值班。他在被送来的时候就已经不行了，我猜他一定是在上卡车之前就咽气了。

当我在脑海中闪现出一些古怪的主意时，还怀有一种负罪感。这是怎么了？我为什么会产生这种负罪感？

我不知道，或许这不是负罪感，又或许这只是由于我们无法挽救他的生命所产生的挫败感，一种承认我们即使尽最大努力也回天乏术的绝望。还可能是一种埋怨，埋怨生命里并不都是充满微笑，医生也不都是妙手回春，在有些时候，恶毒的死神会赢得胜利。

他还只有 16 岁，事情发生的时候正和三个兄弟在卡森地区父亲的农场里收玉米。毫无预兆地，本蓝色牛仔上衣的袖子被卷进了发电机里。他一定是转过身来，使劲拽着，然后就被机器扯到一旁，从上面飞过，头向下重重地砸了下去，身体摔在机器下方。随着发电机不断地旋转，袖子越卷越紧。终于伴随着一声巨响，本的胳膊被活生生地拽掉，鲜血瞬间从他的断臂处喷涌而出。

其他的男孩儿傻了，呆立在那里，先是看着他们兄弟的身体，然后是断下来的胳膊。随着机器的转动，胳膊也一圈圈地转动，鲜血洒得满地都是，在每一圈接触地面的时候，还发出有节奏的声响。

最小的弟弟伊万最先跑过去，在他哥哥的身边不远处停了下来，仿佛不敢靠近似的。“本？”他小心翼翼地叫着。随后他的两个哥哥跑过来推开了伊万，在本身边跪了下来。

诺曼将本的身体翻转过来。“哦！上帝啊！本！”他说着，用手去抚摸本的脸颊。此时的本已经双眼紧闭，头的上部已经肿胀起来。他一动不动。

唐纳德跌跌撞撞地奔过来关闭了发电机。本的胳膊在机器停止前最后一次触地发出声响，之后晃晃荡荡地挂在金属挂钩上。鲜血有节奏地从断臂处汩汩流出。诺曼想用手捂住伤口，但是血仍然从他的手指间逃脱。

“见鬼！”唐纳德看着本流出的鲜血说，“赶紧送医院，要不然肯定会死。”

他和诺曼赶快将本抬起，朝卡车跑去。到了车那里，他们先把本放在地上，然后马上扯下卡车后挡板，爬上去，用干草码在四边做成床。他们的父亲正在半里外的北部田里劳作，男孩们可以看见父亲的拖拉机在无声地驶来驶去。

“伊万！”唐纳德喊，“去告诉爸爸。我俩送本去圣·玛丽！”

伊万仍然站在本出事的地方，盯着脚下的黑色血迹。他抬起头看看两个哥哥，好像根本没有听到。

“伊万！见鬼！快去告诉爸爸！”

伊万突然醒过神来，撒腿向北边的田里跑去。“爸爸！爸爸！”他一边跑一边挥舞着手喊着。诺曼和唐纳德将本抬上了卡车。

“你看着本，”唐纳德说，“我开车。”他跳下卡车，跑回发电机那里，小心地试着向外抽出卡在转抽处的断臂。这不是个轻松的任务。唐纳德第一次没有成功，就更用力地又抽了一次，但胳膊依然纹丝不动。最后，他翻出刀，直接将衣袖割断，把胳膊抽了出来，抱着胳膊跑回卡车，把它放在副驾驶座上。诺曼已经准备好了，他用右胳膊抓住卡车的一侧，左胳膊抱着本的头放在腿上。

“哦，天哪，本。”诺曼嘴里一直在重复着这句话。

唐纳德挂上挡，卡车后退了一点，随即发动起来。坐在后面的诺曼也随之先是向后闪了一下，然后伴随着卡车冲出农场的一瞬间，身子倾向前方。

急诊室并不知道他们的到来。唐纳德直接将车开到了救护车入口，然后跳下车奔了进来。他的手里拿着本的断臂，大声喊着需要帮助，说他弟弟“伤得很重”。

骨科值班的约翰·史蒂文森，急诊手术室的乔·斯崔德莱克，还有急诊室的护士长珍妮·波普看到他手挥断臂，立即跑到卡车前。诺曼正坐在那里，脸上挂着眼泪，无声地抚摸着本的头发。医务人员马上将本转移到轮床上，送到重伤急诊第一手术室。

此时我正在楼上的值班室里，传呼响了。“柯林斯医生，请致电急诊室：5591、5591、5591。请致电急诊室：5591。马上！”

通常他们传呼医生是不说“马上”的，除非情况十万火急。因此我马上拾起听筒。“重伤急救第一病房，”我被告知，“男孩，发电机重伤。”

我听后立刻狂奔下楼。进手术室的时候，正赶上乔已经插完锁骨静脉导管。我抬眼望向监视器，仪器显示病人已经没有了心率。接着，我又看到他没有了胳膊。

护士们正以最快的速度向他身体里输入阴性O型血。约翰·史蒂文森正用止血钳在病人身上寻找可以止血的地方，但是到这个时候，孩子已经没剩下多少血了。

我们进入工作状态：给他输血、注射、施行CPR、对断肢处进行消毒和止血。整个过程中，他的皮肤在不断地冷却、变白、变蓝。约翰和我不停地观察乔，同时庆幸主刀的是他而不是我俩。最后，我们做了所有可能想到的，并且尝试了不止一次。乔缓缓地直起上身，用那块沾满血迹的无菌单覆上了孩子的胸膛。

“完了。”他说。

护士问：“大夫，您在宣告死亡？”

我听了真想大骂：“那你以为他在干吗？”可乔只是平静地说了一句：“是的。”

∽ ∽ ∽ ∽

像以往一样，我还没来得及回顾所发生的事情，就投入到紧张的工作当中了。在接下来的 8 小时里，有伤口等着我缝合，有病人等着我问诊，还有骨折等着我去处理。凌晨 4 点，我为在车祸中骨折的 17 岁女孩打上了最后一块石膏，给她开了药方，例行为其父母讲述注意事项。

我坐上去 6 楼的电梯，然后沿着寂静无声的走廊走回值班室。到了门口，我用肩膀挤开了门，门撞到墙后又在我身后“啪”地合上。我把椅子从床下拉了出来，木制的椅子在大理石地板上发出划声。我一屁股坐在椅子上，闭上了眼睛。这儿静悄悄的，远离那些病人与仪器，能坐下来什么都不想的感觉真好。我向后仰了仰，十分感激这四周的寂静。走廊尽头的某处，一扇门开了又关。脚步声有节奏地接近又渐远，消失在远处。

21 个小时前，我曾把盥洗包放在桌子上，现在它依然在那儿。屋子里很整洁。清洁女工已经趁着早上大家去查房或手术的时候把屋子打扫过了。那个时候，整个屋子乱得不成样子。报纸、日程表、备忘录，还有名单散落得满地都是。湿毛巾或是堆满了卫生间的角落，或是歪歪扭扭地挂在椅子上。房间通常会乱得超乎想象。我们这些住院医生们似乎已经受够了操劳和收拾别人的烂摊子，于是也想制造个烂摊子让旁人来收拾。

我从来没有见到过清洁女工，因为她们来收拾的时候我都不在场，我要做的事情真是太多了。我们在缝合刀口的时候，在协助手术的时候，在处理骨折的时候，清洁女工们在清扫地板、置换无菌单、清洗水池与喷头。她们拾起乱七八糟的散落着的书本，将其摆好。

床单和灰色的毛毯被拉紧，四边被塞在床垫下。门、墙、桌、床的四角，无一不端端正正。整个屋子看起来井井有条。有些时候，我在深夜从外面回到值班室，这份干净、整洁和秩序让我感到很舒服自在。但今晚却不是。今晚，这井然有序的一切令我无法承受。

我内心似乎被掏空了一般。我不累，也不沮丧，更不是悲伤、气愤抑或恐惧。我只是空落落的。我曾目不转睛地盯着本的断臂看，那儿本来有胳膊的。我一直感到罪恶。本的死亡就是我学习曲线的一部分，是我简历上的一项。要成为真正的外科医生，我需要这样的洗礼。它们使我向着目标又更近了一步。

但同时，整个事情又让人反感。我开始怀疑自己的外科手术医生的目标是否值得。不是因为从内心里否定它，事实上，这种苦役一样的劳作正是我所需要的。它是我的精神寄托，是我的盾——它隔离了我、保护着我。同时，它利用我、我也利用它。我和它已经舒舒服服地联起姻来，我之所以拼命地工作是因为想借此转移或者掩盖曾经的所作所为。

我手中的刀割开的不是人类的肉身，而是一个膝盖。不，不是一个膝盖，而是一个半月面。不，也不是一个半月面，而是一个目标，一个吸引我注意力集中的焦点。这就好比是看从外太空拍摄的地球的照片。先是看到两个大洋中间的北美大陆，接着我们放大，看到新英格兰地区，再放大看佛蒙特州，最后到枫城这个小镇，看到榆树街的那栋维多利亚式房子的后院正摆放着野餐桌，上面烤着土豆。在此，大的环境与之无关，在哪里烤土豆也没有关系，有关系的只是这镜片下的一方天地。

一个男孩滑倒后，胳膊被卷进了机器中，他带着断臂流血的伤口到了急诊室。这种情况下最容易的事情莫过于关注具体的一点：他的低血容量、电解质水平，我们应该在哪儿移植血管，采用何种外部修复的方法。我们不希望看到 16 岁的孩子死去，也不希望看到胳膊被发电机卷进去。

当我用沾满鲜血的双手移开本的最后一丝臂丛神经的时候，手似乎已经不再鲜血淋漓，也不再是我的手了。这些丛神经不再是被切开的神经，也不再属于臂组织，它们仅仅是一个黑红的洞口里的白色目标物。如果能忽略动作发生的环境，我就可以避免去想自己的行动具有的暗示性意义。我只是在机械地行动，我的动作并没有实际内涵或是重大意义，但是我不可能总是这样自我麻痹与欺骗。从敞开的伤口中移开的手再也不是进入伤口之前的那双手，把目光从尸体上移开的眼睛也不是最开始见到这番景象时的眼睛了。

我拾起盥洗包，走进了卫生间。刷牙洗脸之后，我用毛巾遮住双眼。几秒后，我把毛巾扔过水池上方。我不想看到镜子中的那张脸。

为什么就不能坦然地面对发生的一切？为什么总是要寻找原因和意义？原因和意义并不实用。它们不属于住院医生这个项目。BJ 并不在乎我心里想什么，他只在乎我在做什么。

“要是想多愁善感，回首往事，”他会说，“那么就选择下班时间去做。”

我想象自己被叫到他办公室。进门的时候，他坐在桌子前，正在读面前的报告。这是他在刻意忽视我。

终于，他抬眼看看我。“柯林斯医生，你是干什么的？”

“我是干什么的？先生？”

“你有工作，不是吗？你也挣工资，不是吗？”

“是的，先生。”

“那么，你是干什么的？”

“我是梅奥骨科的住院医生，这是我在这儿的第二个年头。”

“你还想在这儿待到第三年吗，柯林斯医生？”

“是的，先生。”

“骨科住院医生应该做什么？”

他到底想说什么？“听从指挥？”我试探性地回答。

“一个骨科住院医生应该进行骨科手术实践，而不应该在病人当中跑来跑去，问他们现在脆弱的身体条件有什么实质意义？”

“我并不是——”

他跳了起来，用手指着我的鼻子。“我们做的是修复。你明白吗？我们不做分析，也不讨论，更不会用双手蒙住眼睛痛哭。我们修复伤口！要是有人想要分析可以去看心理医生。一旦他们来到梅奥的骨科，要的就是一件事——修复伤口。”

“现在，从我办公室滚出去，去干活！我希望从今以后在这个科室不再听到多愁善感的言论。”

∽ ∽ ∽ ∽

我很想知道同事们是如何对待这样的情绪的，我猜他们一定和我一样——尝试忽略除了“修复”之外的任何事情，但始终无法回避“自己在做什么”的问题。

我们所做的正如BJ所说的，修复“脆弱的身体”，但是生命的状态是不可以修复的。我们可以为股骨培养干细胞，也可以为桡骨固定上钢板，但早晚我们都会直面行为本身的荒谬与虚无。

然而在另一方面，伯克所说的我们的感受并不重要，重要的是我们的作为。没人从哲学的角度关心他们的手术，他们只需要有人修复伤口。不过，这样的忽略并不代表“哲学的废话”就会消失，它依然会在你深夜回到值班室的时候等待着你。

有一次，我和杰克·曼宁说了这事儿，他似乎并不在乎整个事情有什么样的深层含义。只要他能在能力范围内手术成功，他就很高兴了，他可没闲心思考这些。当我告诉他我的困扰时，他非常精准地指出了外科医生面对的问题，继而一针见血地指出对症方针。

“就是这样，”他无所谓地耸耸肩，然后抬起头，“妈的。”

时针指向了4点30分，还有一个半小时我就又要去查房了。我连鞋都没有脱就直接躺了下来，摘下脖子上的听诊器放到后兜里以免被硌到，然后拉起床脚的毯子盖上。

“妈的。”我一边说一边闭上了眼睛。

HOT LIGHTS , COLD STEEL

Life, Death

and Sleepless Nights

in a Surgeon's

First Years

右手定则

1月

我们无精打采地坐在医学实验楼二楼的教室里，听一个研究人员做关于生物力学的报告。后面有人动了动椅子，叹了口气。我向窗外望去，看见了寒冷的北风中摇摇晃晃的榆树枝，上面覆着白雪。身边的比尔·查普林在纸上勾画着女人的裸体图片。

我歪过去指着图小声问他："什么样的矢量力能让它们如此突起？"

"这个，"他吹去橡皮屑，拿起图片仔细地打量，"是自然力与美的又一个例子。"

教室的前面王海医生正在滔滔不绝地讲述深奥的生物力学原则之一——右手定则。"许多骨科医生搞不清楚右手定则的概念，这很可悲。"他皱皱眉头，同时突出下嘴唇以示悲伤。"右手定则非常重要，在每年骨科考试的时候都会考到。如果你不知道右手定则，就会不及格，就又要再做上4年的住院医生，只能吃通心粉和奶酪过活。"他缓慢地点点头，以示这个问题的重要性，仿佛在向那些还未掌握右手定则的人展示前面有多恐怖的命运在等着他。

我又一次向窗外望去。真是个滑雪的好日子。我开始想象自己在绵延的山丘上轻松地向下划去，于是我无意识地闭上双眼，身体开始前倾。

“柯林斯医生！”王医生突然叫我的名字。

我猛地抬起头。

“请解释一下右手定则中力的总和。”

我意识到上吊的绳子已经扔过来，他正要我自行解决，于是我含含糊糊地说了一些关于三维空间中垂直力的话。

王医生瞪着眼睛，用手指尖敲打着下嘴唇问我：“柯林斯医生，你是特别喜欢吃通心粉和奶酪吗？”

∽ ∽ ∽ ∽

我们已经进入基础科学培训的第三周。整个培训将持续6个月，我们将在此期间学习组织学、生物力学、免疫学和其他非诊疗性的学科。在这6个月里，我们会从诊室的工作中解脱出来，没有传呼、没有电话，也没有病例。

这6个月的培训是初级住院医生与高级住院医生之间的分水岭。参加完培训，我们就是高级住院医生了。培训不但是学习的时间，也是放松的机会，我们仿佛又回到了大学时光。

我们中有人也不费吹灰之力就退化到大学时的智力水平。有一次，弗兰克·威尔士假装天真地问王医生是否知道如何“制造合成荷尔蒙”。王医生耐心地回答说，不是每种荷尔蒙都能在实验室条件下合成出来。弗兰克听了，遗憾地摇摇头说这真是“憾事”，他真希望有人能在整个班级前尝试制造出荷尔蒙。

刚参加基础科学培训的时候，我忧心忡忡。因为我想要清闲的6个月时光，而对于要学习的组织学、生物力学或是免疫学，我是没有多大兴趣的。虽然我知道这些都是重要的学科，组织学家、生物力学家以及免疫学家有一天将会治愈癌症、驱走病魔，我也非常尊重和敬仰他们，但是我不想成为他们中的一分子。

从进医学院的第一天起，我就知道自己要做的是医生，而不是研究员。基础科学培训只是我在通往理想的道路上需要翻越的屏障，只有越过它，我才能真正从事我想做的工作——诊断以及治疗。

不过我也知道，这 6 个月的学习给了我赶上同事的机会。虽然我在过去的两年里已经努力缩小了差距，但仍然感到自己落后于他们。可以说，培训是我追平的好机会。

∽ ∽ ∽ ∽

当最后一节课结束的时候，时间已是 4 点半了。我们胳膊下夹着笔记，一窝蜂地从医学实验楼里面涌出。太阳已经落山了，但是仍有光亮，可以看到西去的片片浮云。看起来将要下雪了。

“谁想喝酒去？”杰克问。

比尔摇摇头：“我正想去瑞克中心打手球。”

杰克转向我：“迈克？”

“我也不行。一会儿要去曼卡托兼职。实际上，”我看看表，“我现在就得走了。6 点钟上班。”

“就你那破车，早上 6 点到曼卡托就不错了。”

“我车可不破。”

“嗯，”比尔插话，为我辩护，“虽然那车没有刹车、没有缓冲、没有消音器，8 个汽缸只有 5 个工作，但也不代表它破。它是辆有个性的车，历史很悠久！”

“是啊，黑暗历史。”杰克说，“得了，甭管那车了。到底想不想喝一杯？”

“快决定，我是喝一杯还是去打手球？”

“酒吧还有 10 个小时才关门呢，”我说，“为什么不两个都做？”

他们相互看了看。“作为一个傻到开车去 90 里外的死亡集中营的家伙，他还算机灵。”杰克说道。

“我先回家去取运动服，半个小时后在瑞克中心见。现在，你，”比尔对着我说，“赶快上路吧。就现在，曼卡托城外，有一个醉汉，伤口已经感染，还殴打儿童，靠领工人赔偿金活命。此刻，他的那辆哈雷摩托车时速都到了90迈。看，他已经准备好撞向400吨位的卡车了。这位先生不一会儿就将需要您细心地照料啦！”他笑了起来，“祝你好运啦，先生。就你那个车呀，还真的需要这样的祝福。”

我与他俩道别，走向停车场。那本关于生物力学的笔记被我扔到了车的后座上。驶出停车场的时候，我拉开了一罐可乐，向西进发。路上很清静，油箱是满的，离去曼卡托上班的时间还有1小时20分钟。

HOT LIGHTS , COLD STEEL

Life, Death
and Sleepless Nights
in a Surgeon's
First Years

医生的谎言

3月

在基础科学培训期间，只要有机会我就会去曼卡托工作。我寄希望于能够尽快地支付账单，如果可以的话，也为将来储备一些钱。频繁的兼职使得我连做梦都梦到了行驶在去曼卡托的路上。

虽然兼职的目的是为了赚钱，但渐渐地，我也意识到兼职使我增长了不少经验。我处理过骨折病例，治疗过感染病人，还修复过肌腱撕裂。此外，我还接触过一些非骨科的病例，例如照料心脏病人，治疗耳道感染。这些工作锻炼了我的诊断能力，使我成为更好的大夫。

虽然圣·乔医院有时会相对清净一些，但是这个周末他们可真是不白雇我。我已经连续工作了34个小时，而且还有两个小时才下班。周五晚上我总算有空睡了3个小时，第二天下午又睡了4个小时，但是从周六晚上，就不断有病人送进来，有生病的、受伤的，还有中毒的。

我刚要上床，就接到约翰尼的电话，他说海伦·杨伯格又来了。海伦37岁，患有多处硬化症。她是圣·乔医院的常客，几乎每星期父母都会带她来医院，而且每次都会有这样那样的病症。虽然多发性硬化症正在恶化，但是她无视神经专家让其使用轮椅的建议，因此常常摔倒。

海伦受多发性硬化症的折磨已达15年之久。她几乎走不了路，而且由于视神经炎，也使她看不了东西。急救护士之一的康妮·弗瑞茨很早以前就认识了海伦，她说海伦看上去精神上已不如从前。

5年前，海伦的丈夫离她而去，她就搬到了70岁高龄的老父老母家里。前夫再婚后，与海伦断绝了联系。幸好，海伦的父母从来不抱怨生活，但谁都看得出来，两个人照顾海伦非常吃力。然而，海伦又坚决不去疗养院或者养老院，她坚持说自己在家里就很好。

约翰尼推着轮椅里的海伦走回来。海伦正握着手腕，她的父母低着头缓缓地跟在后面。

“她又摔了，大夫，”海伦的父亲说道，“我们都告诉她上千遍了，上厕所叫我们俩，可她又是自己起来去的。看，把胳膊摔断了。”

“嗨，海伦。”我说。她没说话。我已经给她看过几次病了，但是她还是认不出我来。她的腕部已经肿胀并且能看出骨折形成的折角。“恐怕你的手腕已经骨折了，”我告诉她说，“我们先拍X光片，然后我会把骨头恢复原位。”

15分钟后，海伦从X光片室回来。照片显示远端桡骨错位。我向海伦及其父母解释了病情，告诉他们要将错位的骨头复位再打上石膏。我清洁了海伦的手腕，然后在错位的区域注射麻醉剂。虽然麻醉剂能起一定作用，但是不能完全消除疼痛。随着我用力将骨头端回原位，海伦忍不住大口吸气。

打完石膏后，我让康妮带海伦去拍复位后的X光片。等待时，海伦的父亲想和我单独谈谈。我们走进了空闲的候诊室。“大夫，”他说，“您能让海伦在这儿待一两天吗？”他用手擦擦额头，“我不能把她带回家了，可怜的老婆子照顾她都累坏了。”

手腕骨折并不足以让病人住院，但我不忍心拒绝他。可怜的老人看起来状态很糟——他已经70多岁了。我知道，要是编造一些诸如神经血管问题或别的什么之类的瞎话还是能让海伦住院的，于是我对他说："我看看吧。"

我找到康妮，告诉她我们要接收海伦住院治疗。

"就为了一个腕部骨折？他们可不同意这样的理由。"

"不，他们会的。告诉主任，海伦的神经血管可能有问题，需要手术。"

康妮看着我，仿佛我是个傻子。我用手拽住了她的胳膊。"康妮，"我说，"我们不能让她回家了。"我指指海伦的父母，他们此时正在远处墙边的椅子里休息。"看看，他们已经做了能做的，是时候找找另外的解决方法了。"康妮点头，便去找护士长做接收病人的准备。

前台寂静无声，我签了几份表格，誊写了病历和身体状况。一会儿海伦就从X光片室出来了，我也没必要回到床上，还是出去透透气吧。我朝前台的约翰尼挥挥手，推门走入了夜色中。

我沿着两侧堆有积雪的人行道走了三四十步，远离了急诊室明亮的灯光。外面很宁静。我背靠着树干，仰头向西面的天空望去，一轮满月正冉冉升起。几个街区之外就是明尼苏达河。虽然看不见河水，但是在这样一个宁静安详的夜晚，我还是断断续续地听到流水的声音。

很冷。我紧了紧身上轻薄的白大褂。想到为了让海伦住院而撒谎，我有一种负罪感，但是我认为这样做是正确的。海伦连路都走不了，也看不见，现在又变得有一点儿疯癫。她需要的不单单是父母的帮助。我理解海伦不放弃任何机会以证明自己是正常人的做法，也明白她深知如果进入了疗养院，那就再也出不来了，但同时我也同情两位老人。他们已经70岁高龄了，还在做着不可能的事。

回过头看医院，我在心中猜想着这里距它有多远，我离开那些围墙里面的生死有多远，当我又一次沉浸在无力感之中时，迷惑也随之而来。海伦的事情触动了我的心弦，勾起了我的共鸣。她所唤起的我的情感，远非一个医生对病人的同情。

我不知道这是为什么。没有什么人比我们俩有更大的差距了。我是个年轻、健康、活跃的人，她是个羸弱的病女子。但撇开这些不同，我能够理解她的绝望和对自己遭遇的愤怒。

正当我站在那里，望着月亮照耀着大树，树影向医院旁边空地的方向延伸的时候，突然想到没准儿海伦和我之间并不像看上去的那样截然不同。我不也是在困境里顽强地活着吗？虽然我不想承认，但也许这就是我能体会海伦现实处境的原因。也许我发现她的故事之所以富有悲剧色彩，正是由于她的事情触动了我，使我想起自己的处境。我对她的同情，也许正是我对自己的变相祭奠。

在我身后，树叶间的天空隐隐约约透出灰白的光，快要天亮了吧。我揉揉脖梗，从树干上直起身，拍拍大褂上的尘土。再转身回急诊室之前，我向这夜色投去最后恋恋不舍的一瞥。

HOT LIGHTS , COLD STEEL

Life, Death
and Sleepless Nights
in a Surgeon's
First Years

破碎的脸

4 月

她叫朱莉，穿过车的挡风玻璃飞了出去。

她看上去 19 岁上下，但是浑身是血的样子让我很难说清她到底多大。他们把朱莉从救护车上放下来。护理人员告诉我，朱莉的男朋友开车错过了一个拐弯，直接冲出路基行驶了一英里。朱莉就坐在副驾驶的位子上，没有系安全带，于是就被甩了出去。先是脸，接着就是整个身体冲出挡风玻璃。人们在距车子 15 米远的地方发现了她。她的男朋友已经昏厥，趴在方向盘上，所幸的是没有大碍。

朱莉的脸不成样子。鼻子断了，一只耳朵的一半已经不见，从上额开始，一大块皮肤被掀了起来。从掀起来的皮肤边沿看去，甚至可以看见她的额骨。

我闭上眼睛呻吟了一声。现在是凌晨的 2 点 14 分。在过去的 19 个小时里，我都在圣·乔医院兼职。本来想小睡一会儿，但不可能了。处理完这个病例，整个后半夜也就过去了。

我细致地为朱莉做检查。虽然能够清楚地闻到她口中的酒精味道，但是朱莉仍然处于清醒状态。各种主要器官工作稳定，脊骨、腹部、前胸似乎都很正常。对于一个从挡风玻璃上飞出去的孩子来说，朱莉的情况还算是好的。

几分钟后，朱莉的妈妈赶到。我能听到她在约翰尼所在的接待台边尖叫。“我女儿在哪儿？她在哪儿？我要见她！马上！”

朱莉下楼去拍X光片了。我认为我还是亲自出去和她妈妈谈谈吧。

“阿尔恩特夫人？你好，我是柯林斯医生。”

她匆匆地和我握了手。“我想见我的女儿。发生什么了？她怎样了？”

“阿尔恩特夫人，您的女儿遭遇了一场车祸。她还清醒着，胳膊和腿都可以活动。情绪稳定，但是鼻子断了，另外还有一些撕裂伤。”

阿尔恩特夫人向我靠近了一步，与我面对面，问：“什么样的撕裂伤？”

“她左耳朵和面部有严重的撕裂伤。”

阿尔恩特夫人闻言，用手捂住了嘴，后退了几步。“面部？哦，天哪！不要啊！”

可能是她误解了我的意思。“阿尔恩特夫人，我想您女儿应该不会有太大的问题。伤势不会危及生命。”

“面部。哦，天哪。不。不可能发生这样的事。”

事实她只是伤到面部已经很幸运了。她可是从挡风玻璃上飞了出去，能活下来就不错了。

“阿尔恩特夫人，”我说，“X光片的结果一出来我就告诉您。”

“她的脸，”她一直重复着这句话，“她的脸。”

∽　∽　∽　∽

一周之前我还在梅奥的图书馆里学习。在基础科学培训的6个月里，我有很大一部分时间是在那里度过的。有一次，我正在读关于采用髓内钢管矫正的方法治疗股骨骨折的期刊文章，突然发现桌子上有人落了一本书。我把它推到一边的时候扫了一眼标题——《面部整形》，作者是哈罗德·吉利斯爵士。

哈，我认为这一定是一本为大腹便便、满脸皱纹的社交名流谋福利的书，告诉他们怎么紧肤、怎么隆鼻。我想，这必将是一本我很讨厌的书——因为在翻开它之前，我是鄙视整形医师和病人的。

我随手翻了翻那本书，结果却被深深地吸引了。该书作者是第一次世界大战时期的军医，为数千名因炮火导致面部严重畸形的年轻士兵做整形手术。也正是由于修补了如此多可怕的伤口，使他成为了举世闻名的整形医生。

书中布满了插图。我怀着敬畏的心情翻看着，那一张张脸有的鼻子被射掉了，有的眼睛被炸掉，有的整个脸都被撕下来，有的脸颊上残留着子弹打的洞，还有的脸部严重烧伤，伤痕累累，几乎辨不出人形，眼睛或嘴被张大的洞所取代。

吉利斯用一生的时间为这些可怜的士兵重塑面部。他们脸上惨不忍睹的伤口唤起我发自内心的尊重，我为他们所付出的牺牲致敬。同时我也由衷地佩服吉利斯。他不是我原先预想的那种医生——在我的印象中，整形医生仅仅是高级的美容师，整天忙于整理病人的外表这些琐事，所作所为不值得一提。

现在，在一个星期后的曼卡托，我意识到这就是我要做的——“忙于整理病人的外表这些琐事”。我问自己为什么不直接拿块两寸见方的纱布直接把她的脸包扎起来？要是她落下疤痕怎么办？有疤痕怎么了？既不会疼，又不会妨碍到视力，也不会影响吃饭、呼吸，而且基本上不会造成任何机体上的伤害。

然而，这女孩伤的是外表，这就是我要为之忙碌的原因。抛开以前的偏见不谈，为什么我感觉到自己即将要做的事情是如此的重要？这是因为，使她的脸尽可能接近正常人的样子是我必须要面对的任务。

准备手术的时候，在旁边忙碌的护士比以前要多。我花了一段时间才知道为什么——她们是为了这个女孩而来，她们不想让她落下伤疤，她们也想让我知道自己正在做一件了不起的事儿。

我当然知道。虽然我在理智上很难说服自己，但是我知道一条伤疤会改变朱莉的一生，它给病人带来的伤害会远远超过处理桡骨骨折不当造成的伤害——使她的胳膊残疾，但是脸上的疤痕会毁了她的一生。我清楚这个问题的实际意义，只是我假装不懂。

一直以来，我都嘲笑那些想去掉皱纹或者隆鼻的病人，因为我认为那无疑是在浪费时间和精力。这些人应该去考虑更重要的事情，沉浸在外貌这个问题上是很可悲的。

然而，现在我开始思考：要是外貌不重要，那么为什么不对刚出生就患有兔唇的婴儿听之任之？为什么不让那些婴儿就这样带着畸形的面部长大，然后告诉她外貌不重要，考虑外貌问题是可悲的呢？为什么不告诉吉利斯医生，让他不要理会这些士兵的伤口？为什么不让这些士兵闭嘴，停止抱怨？如果一个人在出生时相貌是完好的，但在长大后遭遇了车祸，面部骨头被撞成了碎片怎么办？我还会认为她不应该接受整形手术吗？要是被撞的人是帕蒂，我会让她下半辈子带着伤疤过日子吗？

我本想坚持己见，会说对于我来说，帕蒂的脸即使严重扭曲也没关系，我还是爱她，因为她的内心以及她的灵魂没有变。事故造成的皮肤撕裂和颌骨错位之于她或我又有什么关系？如果我真的爱她，爱她的灵魂，我就不会在意她的外壳。尽管她的颧骨错位，但她仍然会是我的妻子，我的灵魂伴侣。脸上多的两道或是多道伤疤又会怎么样呢？难道真爱不是应该超越这些的吗？

不过我知道，这些都是可笑的诡辩。外貌确实重要。就不要问为什么了。我只是想说，它重要。

朱莉的血液检测和X光片于15分钟后出来了。一切正常。我看过了X光片后，去找她的母亲谈话。“朱莉的X光片看起来很好，血液检测也正常，而且没有严重的内伤。”

“我能看看她吗？”

23 破碎的脸

天啊，揪心的时刻来了。如果我不让她进去，恐怕她就会抓狂；但要是让她进去，看见朱莉的脸后，她极有可能昏过去。

“阿尔恩特夫人，朱莉现在还浑身是血。你确定要看她吗？”

“是的，我要看我的女儿。”

我把她引到了重伤监护区。“等一下，”我说，“我仍然需要处理一下撕裂伤，这恐怕得需要很长一段时间。”说完，我拉开帘子。康妮正在为朱莉打破伤风针。

“哦，我的孩子，我的孩子。”阿尔恩特夫人紧握住双手。康妮已经将朱莉的前额和耳朵包扎起来，但是血液依然从中渗了出来。

“我没事，妈妈。没事儿。”

朱莉的母亲站在床脚，看着女儿，泪流满面。“哦，我可怜的孩子，”她说，“谢天谢地，你没事儿。”她拉起朱莉的手吻着，“很疼吗，孩子？”

“脑袋疼，”朱莉说，“还有耳朵。”

“我想看看她的伤口。”阿尔恩特夫人对我说。

“阿尔恩特夫人，我不认为——”

“我是她妈妈，我要看。”

我朝康妮点点头。她开始解开缠绕的纱布。由于纱布被解开，得以复位的耳朵随着纱布的解开而耷拉下来，血从朱莉前额撕裂的皮肤下流出。

阿尔恩特夫人深吸一口气，用左手捂住嘴。“哦，上帝啊。”她抓住静脉监视器的杆子以寻找平衡。康妮从床另一侧走过来扶住她的胳膊。“这边走，阿尔恩特夫人。”她一边说一边将其领到候诊室。

“朱莉，”阿尔恩特夫人出去之后我说，“你的 X 光和血检结果都很乐观。看起来你伤的只有面部和耳朵，还有鼻子断了。”

我戴上手套，将她前额上 4 寸见方的纱布取下，然后把这血糊糊的一团扔到身边的垃圾桶里，接着检查她的伤口。撕裂伤范围很大，从上额发迹的中间部位一直延伸到左边的眉毛，再走向左边的太阳穴。耳朵几乎被撕下来，只有大约一寸的皮肤还连着头部。

我固定住朱莉的头部，进一步检查她的撕裂伤。幸运的是，虽然伤口还残留一些泥土，但是撕裂的皮肤边沿相对来说还比较分明。

“会疼吗？”无菌单下面的朱莉问。

“会有一点儿，在我给你麻醉后用针缝合伤口的时候会有一点儿疼。”

我给她注射利多卡因时，朱莉很平静。“伤口严重到什么程度？”她问。

感谢上帝，她没有看见镜子中的自己。她要是看到撕裂的皮肤在前额上耷拉着，非得歇斯底里不可。

“嗯，朱莉，”我一面在撕裂伤的边沿注射利多卡因，一面说，“伤口很长，但是我想我能够修复得很好。”

“我会留疤吗？”

她会留疤吗？上帝啊，她可是从挡风玻璃里飞了出去，脑袋没有搬家已经是万幸了。她还想这样长的伤口会奇迹般地愈合，且不留一丝痕迹吗？或许我应该给她看看她进来的时候是什么样子。

“是的，朱莉，会留下疤痕，但是我会尽可能让疤痕最小。”

“哦。”她开始哭了起来。

“我很抱歉，朱莉。但话说回来，你应该感到幸运。今天晚上，你是穿过挡风玻璃飞出去的，你很可能会伤得更糟。”

现在的她已经抽噎得全身发抖。

“朱莉，亲爱的，”康妮说，“你要保持不动，只有这样医生才能给你缝合伤口。”她把手伸到无菌单的下面握住朱莉的手。“你想让大夫好好地缝，对吗？”

“嗯。”朱莉含糊地回答。

“那好，别动。如果疼的话告诉柯林斯大夫，他会再给你注射麻醉药。好吗？”

“好吧。”

我先缝了几针固定，接着沿着伤口做了几个无菌记号，计划怎么缝合。

这就是个隐喻，不是吗？我想了一会儿。脸部、伤疤和修补，它们都是隐喻。在这背后，还存在着其他因素，一些更深层的东西，可以解释我这种非理性、背离原来的价值观的关照。

不过，我可以想到的就只有这些了，我得全神贯注地进行缝合，关于“更深层次”的思考暂时到这里吧。当然了，我的老朋友实用主义就更不想在这个时候还思考别的问题了。隐喻不隐喻有什么关系？我手头上有工作要做。让那些哲学思考一边去吧，我还是先在皮下缝几针要紧。

两个半小时之后，我缝完了最后一针。时间是凌晨5点钟。面部的修复工作进行得很顺利，但我仍然担心耳朵上血管的供血问题。不过，只有等等看了。

朱莉血液中的酒精浓度是0.07，虽然未达到法定的醉酒值，但也足以让她在过去的两个小时里处于熟睡状态。这样一来，我的工作就好做多了。康妮在无菌压舌板上挤了点儿新孢霉素，我在起固定作用的针脚上用了一些。

“看起来很好，迈克。”她说。

“嗯，”我答，“拼得还不错。”我转转头部放松僵硬的颈部肌肉，脖子真是酸疼死了。一部分是由于高度紧张与集中注意力，另一部分则是由于俯身低头了两个小时。

我把无菌单从朱莉脸上拿下，她依然没有醒。

“朱莉？”

“哼？”

“朱莉，醒醒。完事儿了。”

“唔，马丁在哪儿？”

谁？我望向康妮，寻求帮助。

“男朋友。”康妮小声说。

“马丁回家了。”我说。确切地说，是去监狱了——警察以酒后驾车为由起诉了他。“你妈妈在这里。”

“嗯。”

用纱布给她包扎头部的时候，我又研究了一下伤口。不得不说，看起来缝合得还不错，但还是会有一条疤。我在想朱莉和她妈妈会不会满意这样的结果。

这是个隐喻，总有一天我会找出这个答案。但是现在，我要做的就是上床睡觉。

HOT LIGHTS , COLD STEEL

Life, Death

and Sleepless Nights

in a Surgeon's

First Years

生命并非数据

5 月

这是一个温暖的春夜，还有 5 分钟到 7 点，我把老旧的车子开进圣·乔医院的停车场，关闭了发动机。车子先是顿了两下，发出像肺喘似的声音，然后不动了。

感谢上帝，急诊室是空的。基础科学培训期间，我在圣·乔医院的兼职可真是不好做，每天我都祈祷能有一个清净的晚上。我把盥洗包往值班室的床上一扔，快步下楼走到大厅里。还有两分钟餐厅就要关门了。我到那里的时候，一个系白围裙的人正要关门。我挤了进去，抓起托盘，向打饭处的写字板扫去。

“弗洛伦丁奶酪是什么东西？”我问柜台后面的女服务员。

她耸耸肩膀，用手中的勺子指指面前一堆糊状的绿色东西。

我还是不知道它是什么，但是除了它，就只剩鳕鱼了，我只好要了弗洛伦丁奶酪。我先吃了沙拉、面包、樱桃派和柠檬方糕，然后，我就仔细地看着盘中这团温温的东西，琢磨着从哪里下第一口。这个时候，我听到了急诊室的传呼。

我马上放下刀叉，奔向急诊室。一群护士、技术人员还有穿红色上衣的急救人员围在急诊室角落的一张轮床周围——这张床是专门为急诊病人准备的。我从人群中挤了过去，看到轮床上躺着一个大约 5 岁的男孩。他一动不动。我的急救护士现在做得很正确：插上静脉检测仪、开启氧气罩、检查各种生命迹象。

"病人的情况？" 我一边检查男孩的伤势一边问珍妮。

"5 岁。男孩。骑自行车时被卡车撞了。到了有一分钟了。玛丽在量血压。"

男孩的头部已经肿得有两个大，左前臂的桡骨已经突出，胸前有部分塌陷。我摸不到脉搏。血从孩子的嘴、前胸、腿、胳膊还有耳朵中流出。

玛丽拿下听诊器，摇摇头。"没有血压了。" 她说。

我扒开他的眼皮，发现他的瞳孔已经扩散。有那么一瞬间，所有的活动都停止了。每个人——玛丽、珍妮、做 CPR 的紧急医疗医师——都停了下来看着我。该是我做决定的时候了。我所接受的医疗知识告诉我应该停止抢救，因为继续抢救是无望的。我看了看其他人，他们都停下手中的活儿等着我发话。

也许继续抢救是无望的，但有些事情接受起来很难。我指着紧急医疗医师，告诉他："继续做 CPR。" 我不想仗还没有打就让孩子被死神掠去。

珍妮开启了静脉监视。我吩咐他们取来应用于头部伤的类固醇和甘露醇，接着我给他插入气管，小心不抻到孩子的脖子。我在轮床四周忙碌，不时地发出指令。然后，给孩子开刀，放入心脏起搏器，注入肾上腺素，在胸前插上管子，把动脉中的气体导出。

此时，我尝试专心致志地抢救，不去理会房间外那个悔恨的醉汉，他边哭边嘟囔着："他就在那儿，他没有，接着就过来了。我停不下来。我想来着，但是不能。哦，天哪。我办不到。我真不想……"

我仍然摸索着脉搏，不断向监视器扫去，希望能够看到奇迹。按压胸膛的玛丽此时已经开始气喘吁吁，每次按压的时候，她都要深吸一口气。

还是没有奏效，监视器仍旧显示一条直线，再也找不到别的方法了。我开始怀疑自己究竟在做什么。为什么我要在孩子的身上左指右点、按压、开刀？我在帮谁？

我一直告诉自己，只要坚持就有希望。只要我们没有停止抢救，孩子就不算真正意义上的死亡。我不能停止。他还只是一个骑着自行车的孩子，他不应该死去。我不能接受现在发生的一切。

“再注射肾上腺素。”他不能死。在停止之前，我一定要用尽所有的方法。

大约一个小时过去了，护士已经按压不动了。所有可能有效的药物也已经都试过。我不能够假装还有希望。我叫了停。

护理人员和技师叹着气转过身去，就连在旁边围观的门卫和助理也离开了。护士停了一会儿，调整呼吸之后开始清理现场。

我们努力控制不看对方，努力使自己专注于眼前的工作：玛丽小心地将轮床的栏杆放下；珍妮拿着托盘清理我们刚才使用过的药品；我则清洗大褂上的血迹长达10分钟甚至有半个小时之久。

处理孩子尸体的时候，我们都格外小心。在过去的一个小时里，我们忙着在这孩子身体上开刀、插入各种各样的管子。现在我们非常谨慎，甚至对孩子充满敬意。我拿起孩子垂落在轮床外的小手，放到他小小的满是伤口的前胸。珍妮拿来浸湿的毛巾擦拭着孩子嘴角的血迹，然后慢慢地将他额头上的发丝拂到头上。玛丽温柔地将孩子身下的无菌单抽出，换上了一条干净的。我们做了所能做的。他的父母一直在候诊室里等待，两个人蜷缩在一起，被惊吓、恐惧缠绕着。此时，他们想看看孩子。

大多数医院规定不许移开抢救时插入的管子或者监视仪器。这些东西应该由病理学家、验尸官，或者鬼才知道是由谁来拔出，但是我一向鄙视这条规定。现在我也不打算遵守。我不能让孩子的父母看到他们的宝贝身上惨不忍睹地插满了形形色色的管子。

我拔出了气管以及锁骨下方和前胸的管子。我让珍妮也拔下静脉监视器。

孩子的皮肤正在冷却变硬。他不再流血。很快地，他从一个小男孩变成了一具死尸。桡骨仍然突出在他左前臂的外面。我伸出手，把他的胳膊放在单子下面。

护士们在清理仪器上、轮床上以及地板上的血迹。她们把沾满血的废弃物扔到垃圾桶里，不时地抬头看看我，猜想我怎么了。她们知道接下来会发生的事，知道无论如何我都不应该再等了。

我一直在揉搓手中的海绵。这些父母将孩子交给了我，他们或是农民，或是在药店上班，或者是工厂工人。而我呢，我是从梅奥来的金发小子。大家都认为我能够救活他们的儿子，可是我却告诉他们什么都没抢救过来，他们的儿子死了。

我告诉自己，还有工作等着我去做。我不能投降。对死去的人，我的责任已经尽到了，而对于生者，我还有任务。我转身背对护士，望向天花板。

我想发泄情感，但是却没有这个资本。医院付我工资不是让我随随便便发泄的。其他人可以宣泄情感，但我不能。我应该成为他们的支柱，而不是在这里独自伤感。我必须关上情感的阀门，力所能及地为门外的他们做点什么。

我记不起来谈话的内容，也记不清自己对孩子的父母说了什么。好像他们很平静地接受了事实。这期间我非常镇定，但后来我怀疑他们是否会认为我是个冷血动物。

接下来的两个小时，我都在诊治等待多时的病人。他们有的耳道疼痛，有的胃疼，还有的腕骨骨折。这是个很小的急诊室，因而大家都知道发生了什么。他们都很抱歉，仿佛意识到与刚才发生的相比，自己的病实在不算什么。

悲剧上演的时候，他们已经听到了帘子里事件的全过程，听到了我们疯狂的战斗渐渐演变成无力的挣扎。毫无疑问的，当听到护士那句平静的“晚8点27分，抢救停止”的时候，他们也都跟着痛苦起来。

我看起来一定比我自己想象的更沮丧，因为所有病人都试着鼓励我。我回忆不起来当时的我看到他们的努力是感到羞愧还是欣慰，抑或是厌烦。

24 生命并非数据

我把那个醉汉，那个杀害男孩的凶手留到了最后。他在下车的时候划伤了脸颊。两个拉长脸的曼卡托警察站在他的轮床旁边，一等我治疗完毕就带他回警局。我站在轮床旁给他缝合伤口的时候，心里努力地在记恨他。我需要有一个发泄愤怒的目标。

“哦，天哪，大夫，我都做了什么！”他对我说，“对不起。对不起。”

他看起来如此的悔恨，饱受折磨，这使我对他恨不起来。可是身边的曼卡托警察却不这么想。“谢谢您，大夫。”其中一个在我缝合上最后一针的时候说，“现在，让这个混蛋进监狱吧，最好让他烂在那儿。”让他烂在监狱的想法似乎让两个警察很满意，然而我却不这么想。为什么人们总是认为让旁人遭受更多折磨的同时才能减轻自己的痛苦？

完成了这些之后，我回到急诊室，帮着做完剩下的工作。接着我开始填写急诊室记录，写事故报告。写到一半的时候，我意识到自己已经记不得孩子的伤情。脸部撕裂是 13 厘米还是 20 厘米来着？丢失的是第三根指头还是第四根？

孩子的尸体正在停尸间里放着，等待着被转往验尸官的办公室。我还从来没有去过停尸间。珍妮告诉我它在哪儿。我走向地下室，沿着长长的走廊到尽头。推开门的时候吓到了里面的一个人。他一定是个病理学家，戴着一副厚厚的黑边眼镜，眼镜使他的眼睛看起来非常大。

“106.8 厘米。”他说。

屋子正中的金属桌子上是小男孩赤裸的尸体。这个人应该是在进行尸检，他左手拿着听录机，右手拿着测量工具。

我向他介绍了自己。交谈了几句之后，我们开始各忙各的。我检查了孩子的尸体，拿出衬衫口袋里带着的便签簿做了笔记。孩子躺在那儿，苍白赤裸，看起来已经不再是那个小男孩，而只是一具死尸。

病理学家扶了扶眼镜，继续录音：“右边太阳穴的位置上有几处颅骨挫伤。”

我快要受不了了。是的，生活还要继续。是的，尸检报告也要填写——

但何必是在这里？何必就是现在？我们真的要急着把这个孩子降格成一纸报告吗？可怕。

我真想朝这个病理学家吼去：你能说的就只有这个？说他有 106.8 厘米长，颅骨有挫伤？这是总结？他所做的是将这个男孩压缩成非人的事实并记录在听录机里。我真想掐死他。你知道什么？这个小孩不应该被简单的几句话所总结，身长和伤势并不能够描述他。

我的基础科学培训已接近尾声，很快我就不再是初级住院医生了。我开始意识到关于那个小孩，关于我们，有很多东西是不能够简单地用尺子或是天秤测量的。

如果不是这样，我想，我的所作所为就毫无意义了。

家的意义

6 月

6 月就要结束了，与之一同结束的，是我们的基础学科培训。

培训很精彩。我喜欢其中的实际操作：给狗做脉管修复，还有关于骨折的内部修复的课程。我在这段期间自学了几乎关于骨科的全部内容，但是却很少顾及那些深奥的学科：生物力学和组织学。我已经厌倦了讲座、公式以及自我膨胀的所谓学术。我热爱骨科诊疗，也热爱帮助病人。基础科学培训现已结束，我早就迫不及待地想戴上手套，回到外科医生的工作岗位上。

在过去的 6 个月，我增长了不少经验，在兼职中做了不少工作，目睹了许许多多的病症，同时也施行了形形色色的修复手术。这些让我摆脱了前两年落后于同事的自卑感，现在的我感觉到，自己比他们更见多识广。

∽　　∽　　∽　　∽

这是最后一次课，我们坐在医学实验楼的二楼教室里。窗外，树木在微风的吹拂下轻轻地晃动。靠近窗户的榆树上，两只红衣凤头鸟正在打情骂俏。我专心致志地看着它们。

这排座位的末尾，王医生在耐心地等待。“柯林斯医生，考试结束了，把你的卷子给我。”我把生物力学的考试卷合上，传给他。收集完试卷后，王转身面向全班说道：“所有人都不要走，伯克医生有话要说。”

比尔·查普林退了退椅子，咕哝道：“这个爱尔兰家伙又要干吗？”

“喂，注意用词，不要种族歧视！”我说。

“可不，”杰克接话，“别忘了柯林斯也是个爱尔兰家伙呢。”

比尔、弗兰克、杰克和我一点钟要去枫叶谷打球。等人的滋味真不好受。10 分钟后，BJ 突然出现，看起来他不是很高兴。他批评我们没有尽心，把基础学科培训当成休假。他还说就连医学院的学生对于生物力学的了解都比我们多。

“你认为这个很好笑吗，查普曼？”他总是叫错比尔的名字，而他对此毫无所察。

“不是的，先生。”

“那你为什么笑？”

“我没有笑，先生。只是大部分医学院的学生貌似都不知道生物力学这个词怎么拼写。”

我的心揪了一下。比尔为什么不能把嘴闭上，让伯克折磨其他人呢？他总是激怒伯克，这会为他招惹来更大的灾难。

“查普曼，”伯克在面前的一堆试卷里翻来翻去，终于找到了他要找的那张，“你组织学和生物力学的分数少得可怜。一个医学生要是得这点分就根本做不成住院医生。你究竟有没有学习，还是在这 6 个月里，都游手好闲来着？”

“我……”

“查普曼，你要是想继续留在这个项目里，就必须重视起来。”

“是，先生。”比尔说，还不忘把手伸到背后，竖起中指。

“其余的人，”BJ 说，“你们初级住院医生的工作结束了。从明天起，你们就具有高级住院医生的身份了。你们手下会有初级住院医生，交给你们的责任也就更大。我希望从大家身上看到职业医生的风采。这里是梅奥，每个进入其中的病人都要享受到整个星球上所能得到的最高待遇。”

他略微低下头，从眼镜上方审视着我们。“我会密切关注你们每一个人，”他说，“非常密切。”说完，他拿起卷子，离开了教室。

在听了 BJ 一番慷慨激昂的讲话过后，我们 4 个挤到了杰克的别克车里。我们快要迟到了，但是比尔仍然想买桶肯德基，外加几罐啤酒。

到枫叶谷的时候，距离比赛开始仅有 4 分钟。赛场主人阿蒂正在等我们。“我真担心，”他说，“你们几个从来没有迟到过。”

“谁都有第一重要的事情啊。”杰克告诉他。

“本来可以早点儿的，可中间来个疯子非得和我较劲。”比尔愤愤不平。

“好了，伙计们，打球吧，”阿蒂一边收我们的钱一边说，“你们最好是快点，后面还有人要玩儿呢。”

开了第一个球之后，比尔拉开啤酒，给我们每人一罐。

“先生们，”他举起啤酒，“我们的敌对关系现在结束了。明天大家重新回归手术的世界，但之前我们要进行最后一次探险。这个下午，就在这儿，在风景如画的枫叶谷乡村俱乐部，我们要竞争，”他停顿了一下，严肃地看着我们几个，“西半球高尔夫锦标赛。”

“查普曼，”弗兰克模仿 BJ 的口气说，“你的挥杆和短球真让人可怜，连医学生对高尔夫的了解都比你多。你是一直打高尔夫吗？还是花了整整 6 个月的时间看生物力学书的插图？”

“威尔士，”比尔说，“我每一杆都能打击死你，到最后还能把你打得稀巴烂。”

他确实做到了。经过三个低于标准杆的一击得分和两个超过标准杆的一击得分，他走在了最前面，只需最后一杆了。不过，酒劲和炸鸡把他又拉了回来——他坚持说是炸鸡使他的手指变得滑溜溜的。比尔在最后一杆打出了 43 分，取得了足以领先我 4 杆的优势胜利。

最后一轮比赛结束、最后一只炸鸡的骨头被埋在沙子里、最后一罐啤酒被扔到垃圾桶后面，杰克说我们不能就这么回家。

“再来点儿酒，”他说，“明天我们就要扔掉笔记，拿起传呼机，变回手术大夫。今天，咱们就最后一次一醉方休吧。”

于是我们又重新挤回他的车里，向镇里驶去。在距离丁克勒酒吧之外两个街区的地方，杰克把车停下。别克车的右前轮驶到了马路牙子上。

“好啦，”我们还在车里的时候，他说，“这 6 个月简直是地狱。”

杰克说得对。过去的 6 个月确实是个地狱。我勉强掌握了右手定则，学习了在显微镜下如何鉴定尤因肉瘤，记住了不锈钢的弹性系数，还写了一份关于股骨骨折的报告。然而，更重要的是我的自学工程——我学习了所能接触到的所有骨科的知识。我阅读的内容涉及踝骨骨折和髋骨错位、韧带修复和膝部融合、脚部截肢以及肌腱移植。我第一次深切地感受到，如果不能做真正的骨科主治医师，那么最起码我应该做到像一个真正的骨科住院医生那样。现在，我已经准备好重回工作岗位证明自己。

在这几个月中，我也花了很多时间阅读。此外，我也做了足够多的兼职，赚得了一些积蓄。还有，帕蒂又怀上了我们的第三个孩子。

∽　∽　∽　∽

莎伦是丁克勒酒吧年轻聪明的女招待之一。她刚刚又给我们拿过来一大罐啤酒，比尔非得要她听他自己高尔夫的好成绩。“于是我站在了第 18 个洞那儿，”他说，“我的球童是个傻瓜，叫 BJ，”他面向她问，“听过这个名字吗？”

莎伦正在专心研究手指甲，听到这儿，她摇摇头说：“啊，没有。”

“没关系，他就是个从精神病院出来的傻子，给我捡球。啥也不说了。我还有 180 码的时候，这伙计给了我 9 号球杆。9 号球杆！你能相信吗？”

莎伦耸耸肩：“听起来很差劲。”

“真他妈的对极了！但是我还是拿起了9号球杆，靠近了一点儿，然后瞄准那玩意儿，笔直地打了出去，离旗杆只有6寸。”

“真不错。”莎伦一边说，一边看着手表。

“可不，”比尔拍拍胸脯，“我正想不当医生了，去打打职业联赛。”

杰克对莎伦说：“再喝点啤酒他就敢竞选教皇了。”

“闭嘴吧，曼宁，”比尔说，“谁要是经过6个月基础学科培训还是达不到100分真得感到惭愧。你是咱们住院医生的耻辱。”

杰克闻言，将头低下，手捂在眼睛上说：“我真惭愧，我感觉自己真是太卑贱、太肮脏了。”

莎伦转了转眼珠说：“还能为先生们做点什么吗？”她试图回去。

“好的，”比尔说，“对，还有点儿事儿。”他把右手放在心脏的位置，“我们不能再这样下去了，不能再假装不关心彼此了。带我走吧。”他说，“把我的全部都拿去。”

杰克点头。“他除了爱放屁和打鼾外，可还是不错呢。”

“我去给你们拿账单。”莎伦说。

∽ ∽ ∽ ∽

“啊，太好了，”帕蒂见我从后门进来说，“我还怕你错过晚饭呢。”

吃过晚饭，刷过盘碗，我给女儿们穿上睡衣，一起做了晚祷，之后给她们盖好被子。我退出来关上卧室门的时候，整个房子静悄悄的，帕蒂蜷在沙发上。我把她的脚移到一边，坐了下来。

“感觉怎么样，亲爱的？”我用一只胳膊搂住她问。

“好点儿了。”

“孩子还踢肚子吗？”

“他可真是个活跃的小家伙儿，总在这儿捅我。”帕蒂指着左侧下方的一处说。

“嗯，至少艾琳和玛丽能帮你做点家务。”

“哼，我洗泡泡浴和吃糖的时候。”

“你知道吗，”我说，“来生我要投胎做住院医生的妻子。”

她坐起来，双手交握，望着天花板。“哦，上帝啊，请满足这个傻子的愿望！”

我们笑了起来，头靠着头，我的手抚摸她的头发。“你有最美的头发。”我把头埋在里面说。我们这样待了好几分钟后，我说：“宝贝，明天我就要回到现实世界了，但这回是做高级住院医生。”

她叹了口气道：“我又要做寡妇了。”

过去的6个月里，我花了大量的时间陪帕蒂和孩子们。几乎每个晚上，我们都在一起吃晚饭。我们带了孩子去奥克斯博公园徒步行走，给她们讲述战争时期的爷爷们，还有芝加哥大火和马铃薯饥荒时的奶奶们。女儿们教我唱儿歌，我还和孩子们玩搔胳肢窝的游戏。

这是美好的6个月，但是帕蒂知道我急着回到工作岗位的心情。她问我下一步跟着哪个主治医师。

“比尔·克莱默。”

“他怎么样？”

“这么说吧，比尔是新来的，所以他不会有许多手术。但话说回来，医院也不会把新手高级住院医生分配给最忙的医师。”

“嗯，那就好，”帕蒂看着我说，“至少你能经常回家，是不？”

我迫不及待要开始高级住院医生的工作了，然而坐在这里，环抱着帕蒂，我发现自己竟然希望能够一直待在家。

HOT LIGHTS , COLD STEEL

Life, Death

and Sleepless Nights

in a Surgeon's

First Years

完美出师

第一次独自完成手术后，我感到自信在胸中升腾，有一种多年的苦役终于得到回报的感觉。然而死亡、痛苦、失败统统都是敌人，即使我做了所有对的事情，它们仍然会胜出，因为它们不按常理出牌。最后我终于意识到：有一些问题是永远没有答案的。

骨科肿瘤学部

8 月

我发誓这一生都不会忘记那个叫萨拉·贝伦松的女孩。她很年轻、很美丽。要是当时我们帮不了她的话，她就会死去。

我见到萨拉是在跟着比尔·克莱默之后的第二个月期间。比尔是梅奥三个骨科肿瘤学专家中年纪最轻的。我最开始跟着他的时候还有些疑虑，不仅是因为初为高级住院医生，还因为工作的内容与肿瘤学有关。

肿瘤学与骨科截然不同。在骨科，我们遇到的通常是健康人，处理的是可以解决的问题。对于软骨破碎的病人，我们负责移除；对于髋骨关节炎的病人，我们为其做移植手术。经过处理后，病人们会感觉好了许多，所以我热爱骨科。我热爱这项每天进行修复的工作，我喜欢完成任务时美妙的成就感。

然而，肿瘤学却是另一番场景。肿瘤学通常意味着癌症，而癌症又常常成为最后的赢家。可怜的肿瘤学家们，输的仗总是比赢的多多了，而且每天也没有心怀感激的病人来致谢，还没有确切的证据证明他们的能力。他们一辈子都在签署死亡证明，而没有手术报告。我由此得出的总结是：肿瘤学家是比我更好、更坚强的人们——他们做了分内的工作、治疗病人，但是却没有享受到我们骨科医生所获得的称赞和感谢。

∽ ∽ ∽ ∽

萨拉是个 18 岁的女孩，髂骨患有成骨性肉瘤。她在洛杉矶的家庭医生向梅奥反映过她的情况。他告诉萨拉说她“长了个东西”，有可能是恶性的，应该“马上”去梅奥。我们则告诉她确实是恶性的，唯一的希望就是进行彻底的手术——偏侧骨盆切除术，这意味着我们不仅要移除整条腿，还有半个骨盆。然而，即使是接受这样的残肢手术，萨拉活下去的希望还是很渺茫。

萨拉是个活力四射、年轻美丽的姑娘，身材比例十分完美，眼睛中折射出天真信任的光芒。它们仿佛在说：这里是梅奥，你们会治好我的。在我们还未动手帮助她之前，这双眼睛就表示了感谢。

我很乐于接受这个年轻美丽的姑娘的感谢，这是对我们能力与技术的肯定。但同时，我又感觉很不舒服——她的感谢、她的信任是我们不能承受之重。这是我成为高级住院医生工作的第一年，虽然我知道统计数据如何，但我仍然天真地想对抗每一个病魔，打赢每一场战役。萨拉的髂骨患有成骨性肉瘤，这种情况能活过 5 年的只有 5% 的人。然而，我不想听内心中理性的警告，我只想听到萨拉称赞我医术高超的声音。

手术前一晚，我走进了萨拉的病房。我通常不会这么做的。但是那一晚，我无法解释自己的行为。我告诉自己，活过 5 年的只有 5%——不是 0，这就意味着有人会做到，萨拉一定要成为这 5% 中的一员。

我到她病房的时候已经过了 10 点了。我用几秒钟翻看了她的病历，然后合上。我看了看萨拉，然后又摊开病历，假装读着。最后我终于放下病历，问萨拉感觉怎么样。

“还好。”她回答。

我例行为她做了术前检查，告诉她午夜之后不要有任何进食，医务人员会在明早 6 点钟过来。接着我问她有没有什么疑问，萨拉看起来很迷惑，似乎不知道自己要说些什么。她摇了摇头，说没有疑问。

我注意到她前面有张卡片，就问她是什么。她拿给我看，上面是她清秀的笔迹："偏侧骨盆切除术"（hemipelvectomies）。我记得早些时候她问过我手术的名称，我也记得她把它抄了下来。

"字典里没有，"她说，"我查过了。"

是啊，我也没有指望那里面有。

"您能告诉我是什么意思吗？"

我不知道怎么去和她解释。避谈专业术语会更容易一些，且模糊事实也会比把它讲得很清楚更容易。

我试图像往常一样镇定，似乎之前很多人都问过我这个词语的意思。"hemi，"我说，"来源于希腊语，意为'一半'。ectomy 的意思是移除。因此这个词的意思是移除半个骨盆。"

萨拉不解地皱着眉头。"但是我以为你们要移除我的……腿。"

"是的，我们是要这么做。你的骨盆和腿。"

"哦。"

数秒钟的沉默。

"会很疼吗？"她问。

"你会在手术的过程中睡过去，一点儿也感觉不到疼，"我以一个经验丰富的医生的口吻说，"但大多数病人在术后会感到疼痛。"

然而，我同时又在心里骂自己："闭嘴吧，你是个连一例偏侧骨盆切除术都没有亲眼见过的混蛋。"

我就站在那儿，手里捏着她的病历。最后我终于忍不住了，转身想走出去，但又折了回来。"萨拉，"我终于开口，"我……我会为你做任何事情。"

她看着我和善地笑了，然后伸出手，摸了摸我的胳膊，简单地说："我知道你会的。谢谢。"萨拉是如此的满怀信心与信任。这里是梅奥，我们会挽救她。

∽ ∽ ∽ ∽

萨拉是当天的第一例手术，医务人员在早上 6 点就过去了，她的父母跟在后面。当这一行人到达手术等候区域时，我已经等在那里了。在手术室门口，医务人员停了下来，萨拉得以和父母吻别。父亲俯下身，亲了女儿的脸颊，按了按她的肩膀，然后迅速地掉转身去，不让孩子看到自己的脸。母亲则上前一步，眼中浸满了泪水。萨拉挣扎着要坐起来。她们想要拥抱，但是静脉检测仪成了阻碍。

“我爱你，萨拉。”母亲说。

“我也爱你，妈妈。”

她们还想拥抱，但是医务人员已经开始推着萨拉穿过双层门，来到灯火通明的手术等候区。萨拉的母亲依旧站在门外，挥着手。门“啪”的一声关上了。

我协助医务人员将萨拉的轮床安置到角落里，给她介绍另一个将为萨拉做手术前准备的医务人员——璐艾拉。术前护士给静脉监视器装消毒袋的时候，璐艾拉告诉萨拉说要给她清洗腿部并做去毛处理。璐艾拉拉上帘子，我坐回桌子前。

5 分钟后，璐艾拉问萨拉有没有插过输尿管。

“没有。”萨拉的声音小得几乎听不见。

“输尿管伸到你的肾里，”璐艾拉告诉萨拉，“如果你想排尿，尿液就直接从管中流出。”

璐艾拉用温热的肥皂清洗之后，给她涂了比塔定。“可能会有一点儿疼。”璐艾拉说。

萨拉短促地吸了一口气。

弄好后，璐艾拉将一条温暖的毯子给萨拉盖上，之后拉开了帘子。“拜拜，宝贝儿，”她拍拍萨拉的肩膀说，“还能帮你做点什么吗？”

“不用了。”萨拉小声说。

麻醉师进来告诉萨拉要采取的麻醉步骤。他说一旦她睡着了，就会给她嘴里插上呼吸管。他还说手术中可能会给她输血。最后他问萨拉有没有什么问题。

当一切妥当后，我打开轮床上的锁，推着萨拉，经过几扇门之后，来到了手术室。像往常一样，里面冰凉，灯光如炬。进门的时候，我把下巴上耷拉的口罩戴上。把轮床停在狭窄的黑色手术台边上的时候，我让她“躺过去”。巡回护士掀开萨拉身上的毯子。由于寒冷，萨拉倒抽了一口气。

手术台两侧弹出了导向臂。萨拉平躺，将两只胳膊伸了出去。麻醉师在她的右臂绑上血压带，一个护士在她左臂上检查静脉检测仪的安装，还有一个护士从温热器那边又拿来两条毯子。在他们看来，萨拉似乎要退缩。

正当萨拉快要暖和过来的时候，麻醉师告诉她说“要在胸部附近安置一些贴片”。接着，一个护士又把一个大的贴片贴在了萨拉的右腿上，贴片上伸出的电线连接着手术台的仪器。“这是你的接地垫儿。”护士开玩笑说。萨拉点头微笑，好像知道接地垫儿的意思似的。

我看得出萨拉的眼神逐渐涣散起来。“刚刚给你的静脉里注射了药物，能让你放松。”麻醉师说。我站在她旁边，俯下身去，给她紧了紧毯子的边缘，问：“萨拉，你冷吗？”

“请你，”她的声音听起来微弱而焦虑，眼睛里浸满了泪水。萨拉挣扎着想坐起来，“请不要……”

麻醉药发挥了效用。她倒下去，闭上了眼睛。“别害怕，萨拉，”我说，“我们会照顾好你的。”

麻醉师让萨拉深深地吸气……

∽ ∽ ∽ ∽

从头到尾，这都是一场可怕的手术。虽然从技术层面上说没有什么不对的，但是整个事情都是错误的、不公平的。我第一次感觉到或许我们是萨拉所面对的困难的一部分，而不是在拯救她——就连术前的准备工作看起来也是如此可恶。我们先是将萨拉翻到右侧，计划好手术的区域是从盆骨后侧到膝盖，之后用无菌覆盖布盖好除左腿之外的部分。我们做手术的对象仿佛不是一个人，而是蓝色洞口里露出的肿瘤附属物。

比尔拿出无菌记号笔标记出开刀的位置。我扶着萨拉的腿，充满敬意地看着紫色的记号笔划过她的阴唇，向上直到小腹的下部，然后转头划向臀部。比尔划完之后把记号笔扔到仪器车上，伸出手道："刀。"

在漫长而血腥的手术中，我不断地固定、消毒、重新固定牵引器，以便给比尔最好的角度。手术过程中，比尔不断地和麻醉师交换意见，探讨何时给萨拉输血或者新鲜的冷冻血浆。血液持续地进入她的四肢，然后从手术刀口上渗出。

我们的每一次动作都会导致出血。血液或涌出、或渗出、或滴出、或喷出，但是不久我们就习以为常了。鲜血在手套上不断累积，浸湿了我们的衣袖；它浸湿我们的大褂和鞋子，染红了无菌单，从轮床上流淌下来。

数个小时里，我们慢慢地把萨拉饱满的长腿从她身上分割下来，两部分分离得越来越开。终于我们切断了髂骨，腿就耷拉下来，与身体仅由几处肌腱连接。比尔迅速地割断肌腱，这条腿自由了。

我拿起刀口处仍然在渗血的腿放到护士拿来的无菌塑料袋子里。腿完全进入袋子的时候，拿袋子的护士没有接住，袋子一下子掉到地上，另一个护士过来帮忙把腿包上。我抬头瞥见护士将断肢抱在前面，走出门，朝手术病例标本室走去。

比尔和我还有几个小时的工作要做，它关系到骶骨神经的取舍问题。如果舍去很少一部分，那么肿瘤会有复发的危险；但若是取得太多，就会影响到膀胱，甚至会让她的肛门括约肌停止工作。

我盯着硕大的刀口，看不出所以然。这对于我来说是个新领域。我确实参与过许多髋部手术，但从没有像现在这样端详过骨盆的内部。

缝合的过程似乎漫长得没有尽头。我们得考虑有多少层组织要缝合，要思量怎么样缝合才最好。当我们缝合完最后一针的时候，已经是下午了。萨拉在输了 18 个单位的血后，血象很平稳。她顺利地挺过了手术。

比尔去找萨拉的父母，让我留下包扎。我收拾走了满是鲜血的单子。在无菌单被撤走、护士还没来得及取来新被单的短短一会儿，萨拉躺在那儿，一丝不挂。

手术的时候，我们所有人都不敢看萨拉。尽管我们尝试用蓝色无菌单隐藏住事实，但事实仍然摆在那里——萨拉没了腿。一条长长的黑线横贯她小腹的下部，而在那下面，空空如也。

我开始包扎，同时小心避免碰到导管。萨拉的皮肤苍白冰冷。我把输液瓶放到她腹部，与护士一起将萨拉抬离手术台，放到轮床上。这不是件难事儿，因为她的体重比原来轻很多。护士给她盖上温暖的毛毯，然后我推着她去了康复室。

萨拉的术后反应很强烈。她发了 4 天的高烧，部分伤口已经开裂，阴道肿得很厉害，不能够排尿。然而萨拉表现得很让人敬佩。她一直在感谢我们为她所做的一切，并为自己“麻烦大家”而道歉。她仍然像以前那样阳光、美丽。

我很想问问萨拉，但却不知道怎样开口。终于，萨拉的护士——安·齐沃斯告诉我，“她确实为失去了一条腿而悲伤，但她说这件事也使她明白自己还拥有多少没失去的东西。她说这就像是一个百万富翁失去了一千美元——她会很伤心，但情况也不会差到哪里去。”

我听后便陷入了深深的思索。对于萨拉的话我似懂非懂，而且我仍然弄不明白一把手术刀能做什么，不能做什么。我看到的只是我们切除了萨拉的腿。我还不明白有些东西是外科医生与疾病所不能抢走的。

照顾萨拉的护士都很喜欢她。白班护士到了晚上会陪她，夜班护士早上也会陪她吃早餐。每个人都极力保护着她，仔细核对每个指令与每个医疗步骤。

术后第 3 天，萨拉在拐杖的支撑下站了起来，并能够试探性地向前走了几小步。我们在那天激动得心情无以言表。

更让人惊奇的还在后头。术后第 7 天，我正敲萨拉的病房门，里面的安告诉说“等一会儿”。我站在门口，看着病床四周的帘子，心想萨拉一定在便盆上。但为什么用便盆呢？早在几天前，她已经能够步行去洗手间了。终于，安拉开了床帘，戏剧化地指着萨拉，“看吧！”

萨拉正坐在床边上微笑地看着我。安帮她洗了头发并做了发型、化上妆。她真美。我呆呆地看着她。

她俩都笑了。她们知道已经成功了。

又过了几天，萨拉出院回家。她给了我一个大大的拥抱，感谢我救了她的命。我避开了她的眼睛，没说话。两个星期后，我又见到了萨拉。她是回罗切斯特做复诊的。那以后我转到了别的部门。可是接连几个月，我仿佛都看得到黑色缝合线在萨拉的骨盆上肆无忌惮地横穿过去，心里在琢磨萨拉认为自己没有失去的究竟是什么。

然而，我还要继续忙碌着，又有新的工作，新的病人，于是很快，我就不再想关于萨拉的事了。

HOT LIGHTS , COLD STEEL

Life, Death
and Sleepless Nights
in a Surgeon's
First Years

第一次独自完成手术

10 月

9 月 28 日，我离开了比尔·克莱默所在的骨科肿瘤学部门，被分到成人整复外科，在弗兰克·萨特菲尔德医生手下工作。我在比尔身上学到了很多，但我很高兴能够离开癌症，回到移植髋部和修复骨折的工作中来。

在弗兰克·萨特菲尔德手下工作了 3 周后的一天，我们刚刚完成谢弗先生的髋部移植，这时，他退后几步，摘下手套，让我缝合刀口。

“迈克，今天干得不错，”他说，“我想你准备好了。下一个手术由你来做。”

虽然我已经参与并且协助医生完成手术，但是却从来没有做过整个的髋部移植手术。主治医师也曾让我完成其中的某几个步骤，可我从没有自己独立完成过整个手术。助手工作渐渐变得机械，甚至枯燥，我在内心深处极度渴望有机会独自完成手术。

然而，当机会来临的时候，我却吓得手脚僵硬。整体髋部移植手术极为复杂，简直让人望而却步。刀口的位置要极为精确，筋膜要切开，外展肌要阔开，并且要掌握好度，不能够太开。接下来是囊切开术，股骨切开术。在股骨切开术中，刀口要准确地落在小转子上。之后就是将髋臼摆正位置。然后是股管的处理，还要选择适当的大小以及长度。接着进行股骨假体的黏合，注意其前倾的角度要正确，并选择合适的长度。随后就是缝合，一定要确保合上荚膜、修复展肌、修补筋膜。只有一切准确顺利地进行，只有切入点、移植位置、黏合、定位以及修复进行得完全正确，才不会让病人因髋部疼痛而夜不能寐。

然而，难题还比比皆是：如果损坏了坐骨神经，病人就可能会患偏瘫；如果假体部分定位不准，髋部就会脱臼；倘若不小心割到股骨动脉，病人就会因失血过多而死；髋臼处理不当会毁坏骨盆；太用力按躯干很可能会使股骨骨折；扭结股骨血管会导致肺部血栓；外展肌缝合不当会导致病人下半生都将在轮椅上度过；如果黏合过程太匆忙，假体就容易松动，但是黏合过于缓慢又会导致病人血压变低甚至死在手术台上；手术期间如果哪一步忘了消毒，就会使病人感染发炎；使用药品不当，病人则会死于突发性心脏病；麻醉剂使用错误，会导致病人成为植物人。

在手术过程中，这些都会跟随着你，提醒你错一步就会断送你的职业生涯。一旦失手使得某个大手术失败，那么没有哪个脑子正常的主治医师会再让你拿起手术刀。

在你得到机会时，如果你成功地接过主治医师抛过来的橄榄枝，并且干得不错，就会开辟自己的一方天地；如果你没有接住，搞砸了，也许就不会有第二次机会了。

“一边看、一边做、一边教”是我上医学院时在老兵医院评价学习过程的玩笑话。可这里是梅奥，每名医生都要经过严格的考查才被允许实施手术。既然我现在得到了机会，就一定不能搞砸。

萨特菲尔德医生的助理艾米告诉我，下一个整体髋部移植手术被安排在下个周一进行。也就是说，我有一个周末的时间准备、演练，确保每一步都烂熟于心。

我把病人的 X 光片取来做样板，研究应该采用哪种大小的假体。我翻阅了众多书籍，甚至给一个季度前做了第一个髋部移植手术的杰克·曼宁打了电话。

“嘿，迈克，放松。你已经参与过很多这样的手术了，唯一的区别是这次是你一个人做完所有的工作。说真的，上个月我看你处理那个滑车骨折手术的时候，手到擒来的样子好像是做了一辈子这个似的。那个可比整体髋部移植难多了。”

周一早上，我很早就到了医院。查完房我又仔细复习了一遍笔记。这个整体髋部移植手术是我们今天的第一台手术。初级住院医生史蒂夫·德伯克协助我为手术做好了准备。然后我们找人通知在外科医生休息室里的萨特菲尔德医生，告诉他我们准备好了。在萨特菲尔德医生进来的时候，我正拿着记号笔画出下刀的位置。我这是在无声地提醒他，他曾经说过这个手术是由我来做的。

他穿戴好后，走近手术台，问我：“准备好了？”

“是的，先生。”

“开始吧，”他指着病人说，“别浪费时间了。”

一旦开始了手术，连我自己都惊讶它进展得如此顺利。我完全沉浸在手术之中，顾不上紧张。当我黏合上股骨，髋部体积变小的时候，他退后几步。他自始至终都没有说一句话，但是我很高兴有他在身边。一想到假如遇到什么问题至少还有他帮忙，我就很安心。

“干得挺漂亮。”他说。

“谢谢您，萨特菲尔德先生。”我回答。

他摘下手术手套说：“我在第 4 手术室进行膝部观察。你们弄完了就去，马上进行下一个手术。”

他走之后我开始修复外展肌与荚膜，然后转向史蒂夫。“你知道这意味着什么，是不？”我退后一步，以主刀医生的口吻问道。

史蒂夫的眼睛马上亮了起来。透过口罩，我看得到他像个小孩子一样咧开嘴笑了。“我还想您可别忘了呢。”他说。

住院医生中有个不成文的规定：如果哪个高级住院医生有手术做，那么跟着他的初级住院医生就会做术后缝合。我观察过史蒂夫，虽说要他来修复外展肌会略显生涩，但若是缝合剩余的部分还是足够的。当然，他缝合要比我多花上 10 分钟，可是他干得很开心，我也很高兴在旁边帮忙。

一天的工作结束了，在换下手术服、换上便装、查过房之后，我意识到有些东西不一样了：我不再只是学生。住院医生在某种意义上说的确就是学生，因为我们还在学习。然而，在今天，我做了整体髋部移植手术——我自己一个人做的手术。我还可以为踝骨打上石膏，给膝盖做镜下检查，也可以修复前臂骨折。

我感到自信在胸中升腾，一种多年的苦役终于得到了回报的感觉。4 年中学、4 年本科、4 年医学院、1 年实习、2 年骨科住院医生，加上接下来的 2 年一共是 17 年。有时候看起来这条路永远不会有尽头，我会一直是个学生。但从今天起，我知道这不再绝对了。我第一次感到自己不再是个学生。我感觉自己像个外科医生。

HOT LIGHTS , COLD STEEL

Life, Death
and Sleepless Nights
in a Surgeon's
First Years

第 3 个孩子

12 月

这是我住院医生生涯的第 3 年，我突然意识到自己可能有机会被委任为住院总医生。选举还有几个月的时间，但我知道过去这两年半的努力不会白费。我不再在开会的时候躲躲藏藏，而是越来越多地回答问题，有的时候甚至还会提出建议。

让事情变得简单的原因，是我热爱所从事的工作。我喜欢诊断病人，喜欢做手术。只有在手术室中，我才会更舒服。除了那个整体髋部移植手术，我还做过几个较为复杂的手术。这些都是让人陶醉的工作，并且我为自己能够完成这些工作感到骄傲。但若想晋升为住院总医生，要做的就不是简单混过这几个月，我需要发光。

28 第3个孩子

圣诞节前的3个星期，帕蒂生了第三胎，我们给他起名叫帕特里克。当时时间是早上6点，我刚要出门上班，她就说感到子宫收缩，让我等一会儿。在一阵剧烈的收缩过后，帕蒂说："我想到时候了。最好现在去医院。"

我给萨特菲尔德医生打电话说帕蒂临盆了，他告诉我今天可以不上班。随后，我把孩子们连包带捆地放到车里的座位上。接着又去扶帕蒂。我们在中途将孩子们放在爱丽丝·查普林那儿后，向卫理会医院驶去。7点，帕蒂进了产科病房。每隔4分钟，她的子宫就会收缩，并且越来越严重。8点的时候，她整个人都肿了起来。几分钟后，帕特里克出生了。

"你时间掐得真准。"产房的护士说。

接下来的两个星期，每天都有住院医生来到帕蒂的病房慰问。等到周六我们回家时，收到的花已经堆满了整个后座。回到家，过来帮我们照看艾琳和玛丽的苏·曼宁帮我把花抱回屋里，吻了帕蒂后与我们告别。

∽ ∽ ∽ ∽

周一的时候，我极力让自己早点到家。从后门进去后，我把外套搭在椅背上。

"亲爱的，感觉怎么样？"我问从水池边上转过身来的帕蒂。

"真高兴你回家了。"她擦擦手，给了我一个拥抱。

我把头靠在她头上，用手抚摸着她的头发问："很难熬的一天？"

"难熬的生活，"她笑起来，"什么时候我会成为富有的医生太太，整天泡在乡村俱乐部里，修修指甲，还有女佣为我铺床？"

"现在就是了。"

"哈哈，是。"

就在这时，艾琳跑了进来。"爸爸回来啦！"她喊着。玛丽蹦蹦跳跳跑上楼梯，然后她们两个就抱住了我的大腿。我弯下腰，亲了亲她们，接着说回家真高兴，因为我两天没有打小孩儿的屁股了。

“最小的在哪儿呢？”我问被两个小鬼头挤开的帕蒂。

“摇篮里睡着呢。”

“走，看看你们的小弟去。”我对两个孩子说。

“好啊！好啊！”她们拍手叫着。他是她们俩最喜欢的玩具，她们最喜欢在帕特里克身上戳来戳去，好像那是她们的气球。

“离他远点儿，”帕蒂说，“要是吵醒他，我就把你们都杀了。可怜的小东西需要休息。”

这个刚刚生了第三胎的女人违拗父母，执意嫁给了一个穷光蛋，一个将她从家中掳走的男人，把小家搬到了400里之外的这里，还要时不时地被独自丢在家里。

帕蒂又回到了水池边上，背对着我。我看着她用手背别了一下头发。一阵温柔的情愫涌上心头，我起身走过去，伸手从后面抱住她。

我轻声地对她说：“对于一个有两份工作、每周工作上百个小时、有一个妻子和三个孩子、没有钱的穷伙计来说，我真是幸运的。”

寻找答案

1月

1月4日，我以高级住院医生的身份转到玛丽·肖的手部科室。这个时候我们的经济状况捉襟见肘。有一天早上，在我发动庞蒂亚克汽车的时候，听到了一阵怪响，紧接着车子抖了一下，不动了。我尝试了所有方法，仍然发动不起来，最后我不得不打电话给修配站的詹森先生。他咕哝说那家伙肯定是一氧化碳中毒了。他还说就看我开的那堆垃圾，都搞不懂我是医院的还是殡仪馆的。

看在帕蒂的面子上，他答应过来看看。检查了引擎，转了转钥匙，他听到了车子发出的响声后拍了拍它，告诉我别想了，发动机不行了，没法儿修。发动机坏了。“奢侈一次吧，医生，”他爬上卡车说，“这次要买一辆走了24万公里里程以下的。”

他走之后，我倒出汽油，卸下轮胎，给垃圾场的厄尼·豪斯菲尔德打电话。

“柯林斯，啊，想起来了，你不是那个梅奥的医生吗？”

“对，正是。”

“大夫，你可是老客户了。”

他用不着强调。

“你知道规矩。开过来，给你35。我们去，给你25。”

“厄尼，它发动不起来。你们还得过来取。”

“没问题。半小时内吉米会过去。准备好产权证。”

3个小时后，拖车出现在门口。“嗨，大夫，”吉米从车里跳下来说，“又见到您了，真高兴。”他走到拖车后面，挂上铰链，将另一端连在我车子的保险杠上。他按了拖车后面的一个按钮，以便抬起小汽车的前部。只听“啪”的一声，保险杠掉了下来。

“天哪。”吉米说。他双手叉腰，站在那里，用厌恶的表情看着车子。然后他转过来面向我，“你是什么大夫来着？”

我知道他的意思——开这种扔到垃圾场的破车，我到底是不是医生？

“我是兽医妇科大夫。”我告诉他。

“真的假的？"

他捡起保险杠，扔到拖车的后斗里，爬到我的车下，将铰链固定在车底座下。干完之后，他起身拍拍裤子上的土和雪。

“产权证呢，大夫？”

我递给他。吉米接过去，从衬衣口袋里掏出两张10元和一张5元。“给，”他说，“可别一次都花了。”

∽ ∽ ∽ ∽

一周后，我从赞布罗塔的一个乳牛场主手中买了一辆二手雪佛兰。这车仍然像个锈迹斑斑的破烂。有人给它喷了灰色的漆，这样一来，它就像饱经摧残过似的。由于这辆车还没有消音器，使它更像从战场上杀回来的一样。我首先要做的，就是把车开到詹森那里加满油。

29 寻找答案

“嘿，大夫。”詹森先生从车库里走出来，在一张旧鹿皮革上擦擦手。他看到我的车后止住了笑容。“你有那只‘船’的执照？”他问，用手在面前挥了挥，“快点儿把它关了，要不我们都给呛死了。”

“你说，”我伸手指着车问他，“怎么样？还行吧？”

詹森缓缓地绕着车走了一圈，眼神里充满鄙夷。接着，他打开前车门，看看车里，然后转过身吐口唾沫，说：“你这车底都能看到地面了。”

“嗯，不是……”

“这堆破烂顶多值500块。”

“是，但……”

“可怜的柯林斯太太，”他伤心地摇摇头，“你都对那个女人做了什么啊。”

像邮差、垃圾清理员、杂货铺的老太太还有罗切斯特的商店主人一样，他也喜爱帕蒂。他们都喜爱她，也都关心她，同时私下里纷纷认为这个丈夫配不上她，就连这个丈夫自己也这么怀疑。

当我终于把车开回家给帕蒂看的时候，她勇敢地看着车子。

“它……嗯，还不错，”她说，“可这车怎么变成这样子了呢？”

“什么样子？”

“灰色。看起来就像战舰，还是什么。”

“那是特殊的防锈材料，”我撒谎说，“花了700块，还不贵，你说呢？”

“只是……嗯，看起来不像辆车。”

不但看起来不像，发动起来和开起来更不像。我周一开着它去医院，杰克·曼宁看见我把车停在停车场，叫了起来：“‘舰队’来了！”

“嗨，水手，想找乐子去不？”有人问。

可不管怎样，它还能开。主要问题不在于车子的噪音或是外形，而是喜怒无常的加热器。我在开这‘战舰’的那段时间里始终搞不明白为什么有时候加热器开启了，有时又关上了。

∽ ∽ ∽ ∽

买了“战舰”的第2周，我按计划去做兼职。10天来，气温连一度都没有上升。我坐在床沿，听着呼啸着穿过窗外杉树的狂风，正考虑着明天早上几点起床去发动车子。后来觉得，还是从后往前推算时间更容易。

我得7点钟到曼卡托。路上的雪可能已经铲过了，所以我5点半从罗切斯特出发就可以。早上查房得一个小时，那就是4点半查房，再加上把传呼机给比尔用10分钟。因此就是4点15分。

我从来没有把洗澡、刮脸和刷牙的时间算在内，因为寄希望于到了曼卡托能够安安静静地，好让我有洗漱的时间。我定了闹钟，关上灯，舒服地钻进被窝，挨着帕蒂。但是当我即将要躺下的时候，突然想起了天气预报。

糟糕，天气预报说今晚零下20度。我最好是两点起来发动车子。要是明天车子不转，我就死定了。

我翻了个身，扭开台灯，重新设了闹钟。

凌晨两点，我痛苦地咕哝了几声，按下闹钟，起身，用手揉揉脸，叹了口气，穿上裤子。走向厨房的时候，我听见隔壁房间里玛丽小耗子似的呼噜声。穿上鸭绒衣，蹬上放在后门左边的靴子，连鞋带都懒得系。

打开门，外面是寒冷的夜。风吹过屋檐，冲向闲置的后院。我隐约看到秋千的踏板深深陷入大雪中，其中的一只踏板被一寸厚的冰雪覆盖着。穿过积雪走向车库，我每一次呼吸都感受得到鼻孔中的鼻毛。

我把车库的门推上去，打开灯，掀起引擎盖。应该把空气滤清器拿掉，但是掀起的引擎罩挡住了灯光，使得发动机笼罩在一片阴影中。我凭感觉摸索着拧开碟型螺母，取下了空气滤清器。接着我吹吹手，放在腋下取暖。待到双手有知觉的时候，我弯下腰，按了按汽化器。最后我钻进了驾驶室，迅速踩了离合，转了转钥匙。发动机喘了一次、两次，车子终于活了过来。我屏住呼吸。这种时候发动机很有可能掉链子，但是这次却没有，车子发动起来了。

我从车子里出来，重新安上空气滤清器，盖上引擎盖，又爬回车里。我窝在座位上，垂着头，双手放在腿下等着发动机的温度上来。终于在10分钟后，我使发动机快速转动了几次，又关上它。

29 寻找答案

拉下车库门，我迷迷糊糊地走回屋里。把大衣扔到供暖管道上，踢开靴子，在一片黑暗之中摸回卧室。

我哆嗦着坐在床上，重新设置了 4 点 15 分的闹钟。床的另一边传来帕蒂缓慢而有节奏的呼吸声。我感受得到她散发出来的温暖气息。真是太冷了，要是我一点点儿挪向她……

“哦，天！”帕蒂尖叫着跳了起来。

“宝贝儿，对不起。”我充满悔意地说。

“你像个冰山似的，快冻死我了！”她赶紧把各种被子塞在我俩中间。

“我刚才去发动车子了。”

“没穿衣服去的？”

“穿了，但是外面有零下 20 度。”

她一边说着这屋里也有零下 20 度，一边转过身去。我静静地躺在我的这半张床上，没有说话。

一分钟后，她妥协了。“好吧，”她轻声说，“过来吧。”她掀开被子，我钻了进去。帕蒂平躺着，我把大腿放在她腿上，身体最大限度地接触她的皮肤。她猛吸了一口气。“哦，天！”接着浑身一颤。

我躺在那儿，听着窗外的杉树拍打着窗户，感到整栋房子似乎在随风晃动。我是安全的、温暖的，睡在 4 层被子下，手搭在我爱的女人身上。这简直是天堂。

∽ ∽ ∽ ∽

“杰宁先生？”我轻声问。5 点过 10 分，我已经检查了名下的 10 个病人。杰宁先生昨天因腕骨骨折住院，是我最后的一个病人。我扭开灯。“杰宁先生？”我又提高声音问。

“哼？”

“早上好。我是柯林斯医生。”

“哦，嗨，康纳利医生。有什么事吗？”

“没有，先生。我就过来看看你怎么样。”

他看看床边的钟表。“我？”他用嘶哑的声音说，“怎么样？”

我把病历表放在他床边。当我把纱布从他胳膊上揭开的时候，杰宁先生微微皱了皱眉头。“看起来不错。”我说，并重新打上绷带。

“能感觉到吗？”我用手按压他手的一侧。

“嗯。”

“能动一下手指吗，像这样？”

他照做了。

“很好。手术后感到疼吗？”

“疼，但是止疼药很好用。”

我告诉他今天晚些时候要做的理疗，很抱歉这么早吵醒他，然后说查普林医生接下来会照看他。

我把车停在比尔家门口的时候，天仍旧是一片漆黑。似乎每隔一周，比尔、弗兰克或者杰克就会倒霉地帮我照看传呼机。他们一次也没有拒绝过，一定是因为可怜我。这次比尔说他会帮我。我告诉他把传呼机放在邮箱里，这样就不会吵醒他了。

上帝啊，真冷。我一边往比尔的前门走一边想：这传呼机会不会也冻僵？

我把传呼机放在邮箱底部，留下一张字条，上面是我的病人名单。

现在应该是 5 点半了吧。我走到车子前面，借着大灯看看表：5 点 36 分。该抓紧点儿了。

ഗ ഗ ഗ ഗ

我驶离比尔家的时候，电台预报说气温是零下 19 度。我在心里祈祷“战舰”的加热器一定要争气地工作。

14 号高速路上冷冷清清，我的“战舰”的时速几乎达到了 70 迈。车子仪表盘没有灯，加上外面还黑着，我有时要打开头顶灯看看车速是多少。

风号叫着，从底板的漏洞中钻进来。车子时速有 70 迈，加上外面零下 20 度的温度，寒风指数大概到了零下百度左右了吧。旁边的座位上放着 4 天前的报纸。我把它摊开放在腿上，然后捣鼓加热器。我开开关关，用拳头敲敲仪表板，又去控制把手。然而 10 分钟过去了，我驶过曼托维尔，知道这趟旅途是不会有暖气了。

还有 120 公里的路程。我的双腿已经开始颤抖，两只脚逐渐失去了知觉。绝望中我看看后座，那上面有个玛丽的白褐色相间的奶牛毛绒玩具。我伸手拽起它的时候，车子跟着晃了一下。

可怜的“奶牛”这次是有去无回了——我把它塞进最大的漏洞里。不过，在一瞬间我就感觉到，吹着双腿的冷风明显减少了。“这可比以前的你有用多了。”我说。

终于赶到了曼卡托，我连下车都很困难。膝盖和脚踝像老人一样僵硬。我跌跌撞撞地走进急诊室，向护士挥挥手。谢天谢地，里面没有病人。

“去洗澡。”我牙齿直打战地说。

10 分钟的淋浴过后，我终于暖和过来，可以出来刮脸了。我挤了挤剃须泡沫，竟然传来一阵刺耳的异响，继而从里面挤出一团雪来——它已经冻上了。我把剃须泡沫重新扔回盥洗包里，用肥皂水取而代之。

在曼卡托的一天是美好的。天气预报说最高气温是零下 10 度。大概是太冷了，人们不愿意出来，因此急诊室在大部分时间都没有病人。医院是按小时付我工资的，固定时间内看 100 个病人和看 3 个病人赚的钱是一样的。

下午的大部分时间里，我都待在医生休息室里看加拿大的冰球比赛。每隔几小时我就会出去一次，发动那辆“战舰”。我把它停在了急诊室的门外。4 点钟的时候，我关上电视机，去了值班室小睡。1 个小时后，护士叫醒我说来了个病人，是个耳朵冻伤的曼卡托警察。他刚刚花了 1 个小时在曼卡托唯一的滑雪山——卡托山上，寻找一位失踪的滑雪者。后来竟然在当地的一个酒吧里找到了那位失踪者。

“我们没什么能治这个的，”我边为他在耳尖抹上药膏边说，“只能遮盖起来以保证不再进一步冻伤。”

他走之后，我到饭厅吃了晚饭。我独自坐在角落里，面前摆着一盘猪排、玉米、土豆泥和酱料。在我旁边，三三两两的护士和技师正说说笑笑。我不停地吃着食物，耳朵里听着他们讨论准新娘聚会、车子问题和电视节目。平生第一次，我感到形单影只。

旁边桌子上的一个护士注意到我听了她讲的一个故事后笑了起来，于是转过来冲我笑了笑，以示她并不介意我的偷听，可是我却很窘迫。吃过饭后，我一路闲逛回到值班室，躺下，随手拿起坎贝尔的《骨科手术学》，开始阅读有关踝关节固定术的部分。此时，电话铃声响了起来。

“我们需要您，”康妮说，“救护车来电话，正送来个病人。”

我胡乱地穿上大褂，奔向急诊室，同时扩音器里响起“急诊室！急诊室！急诊室！”的声音。

不到 3 分钟，所有急诊室护士、呼吸科技师、病理室技师以及药剂师全部到位。我镇定地检查了救生车，等待急救病人的到来。此时我已经处理过足够多的急诊，这些都几乎成了例行工作。

救护车鸣笛开进了医院。驾驶员跳下车打开后门。医务人员正在为一个肥胖、浑身青紫的病人做心肺复苏术。我紧跟着他们进了急诊室。

“51 岁，”医务人员在胸部按压的空当儿告诉我，“胸痛，两个小时，昏倒在家，他儿子，高中生，马上为他进行了心肺复苏术，8 分钟内我们赶到，没有脉搏。”

我们解开他的衬衫，安上心区导联，启动静脉检测仪。我接连给他注射了碳酸氢钠、肾上腺素，并再次注入碳酸氢钠。他有心室纤维颤动，因此我使用了电击。接着在头部插管，一直到腹股沟处，插入股骨动脉血气分析仪。

在最初匆忙的几分钟之内，我手脚并用地尝试着同时做好几项工作，一抬头看见那个高中生，他脸上挂满了疲惫，穿着带字母的夹克站在轮床尾部，看着眼前的“搏斗”，注视着他父亲青紫色的脸和呆滞的眼睛。几秒钟后，

29 寻找答案

有人拉上了帘子，我就看不到小男孩了。他应该是那个人的儿子——绝对是，我看得出两人长得很像。

我插上静脉导管，又给病人注射了一些药物，进行去纤颤操作。不过没有奏效，任何步骤都没有奏效。又过了半个小时，我宣布抢救停止。这个男人已经死去了。

坐在桌前填写死亡证明和急诊报告时，我想起了男孩痛苦、恐惧、迷惑的眼神。这一切对他而言仿佛晴天霹雳。他亲眼目睹父亲揪着胸口、轰然倒下。一定有一个时刻他是迷惑慌乱的。怎么了？发生什么了？接着他会意识到一定是突发性心脏病。他爸爸需要立即接受心肺复苏术。他会做吗？

哦，天哪，他会想。上健康课的时候我为什么不多放点心思在这上？

他开始笨拙地行动起来。是这样吗？医生是这样做的吗？接下来就是绝望的胸部按压，他笨手笨脚地开始人工呼吸，焦急地等待急救车的到来。哦，上帝啊，他们在哪儿？他扶了扶脸上的头发，继续。他眼看着爸爸的脸变成了紫色，感觉到他的嘴唇一点点变冷。在孩子挣扎着继续抢救爸爸的时候，他听见身后传来妈妈悲伤的抽泣声。

医务人员终于赶到，他被推到了一边。他不知道自己做得是否正确。他帮到爸爸了吗？还是害了爸爸？他退到了墙角，看着医务人员与死神激烈较量。不一会儿，爸爸就被抬上了救护车。他和妈妈跟着上了车。

医院里，陌生的人们撕开爸爸的衣衫。他们在他身上插入管子，用电极刺激他。此时，他就站在爸爸的床尾看着这一切。他受不了这样的注视，但是却无法扭头不看。最后，有人拉上了床帘，他什么也看不到了。

不知过了多少分钟，一个穿白大褂的医生走出来告诉他的妈妈，爸爸死了。医生自始至终没有和他说话。没有一个人搭理他。当他想到爸爸的时候，眼前浮现的只是爸爸那张肿胀的紫色脸上伸出一条导管的画面。

∽ ∽ ∽ ∽

两个小时后，当急救人员一一散去，当我填完死亡证明，当门卫擦完地板，当护士整理好急救车，当晚班护士已经下班回家，当验尸官过来取尸体，我依旧无精打采地坐在桌前的椅子里，脑海里一直回顾着急救的画面，问我自己如何做才会使结果有所不同。可是我想不出答案。急救过程无懈可击，但我仍然会想起那个穿字母夹克的男孩的眼神——无懈可击的急救过程根本帮不了我。

死亡、痛苦、失败，统统都是敌人，因为它们不按常理出牌。有的时候，即使我做了所有对的事情，它们仍然会胜出。我不想放弃世事公平的幼稚想法。当我奉献了一场完美的急救，当我做了所有正确的事，病人就应该醒过来。还要我做些什么？我还能做些什么？每一天每一刻，我都尽自己最大的努力——任何人所能作出的最大努力，然而，这努力往往还远远不够。

∽ ∽ ∽ ∽

距离我上一次发动车子已有 4 个小时，我知道应该出去再发动一次了。于是我抓起椅背上的大褂，告诉康妮一会儿回来。她告诉我三号病房有个病人肘部感染。

“给他做 X 光检查，全血细胞分析，红细胞沉降率测定。”我一边往外走一边说。

拉开急诊室的门，我走出去，身上的温度一点点散去。我冻得牙齿打战，裹紧大褂，打开“战舰”的车门，“扑通”一下坐了进去。转了转钥匙，车子就发动起来了。感谢上帝。不到两分钟，我就开始控制不住地发抖，头和肩膀缩到一块儿，胳膊抱在胸前，大腿蜷在一起，呼出的哈气在面前的挡风玻璃上结了一层薄雾。

10 分钟过去了，正当我准备关上发动机的时候，注意到一丝暖气从加热器那边吹来。

怎么是现在？我琢磨着。走了 90 里路，这鬼东西都没发出一丁点儿的暖气儿。现在在冰天雪地搁上 14 个小时，它反倒决定工作了。我又加速启动了几次发动机，然后关闭，回到屋里。

这时候我意识到：有一些问题是永远没有答案的。

HOT LIGHTS , COLD STEEL

Life, Death
and Sleepless Nights
in a Surgeon's
First Years

放马过来

3月

有时候，不顺心的事似乎太多了：病人们粗鲁，我们得忍着；主治医师羞辱，我们也得忍着；愚蠢、毫无意义、与我们所受教育无关的工作，我们还得忍着。即使我们不再是困在查夜中、手握牵引器的初级住院医生，可仍然有许多不近人情的事情。

我们将自己称为“伙计们”——考文垂的伙计、罗梅罗的伙计或者克莱默的伙计。我们时刻等候他们的召唤，做他们吩咐的事。他们让我们做手术，我们才有机会；不让我们做的时候，我们只能打下手。有时候，他们会听我们的建议；有时候，对意见充耳不闻。在他们想要达成某种目的时，只需发号施令，我们就会点头回答“是的，先生”。我们必须接受这样一个事实：30岁的、受教育程度很高的男人依旧处于从属地位。

可能这就是我喜爱修补骨折的原因。修补骨折对我的吸引力比骨科的其他分支都要来得浓烈。骨折不像其他分支（以及生活的其他领域），关于它的一切都是直截了当的。心脏学家也许会絮絮叨叨地解释病人是否遭受过心脏病的袭击，神经学家也许会嘟嘟囔囔地论述病人是否已经中风，但是骨折并没有这些麻烦。只要 X 光片的结果出来，每个人就会清晰地看到出了什么问题，怎么去解决。

医治骨折，你不必花费几周甚至更久的等待时间去关注病势的发展，X 光片提供了我们即时可视的工作记录。这里没有学术机密，也不管你的助手有多糟糕，抑或是晚班人员是否找得到外固定架。X 光片不关心这些，它可以供任何一个人观看。如果干得足够好，那么通过对比术前破碎的骨骼与术后被完美修复的平整骨骼 X 光片，你就可以为此感到骄傲，这就是你的技术的明证，是你的荣誉。

∽ ∽ ∽ ∽

虽然我是高级住院医生，但依旧需要值班，因此今天过得异常忙碌。查过房，看了几个病人，处理了几个急诊脓肿，之后又修复了一位弗朗西斯老修女的骨折——这位女士曾于 20 世纪 60 年代在圣·玛丽医院工作。汤姆·黑尔是值班的主治医师。我和他一起进的急诊室，但是他让我负责了整个手术。

“不错，迈克，”他看过术后 X 光片对我说，“看起来很完美。”

5 点左右，工作节奏慢了下来。我打电话给帕蒂，让她和孩子们过来找我，我们一起在医院的餐厅吃了饭。

“咦？”艾琳看着面前盘子里的食物问，“这是什么？”

“宝贝，这是瑞士牛排，”帕蒂说，“尝尝，很好吃。”

“它看起来像吐出来的东西。”

“它不像。来吧，做个好女孩，吃吧。”

饭刚吃到一半，我的传呼机就响了起来。

“柯林斯医生，请呼叫急诊室 5591、5591、5591。请呼叫急诊室 5591。”

两分钟后，我找到电话打了过去。“有个双臂骨折的病例，”我说，“我得过去。”

帕蒂微微笑了，耸了耸肩膀——又是一顿半途而废的晚餐。我吻了帕蒂和女儿们，摸摸帕特里克的头，随即疾步走向急诊室。值班的一个初级住院医生史蒂夫·德伯克已经在那里等我了。

“嗨，史蒂夫，”我说，“什么情况？”

“乔安娜·哈维曼。39岁，在女儿的滑冰晚会上摔倒了。整臂严重骨折。”

“开放性的？”

“不是，封闭性的。桡动脉脉搏良好，但是双臂严重扭曲。”

我检查了X光片。史蒂夫说得对，她的胳膊几乎转成了60度角。我走进诊室，向乔安娜·哈维曼夫人做了自我介绍，并告诉她需要进行手术。

我给她介绍手术的过程，详细解释我们将如何进行手术，存在哪些风险。史蒂夫已经讲过麻醉的有关事宜。手术室必须在半个小时之内准备好。我打电话给汤姆·黑尔，和他讨论这个手术。

“你以前做过类似的手术吗？”汤姆问。

“是的，先生，有几次了。”

“好吧，动手吧。有问题找我。”

我与汤姆对话的时候，史蒂夫把哈维曼夫人推进了手术室。我迫不及待地要开始手术了。要知道，修复整臂骨折是我最喜欢的手术之一。

我让史蒂夫从尺骨处开刀。他还没有参与过多少手术，因而为有机会开刀和安装螺钉而显得非常兴奋。余下的手术全部由我来完成。

我正躺坐在康复室的椅子上时，史蒂夫拿着术后X光片走进来。“看起来很好。”他说。

我对着灯光看X光片。骨折的部分复位准确，钢板和螺钉的位置也正确。我把术前光片与术后光片并排放置在一起。弯曲破碎的骨头和完美修复后的骨头之间可谓天差地别。我笑了，想着以这样的工作为生是多么的精彩。

史蒂夫“扑通”一声在我旁边的椅子上坐下。可怜的家伙看起来像霜打的茄子。我想应该鼓励鼓励他。

“尺骨那段干得不错。”我说。

他像不在乎似的耸耸肩膀说："谢谢。"

我仿佛看见那些长时间的劳作和没完没了的琐事在向他招手，因为我还记得自己那段初级住院医生的日子。他现在更需要调节自己的状态，让自己从容面对。然而，他却好像并没有把我们刚刚做了一件了不起的事儿的这个事实放在心上。

我想让他知道他是多么幸运才能够做这样的事情，于是我拿起 X 光片递给他。"看看这个，"我说，"这个足以证明我们的辛苦是值得的。"

史蒂夫冲着灯光看着光片，好像在思考我为什么和他说起这些。

"挺住，史蒂夫，"我说，"你不会一辈子都是初级住院医生的。"

这时，我听见康复室的护士正和醒过来的哈维曼夫人说话。"走。"我拉起史蒂夫，走到哈维曼夫人面前。我告诉她手术进展得很顺利，骨头恢复原位。她动了动手指说不像手术前那样疼了。说完，她含着泪感谢了我们。看得出史蒂夫也被感动了。

"放马过来吧，BJ。"走回来的时候我嘟囔着说。

"什么？"史蒂夫问，一边皱着眉头，把耳朵靠向我。

我尴尬地笑了。

"我刚刚叫 BJ 放马过来——那些破事儿，那些杂活，还有那些侮辱。只要在最终能做到我们今晚所做的，一切就都值了——这就是我要做外科医生的原因。"

史蒂夫也笑了。"放马过来。"他学我说。

HOT LIGHTS , COLD STEEL

Life, Death

and Sleepless Nights

in a Surgeon's

First Years

裸体女人的话题

6 月

我拿医用海绵擦擦额头说:“这个地方冬天太冷了，夏天终于热起来了。”

此时的我正坐在曼卡托圣·乔医院空空的候诊室里，旁边坐着护士。那天没有什么病人。这是接连第 4 天温度维持在 35℃上下，天热得让人连门都懒得出，更别提伤到自己了。

据说医院安装了空调，但是没人信。40 公斤重的瑞塔倒是还算舒服，可是玛丽就遭殃了——她从 6 岁起就不再是 40 公斤了，此时的她像被烤熟了一般。她把褐色长发盘起，在脖子上放了个冰袋。

“我的工资可不够遭这个罪。”她喘着气说。

早上 5 点半我离开罗切斯特的时候，温度不到 25℃。厚厚的雾气遮住了太阳。车速有 70 迈，我感觉还算清凉，但能感觉到车子费力地冲破笼罩在林间田野的厚重湿气。经过沃西卡附近的芦恩湖时，湖面上雾蒙蒙的。湖中漂荡着一条懒洋洋的渔船，但是我几乎辨不清船上渔民的影子。

下午5点，救护车送进来一个鼻骨断裂、前额割伤的病人。瑞塔和我从椅子上站起来准备检查病人，玛丽则抹了抹额头说一会儿就过来。

病人5分钟后到了医院。他正给推他的医务人员讲笑话。“……然后水管工和那家伙说，‘我想我能救出你妻子，可是那儿的人太烂啦！’哈哈哈哈！”

轮床头的医务人员摇摇头，挤出一丝微笑。“我们就到这里了，索尔，”他拍拍病人的肩膀，“下次喝酒注意点儿。”

我叫过医务人员，问：“什么状况？”

“这蠢家伙整个下午都坐在车道长椅上，身边放个制冷器，脚放在婴儿用的塑料水池里。我们到的时候在他边上发现了18个空啤酒罐儿。扶他起来上厕所的时候，这家伙脸朝下摔在地上。看到那个鼻子了吗？”

“嗯，看到了。他上时尚杂志封面的机会也泡汤了。”

和医务人员道别后，我走到隔间里。瑞塔正在检查病人的生命体征。

“宝贝儿，你真美，”这家伙说，“你应该去好莱坞，而不是在这儿。”

瑞塔可不买账。她说：“请保持臂部静止不动，我要为你测量血压。”

他的前额上胡乱地贴着创可贴，用冰袋敷着。我移开了创可贴以便检查伤势。他的前额上有一道很长的划伤，鼻骨不仅仅是骨折，而是整个儿倒向左边的脸上。眼周都是干了的血迹。但很显然，他还感不到疼。

“嘿，大夫，咋样啊？”

“哦……您是，”多恩递给我病历表，“帕谷里亚先生。有什么感觉？”

“听着，大夫，我告诉你件事儿。”他支起胳膊肘，身体前倾，好像很神秘地说，“救护车的人给我的冰袋漏了，你看。”他伸出手拿出鲜血淋漓的袋子。“漏得我满身都是。实际上……”他顿了一下，睁大眼睛看着我，“我想我脑子里都进水了。”突然，他大笑了起来，“啊，天哪，脑子进水了！”说完，他一头倒回轮床里，笑得浑身发颤。这一番折腾后，他的伤口又开始淌血了。“明白了没，大夫？”笑的时候还不忘说，“水！在他妈的脑子里！”

“十分有趣的结论，帕谷里亚先生。顺带问一下，你下午喝酒了吗？”

“就喝了点儿啤酒。”他答道。

“一点儿，”我点点头，“一点儿是多少？”

“啊，也就五六罐？”

“五六罐。”

“可能比这多。我不记得了。谁还数它？这儿可真热。”

“你是怎样伤到自己的？”

他挣扎着又要坐起来。“我被攻击了，大夫。”

“是吗？”我看向瑞塔。这可不是救护车的人说的。

“可不，”他点点头，伤口的血流得更厉害了，“哈哈！见鬼的车道直接攻击了我的脸！啊哈哈！”

我包扎了他的头，接着让他做鼻腔、头骨以及颈椎彩超。半个小时后，我听到技师推着他回来的声音。

“沃拉！”他在唱歌，“哦哦。”

技师把片子放在桌子上，转转眼睛：“他让我嫁给他。”

“噢哦噢哦。”

我拾起片子，插到观察室里。看了看后，我对他说：“好消息，你的颅骨和颈椎结果显示正常，唯一有问题的就是鼻子。”

“我鼻子？是吗？”他伸手去够满是血的脸，摸到鼻子时大声嚷嚷道：“妈的，这鬼东西指着我耳朵呐！”

“先生，不用担心。我能修复它。”

“咳，是。”他说，“我都修了它几次了。”

瑞塔开始准备手术用具。“6-0的尼龙。”我告诉她。

“大夫，”我转身回来时我的病人说，“你喜欢干大夫的活儿不？”

我回答说，“虽然医生是个辛苦的差事，但是我还是非常热爱这份工作的。”

“嗯，”他可怜巴巴地说，“我也想当个大夫来着。”

“是吗？”我打开无菌毛巾的边缘时说，“我相信你一定是个很有趣的大夫。”

“真他妈的对！”他一边说着，一边想坐起来，我把他按了回去。

“先生，你需要躺下别动，我好缝合你脑门上的伤口。”

他没有表现出听我说话的迹象。“是，”他点头，弄得我没法擦洗伤口，“我非常想当医生。”短暂的沉默。“医生很伟大，整天都能让女人脱衣服给你看。”

我听见玛丽在边上嗤之以鼻，我向他解释道：“这么说吧，先生，并不是……”

“你能想象吗？”他继续说到，“每天都有漂亮的妞，脱光衣服在你周围。”

“我会给你打麻醉，可能有点儿疼。”我拿起利多卡因说。他没有畏缩，这让我猜想到底有没有给他局部麻醉的必要。

“那么，天天见着裸体女人的感觉怎么样，大夫？”

瑞塔为我打开缝合针，递给我，接着竖起耳朵，无辜地看着我，好像她也想知道答案。

“帕谷里亚先生，”我说，“我们让女人脱掉衣物的情况并不多见。”

他傻笑了几声。“啊，也对，大夫。”他认为我在打马虎眼。

“不，先生，说真的，我很少让病人宽衣。”

他看看我：“你不是个医生吗？”

“是，先生，我是。”

“那你说不让她们脱衣服是咋回事？”

这个时候，整个急诊室的工作都停了下来，每个人都在听我俩的对话。在帕谷里亚先生后边角落里的瑞塔用疑问的目光看着我，开始指着自己的上衣，做出解扣子的动作。我瞪了她一眼，吩咐她多拿点无菌毛巾过来。

“先生，”我说，“对于大多数骨科问题而言，并不需要让女病人脱衣服。”

他不明白我是在撒谎还是一个在医学院浪费 4 年时光的傻瓜。“那什么病能让女人为你脱衣服？”他的大笑开始在急诊室回响。“换作是我，要让我看看她的脚踝出了什么毛病，那得先让我看看她的奶子。”

我把一块无菌单铺在他脸上，终于能让他安静地躺着了。我很想转移话题，但是无菌单下面一直传来他嘀嘀咕咕讨论裸体女人、胸部以及骨盆检查的声音。

接着，我们开始讨论我所做的工作。我告诉他我做的是关于修复骨折、拉伤，还有关节移植的工作，他好像很感兴趣。

“你是骨科专家，对不？”

“正确。”我用鼓励的口吻说。

“总修理骨头那些东西，是不？”

“是，是这样。”

“那就是说没有机会看裸体女人喽？”

我无语了，我原以为我们已经绕过这个话题了。“是，先生，我真没有机会。”

他想了一会儿，丢给我一个怜悯的眼神。

“好啦，大夫，”他说，“别让女人的事让你烦心了。我相信只要你把这些骨头的活儿干好，就可以当个产科大夫，这样就有机会了。”

宝贵的一课

6月

第3年的工作已经接近尾声。再有一个星期，我就将进入住院医生工作的第4年了。杰克·曼宁被选为上半年的住院总医生，但是下半年的人选还未公布——我还有希望。

这个夏天，罗切斯特仿佛进来好多腕骨骨折的孩子。平均每次值夜班我都会遇到一两个。今晚遇到的是个5岁的小男孩，从床上摔了下来。

急诊室传呼我的时候，我闭上眼睛呻吟了几声，用手抹了抹脸。不会又来一个吧？我还有一个病人要看。这将名正言顺地毁掉我一个晚上。我告诉骨科护士说要处理一个腕骨骨折，会尽可能早点回来。

我疾步走向急诊室，拿起病历表，然后去检查正坐在爸爸腿上偷偷哭泣的小男孩。小男孩穿着唐老鸭的睡衣，拿着一个旧旧的布偶，左手腕呈45度折向后方。即使不是骨科医生，也能看出发生了什么。

我连X光片都没拍，就已经知道是哪里的问题、如何修复以及需要多长时间。我已经很擅长这类事情了，同时也能越来越熟练地修复骨折、韧带，做肩部注射以及膝盖窥镜检查。然而，好像总有什么不妥的地方——尽管经验增长了，但工作不再是乐趣。我仿佛成了工厂的工人，心不在焉地处理眼前的工作，无法从中得到乐趣，一心想着早点儿干完。

不过，我已厌倦了自我分析，厌倦了用胡思乱想扰乱手里的工作。想又能怎样呢？还有活儿呢。

我向孩子爸爸做了自我介绍，之后想和孩子说说话。我俯身问他发生什么事了，他没有回答，甚至都没看我一眼，只是别过头去，抓紧了手中的玩偶，向爸爸胳膊底下钻去。好吧。我放弃了，安排拍X光片，没有浪费一点儿时间。

5分钟后，技师出现了。她在小男孩身边蹲下，噘着嘴说："哦，丹尼，甜心儿，是不是伤到自己了？"

孩子两眼泪汪汪地看着她，点点头："我从床上掉下来了。"

"哦，可怜的小东西。"她用手摸摸孩子的脸，"好吧，我给你的胳膊拍张照片，然后这位可亲的医生会帮你修复它的，好吗？"

"好。"

"你想让我也给你的布偶拍一张吗？"

他兴奋地看着技师。她说话当真吗？

技师仍然蹲在他旁边，鼓励地笑着。

丹尼点点头，把布偶给她。

我站在角落里，琢磨着为什么丹尼肯和技师说话，而不愿意和他的医生说？技师还在和小男孩说话的时候，我不耐烦起来。难道她要这样絮絮叨叨地说上一整晚不成？我可还有事要做呢，这就是在浪费时间。终于技师直起身，用随身携带的便携式仪器给丹尼的腕骨拍了片子，之后她把布偶放在盒子里也照了一张。

在等候X光片的时候，我安排好让孩子进入手术室。我打电话给值班的麻醉师伯尼·威尔克，告诉他要在手术室外边的石膏室进行手术。接着我打电话给石膏师斯基，让他15分钟内赶到石膏室。

X 光片显示，男孩的远端桡骨与尺骨严重错位。可小孩子并不关心他的腕骨光片，倒是盯着玩偶的光片看。当 X 光技师和小男孩儿对着布偶的光片指指点点的时候，我解释说需要骨头复位，而且要想把疼痛降到最低，就得实施全身麻醉。

“我想用不着开刀，”我说，“我能用接骨的方法把骨头复位，然后打上石膏，这样丹尼在今天晚上就很有可能可以回家，不过要看看进展如何。”

我们把孩子带到石膏室，之后是 15 分钟的等待，等着麻醉师出现。

“对不起，”伯尼说，“刚刚有一个剖腹产手术。”

我看看表，不耐烦地点点头。

这是个漫长的一天，我还惦记着最后一个病人。另外，手术结束的时候，我还要和家长谈话，又得耗费几分钟。我给自己记了笔记，提醒自己这次要记得名字。上次遇到像这种情况的时候，我手术做得很漂亮，但当我术后和家长谈的时候，发现我既记不起他们的名字，也记不得孩子的名字，使得那次的谈话很尴尬。

斯基像往常一样沉默敬业，检查石膏模型，选出我们要用的。伯尼终于让孩子睡着了，她向我点点头说可以开始了。

“好啦，斯基，”我说，“你知道怎么做。”

我将孩子的肘部折成 90 度，斯基扶着它的时候，我用手的牵引力抻骨折部分，当右手用力将骨折处拉伸至我的大拇指能够伸到骨折边缘的时候，我用力撬起远端骨折的背侧部分，使其压在肩侧部分上面，最终将整个连在一起。骨头复位的时候，我可以听见“啪”的一声。

我知道接骨近乎完美，便告诉自己任务完成了。好了，目前为止，一切顺利。现在可以打石膏了，让初级住院医生到康复室来。

“把肘部保持在 90 度角，”我告诉斯基，“我打石膏的时候保持腕部处于掌屈状态。”

斯基点头，同时将孩子的胳膊保持在一个完美的位置上。当我在孩子胳膊上打石膏的时候，注意到了斯基褂下的文身。

“嘿，斯基，”我指着文身问，“28是什么意思？”

斯基不好意思起来，伸手拽拽褂子，遮住了文身。“是我的组号，”他平静地说，“步兵28号。我曾经是个陆军医护兵。”

“在哪儿驻扎？”我问。

他耸耸肩说：“到处去。大部分时间在越南。”

“斯基，当时是怎么样的？”我把第一个石膏卷蘸到桶里时说，“我是说，在越南。”

斯基回答前先看了看我。“是个地狱，大夫，”他开始说了，“那儿既热又脏，还压抑，到处是根本不想来的人。还算幸运的是，我是个陆军医护兵。那段时间真是生不如死。哪里有行动，陆军医护兵就到哪里。因此我看见不少伙计被炸飞、炸得四分五裂，还有的被子弹打死。每天我都活在其中。”

我上完了第一个石膏卷，又开始拿起第二个。

“对，”斯基平静地说道，“那是一段生不如死的日子，我在那儿见了许多可怕的事情。每天我都重复地做着打绷带、上夹板、消毒伤口的动作。一段日子过后，就成了机械运作。我连想都不用想——我也不想去想，只要做就好了，服役完毕早点儿回家。”

“是啊，”我低语，“我了解你的意思。”

“但是我错了，大夫，”我缠绕石膏卷的时候，他一面专业而熟练地躲开手，一面说，“我忘了那是些无缘无故被打伤毙命的人。为了冠冕堂皇的目的而被打伤甚至亡命已经是够糟糕的了，何况我们根本不知道究竟在为什么而战。那儿的每一个人都恨我们，而家里的每个人又都为我们感到羞愧。”

“那段时间我快被打垮了。我喝很多酒，还吸食麻醉剂。若不是最后关头我意识到了那些士兵从我这里需要的不仅仅是绷带、夹板或是消毒，而是需要有人关心他们，我很有可能已经在禁闭室或是戒酒所了。不单单是关心他们的腿，或是烧伤，或是能否重新回到岗位上，还要关心他们本身。不光只是包扎伤口，就像我们今晚在这儿修复骨头一样。”他不经意地说了最后几句话。我知道他是说给我听的。

“对。”我肯定地点点头。假装同意他的话的同时，我也在揣测他要说什么。他说不只是修复骨头，什么意思?

我用双手摩挲石膏表面，做最后的润滑工作，同时在脑子里考虑并极力否认斯基说的——即使那是摆在面前的事实。这当然关乎修复骨折，难道它不是孩子的父亲带儿子来这里的原因吗？这不就是我的工作嘛!

最后，我终于意识到我是个混蛋——这当然不单单是我的工作，我一直都游走在真相的边缘。

斯基一下子便看清了我的问题所在，而我却始终看不清。我已经变成了手艺精湛的技师，正不断学习着如何修补肌腱、修复骨折，却早已忘记了从事医务工作的初衷。这不单单只关乎修复骨折和髋部移植，这些只是手段，但我却让其成了目的。

我被自己萌生出这种想法震惊了，而且我因此感到迷失、迷惑。我就站着，手里一直摩挲着早已坚硬的石膏。斯基此时给我打了圆场，他提出让技师过来拍术后 X 光片。此时的他，一定在猜想“效率船长”这个时候怎么不风风火火地让技师拍片子，而是站在那儿一个劲儿地弄石膏。我后退几步，木然地站着。斯基举着孩子的胳膊好让技师拍片。

日复一日，流水线一般的工作，早已使我忘记了医生的天职。实用主义已将我拖得太远，远到我看不到职责所在。我被包在技师的外壳内，却忽视了我的职业并不单单是估算胶原束或是矫正骨位，而是助人——帮助那些活着的、有气息的、被病痛折磨的人。我怎么能够忘记这个？为什么 X 光技师本能地知道这一点，知道要让小男孩知道有人在关心他，而我脑子里想的就只是催他快点儿、矫正胳膊，之后去做下一件事?

光片在 5 分钟后出来了。斯基把它插到观察箱中。“漂亮的修复，大夫，像您以往做的一样。”我以前怎么没有注意到他话里的讽刺?

“可以把他叫醒了，伯尼。”我对麻醉师轻声说。

男孩开始苏醒的时候，我们把他推到康复室。在等待他完全清醒的过程中，我拿过布偶，把它的胳膊也打上了石膏，然后也用绷带将其挂在脖子上。

“别害怕，丹尼。”我见他睁开了眼睛，恐惧地四下望去，开口说道，“完事儿啦。你的胳膊已经修复好了。你看，你的布偶我们也给修了。”

他伸出没有受伤的手，我把布偶递了过去。

“你愿意让我叫来爸爸妈妈吗？”我问。

“我要妈妈。”他颤抖着嘴唇说。

“小子，已经好了，”我重复道，“一会儿你和布偶就能回家啦。”

我拿起病历表找他的名字：丹尼尔·欧斯特曼，明尼苏达州拜伦区棉花林路1451号。看过后，我蹭去了衣服上干了的石膏，捡起X光片，出去找他的父母谈话。

“嗨，欧斯特曼先生、太太，”我说，“丹尼很好。一切进展顺利。骨折部分已经复位。今晚就能带他回家了。”

两人闻言，眼睛一下子就亮了起来。我从什么时候开始已不再关注这些了呢？什么时候我已经变得不耐烦地通知、指导，然后就走掉了呢？

“请吧，”我指着他们后面的沙发，“请坐。”

我与欧斯特曼夫妇坐了15分钟。他们告诉我他们还有两个孩子，一个10岁，另一个12岁。

“丹尼是最小的？”我问欧斯特曼太太。

“对呀，大夫。”她羞涩地笑了。

我告诉了他们一些注意事项，提醒他们下周再来复拍X光片，并说如果有什么问题可以随时打电话咨询我。之后我说要去问问康复室护士，能不能让他们看看丹尼。

两人站了起来，和我握了手。“谢谢您，大夫，”欧斯特曼先生说，“非常感谢您！”我向他们道了晚安，向康复室走去。

在即将进入第4年培训的当口儿，这个晚上让我学到了宝贵的一课。与护士谈过话之后，我重新回到了石膏室。那里有我需要感谢的一个人。

HOT LIGHTS , COLD STEEL

Life, Death

and Sleepless Nights

in a Surgeon's

First Years

各奔东西

我开始思考人生在过去这 4 年里的转变，忽然发现那些漫长的工作、微薄的薪水、漫长的学习、辛苦兼职以及值班的日日夜夜—— 一切都值了。能猛然发现人生并不都充满苦痛与磨难的感觉真美妙。

HOT LIGHTS , COLD STEEL

Life, Death
and Sleepless Nights
in a Surgeon's
First Years

医生的妻子真可怜

7月

今年，我33岁，受了27年的教育。我的朋友们和我年龄相仿，正行走在赚取养老金的路上，而我却还在受训，但是终点已在眼前。7月2日这一天，我正式开始了第4年的住院医生生涯。我重新回到了安东尼奥·罗梅罗的手下，这次是以高级住院医生的名义。就是这儿了，最后一圈了。

可是巴罗家的杂货店、詹森的修配站还有西北银行并不在乎我还有多少日子要熬，或者我接受过多少教育，他们只需要我付账。我，一个33岁的家伙仍然处于破产状态，入不敷出。若不是有兼职，我们早就挺不过去了。

∽ ∽ ∽ ∽

在圣·乔医院36小时的劳作快要结束了——从周五晚上7点到周日早上7点。虽然每个晚上我都能小睡上一会儿，但也快被掏空了。我签署了指令后倒向椅背，用手来回摩挲着头发。

最后一个病人是一位 72 岁的老妇，10 天前被玫瑰扎到了手。虽然手已经发炎了将近一个星期，但她直到今早 3 点才来医院检查。我打开伤口，挤出里面的脓水，在里面发现了一小根刺。

“哈，这个‘小魔鬼’。”我给她看刺的时候，老妇人说。

在我给她包扎完伤口，静脉注射抗生素，将她转到楼上的时候，已经是下班时间了。

回到值班室，我简单地冲了个澡。走出浴室的时候，接替我的吉米·里昂已经在床上躺着了。

“吉米，”我一边用毛巾擦拭一边说，“见你工作这么积极，我真高兴。”

“别搭理我。”他翻了个身，向上拉拉被子，面朝向墙壁。

穿完衣服，我关上灯说：“再见，吉米。祝你今天能清闲一点儿。”

“回见，迈克。”门关上的时候，从被子里传来含糊不清的声音。

我经过前台的时候，一个护士问我里昂医生是不是在值班室。

“嗯，有什么事？”

“一个老头儿，脚趾头疼，红肿着呢。”

“做全部血细胞计数，算沉积率和尿酸水平，拍 X 光片。结果没出来之前不要叫醒里昂医生。”

她点点头，拿起电话。

我转身要走的时候，碰到了晚班护士们。她们也要下班了，于是我们一起走向停车场。

“梅奥的人不告诉你怎么刮胡子吗？”康妮·弗瑞茨指指我胡子拉碴的下巴问。

“回家路上再刮。”

“刮了你也还是像个乞丐。怎么不先睡上一觉再走？”

“不行。9 点要见老婆孩子。”

护士们笑起来。与其他人一样，她们觉得我们医生有孩子是件可笑的事儿。“你有几个孩子？”康妮问。

“3个。”

“大的多大了？”

“3岁。”

“天！”她摇摇头，“你的妻子真可怜。”

我的妻子真可怜。每天我都听到这样的话。我可是整整两夜没有合眼，连续工作了49个小时，但我听到的却还是“你可怜的妻子”。

我想他们是对的。帕蒂确实很不容易，她值得拥有更好的生活。

这是个温暖的7月早晨，因而我并不需要惦记车子启动的问题。我把书和盥洗包扔到后座上。坐下的感觉真好。或许小睡一会儿不是个坏主意。就睡几分钟。我打了个哈欠，眯上了眼睛。

头倒向前的时候，我猛地醒了——要是在这个时候睡了，我中午才能醒过来。我深吸了一口气，发动了车子。老“战舰”沉重地喘着粗气发动了起来。我驶出了停车场。

我驾着车子穿过周日早上寂静的街道，在老榆树的树荫下风一般地驶进驶出。上了14号高速后，我向右转去，朝着初升的太阳一路行进。

哈，太好了，我正愁怎么让眼睛一直睁着呢。

太阳高度太低，遮阳板还起不了作用。我向东穿过这座城市，在曼卡托最后一个红绿灯下停住。当绿灯亮起的时候，我给“战舰”加速，朝开阔的乡间驶去，速度接近了70迈。快到简斯维尔了，我从停在高高的收获牌谷物升降机旁的一列火车车厢边经过。

向着太阳的方向行驶的时候，我一直眯着眼，不住地打着呵欠。每打一次，就不由自主地涌出眼泪。这可不好，得想办法解决一下。我摇下车窗，打开收音机，并将音量开到最大。

“在太阳底下，让我们敲开石头，”我扯开嗓子唱着，“我与法律对决，它胜了。”在一望无际的玉米地间行走的时候，我一直把左手放在窗外敲打着节拍。

33 医生的妻子真可怜

离沃西卡几英里外的时候，我的头和肩膀忽然顿了一下，接着轮胎撞到路基时发出的剧烈抖动把我猛然惊醒，我被吓坏了。天，我差点儿把自己杀了。

我把车停下，然后下去来回跑了半分钟左右，让血液循环起来，接着用手臂在胸膛上敲击着，又深蹲了几次。

前不久，杰克曾经警告过我，如果是因为“开着这堆破玩意儿”而丧命的话，就别指望他会帮我养孩子。

“我们把孩子卖给吉普赛人，拿到钱就直接去拉斯维加斯。”蒂姆说。

“嗯，最起码每个能卖到三四百元。”

“这个最小的胖家伙儿还可能值多点儿。”杰克摸摸下巴，上下打量着帕特里克说。

这次，我把车子的所有窗户都摇了下来，然后脱下上衣，赤膊上阵。我把“战舰”重新推回路上，摇头晃脑地和着音乐：“荣耀！荣耀！”

∽　∽　∽　∽

帕蒂和我约在9点教堂见。弗莱厄蒂夫人会载她去。这位夫人的车子通常会为我们留着座位。当我驶进圣·皮尔斯的停车场时，已经是9点10分了。不幸的是，一对老夫妇与我同时进来，把车停在我的旁边。

“乔治，那个人……”

“这边，玛格丽特，快。”男人说着，赶紧把妻子从我这个赤着上身、精神错乱的“瘾君子”旁边拉走。

我穿上衬衫，捋捋头发，走进了教堂。帕蒂像往常一样坐在后面一排，旁边是女儿们，帕特里克在她怀里扭来扭去。我和她们小声打个招呼，也坐在旁边。

做弥撒的时候，我连眼睛都睁不开了。平安吻时，帕蒂笑我说这样一直点头，不遭到鞭笞的惩罚才怪。

弥撒结束了。我们把孩子集合到一块儿，带上玩具、教区报纸和三明治袋子，里面的奶酪已经被揉碎了。我一手搂着帕蒂，另一边肩膀上耷拉着纸尿布袋子。帕蒂一手领着一个女儿。

“为什么那对夫妇那样看着你？”帕蒂问。

乔治和玛格丽特相互搀扶着，站在教堂底下，惊奇地张大眼睛盯着我。

他们看起来是很好的人。我知道应该去道歉，但说些什么呢？我怎么和他们解释一个33岁的大男人赤裸着上身出现在教堂？“啊，你知道，我是梅奥的住院医生，我想成为一个好大夫，但是我们有这些孩子，又没有钱，所以我就只好去做兼职，这样就没睡多少觉。可是我还想陪着家人来做弥撒，因为我想做个好爸爸，虽然大部分时间不在家。于是我在大太阳底下开车走了45公里，两天来没怎么睡觉，我眼睛都睁不开了，车子也差一点儿偏离道路，所以我就把上衣脱了，开了收音机，然后……”我停下来。连我都不明白自己的生活，我怎么去和他们解释？

“亲爱的，我们走吧，”帕蒂拉拉我的胳膊说，“你看起来很糟，可怜的家伙。我们回家睡觉吧。”

睡觉。是啊。我还知道这点，应该去睡觉。我把钥匙递给帕蒂，跟着她上了车。

HOT LIGHTS , COLD STEEL

Life, Death
and Sleepless Nights
in a Surgeon's
First Years

杀生风波

9月

整件事情还得从弗兰克·威尔士的无心之谈说起。

“知道吗，”他眼睛看着一群天鹅在湖的另一头落下说道，“若是一个人有心的话，就会养一只这样的大鸟。”

这是个温暖得有些反常的9月——漫长无边。田野里的玉米在太阳下生长，背景是片片黄的、橙的或是红的树林。弗兰克和我呈十字形躺在橡皮筏中，漂浮在罗切斯特西部一个曾是矿场的湖中。弗兰克的腿伸向右边，我的伸向左边，中间是个12格的冷藏箱。我们的鱼竿几乎被遗忘了，耷拉在边上。

我是个城里的孩子，在芝加哥西区长大。关于农活，或是钓鱼，抑或是打猎，我都一无所知。我从来没有开过拖拉机，也没有枪。但是弗兰克和我的许多同事一样，从他们记事起就会垂钓和打猎了。

钓鱼的事情是弗兰克提起的，而带上啤酒则是我的主意。我想既然不会钓鱼，那至少得有点创意吧。后来我才知道，这竟是钓鱼者不可或缺的装备。

“要是没喝醉，就没在钓鱼”，这在明尼苏达是钓鱼者的口头禅。

弗兰克和我把车停在了一片广阔的灌木丛的后面，让它不要那么显眼。像往常一样，湖边立满了牌子：禁止停车、禁止垂钓、禁止游泳、禁止狩猎、禁止穿越、禁止堆放垃圾、禁止划船。上面无一例外的满是子弹打出来的洞。

我们轮班给橡皮筏充气，接着吊起冷藏箱和打捞装置出发了。这是个暖和的傍晚，太阳正缓缓落下。弗兰克拿出了他的不败诱饵——一罐绿巨人玉米粒。他在鱼钩上串了一粒，甩手将鱼线抛到水中。不一会儿，鱼竿一沉，钓上来一头20厘米长的太阳鱼。它看起来是气坏了，不停地在我们筏子底翻腾，弗兰克一下子把它按了回去。我下鱼竿后不一会儿也钓上来一条，有25厘米长。

不到10分钟，我们就收获了15条鱼。一开始，我俩不敢相信自己是这么棒的垂钓者，但是当第15条鱼在我们的鱼钩上自寻死路的时候，弗兰克说了：“真还没见过这么蠢的鱼，它们是不是什么都吃啊？”这是我俩下水游了几分钟后得到的结论，因为有数张鱼嘴正在啃我们的脚趾头。在那之后，我们干脆不放鱼饵，直接把鱼钩放下水，然后仰头躺下，一边喝着啤酒，一边等着星星出来。

“你猎过野鹅吗，迈克？”弗兰克问。

“没，我在芝加哥长大的，不记得了。那儿的人更文明。我们不用枪打动物——只用来打人。再说了，不是有法律禁止在这附近打猎吗？”

“哈，是，”弗兰克说，“镇子周围6里范围内禁止打猎，可我还是想打下一只肥鹅。一定很好吃。”他把手伸到冷藏箱里又拿了一罐啤酒。“我还知道如何才能不被抓到。”

“怎样？”

“22毫米口径的枪。”

“22毫米？”我对于狩猎并不了解，但是我知道得用短枪而不是手枪。

“嗯，”弗兰克说，“22毫米的。短枪声音太大，容易引起注意。你手拿一把22毫米口径的手枪，等到猎物落地，落稳不动了，然后，”他假装扳动食指，“噗！新鲜的大鹅当晚餐。”

∽　∽　∽　∽

两周后的一天，太阳还没落山，我正颠簸在通往那个湖的路上。我右侧的裤兜里揣着弗兰克的22毫米口径的手枪。

“你疯了吗？”我离开的时候帕蒂问我，“偷猎可是犯法的。”

“放轻松，我不会让人逮着的。”

“谁都这么想，直到被警察逮捕。”

“好吧，这不是个好法律，但是问问那些农民就知道了，他们可是经常抱怨鹅毁了农田。”

“哼，那你想想看，有多少农民愿意凌晨3点联名担保你出狱？”

“我都告诉你了，不会被逮到的。”

“会的，你会的。因为我会告你的，还能得到几百块钱。听过T-I-P没有？”帕蒂指的是《举报偷猎者》(*Turn In Poachers*)，这是明尼苏达州自然保护局赞助的一档电视节目。

“好了，宝贝儿，弗兰克说这是小菜一碟儿。我只需要扣动几下扳机，几个小时就回来。你尝过新鲜的鹅肉吗？”

“那你尝过在镇看守所呼叫SOS吗？你马上就要尝到了。”

∽　∽　∽　∽

在湖的西岸，我找了个杂草最厚的地点，盘坐下来等着。就在太阳落山的时候，12只鹅飞了过来，它们盘旋了一周，排成一排落下，溅起轻微的水花儿。它们抖抖羽毛，向我这边游来。

我等了好久，一直等到鹅群游到我这侧的湖边。我小心地拨开野草，举起手枪，瞄准最近的一只鹅，开了枪。一声急促的枪响，整个鹅群扑棱棱地飞走了。它们飞进了傍晚的薄雾中。20秒的工夫，它们已经飞出了400米远。

我站起身，左手提着手枪，右手擦着夹克上沾的尘土和草叶。天已经渐渐黑了，但是在光滑的湖面上，离岸边40尺远的地方，我能清晰地看见那只被我射死的鹅的白色肚子。

这是我第一次开枪打死另一个生物。我没有感觉到一丝雀跃、一丝胜利的快感，我只感到自己做了一件错事，心情接近羞愧。我杀死了一个生物。

在心中，我不断地和自己理论。每次吃汉堡的时候，你惭愧吗？

不，我没有。

那么别人可以杀生，做成食物给你吃，你自己为什么不能？

只是像这样杀生似乎不妥——当我没有必要杀它的时候。这不好玩，不兴奋，这是……错的。

天更黑了,并且夜色还在不断地加深。鹅漂浮在距岸边12米左右的湖面，水又太冷游不过去。我应该回家取橡皮筏过来。

30分钟后，我把橡皮筏充上气，放下水，划向水中的鹅。抓过鹅脖子，我把它扔到橡皮筏上。我很奇怪它竟然这么重。

到家的时候，我从后门进去。手里拿着鹅，我喊帕蒂。

“房子里的女人，你伟大的狩猎男人带回来吃的了！”

帕蒂走近厨房,看我一眼,紧接着伸出手。“哦,不,把那脏东西拿出去。”

我被镇住了。这就是顶梁柱、养家糊口的男人回到家所受的欢迎吗？“亲爱的，这是新鲜的鹅——是肉呢！”

“才不是肉。肉是你在商店买的，上面包着保鲜膜。那个，”她指着我手中的鹅，“是个死的动物。你必须在孩子们看到之前把它弄出去。她们见了会一个月都睡不好觉。”

“那我卡车里的死臭鼬和浣熊呢？”

她抱起肩膀盯着我。“我离开了父母和那么舒服的家，就为了这个？为一个自认是‘野蛮人柯南’的蠢蛋，还拎着个路上打来的食儿到厨房？”

“我把它清洗了，拔掉毛，看你那时还怎么说？”

我走出去到了车库，把鹅放在地上，之后去地下室取来第一年学解剖时用的龈刀和解剖工具。

虽然我从来没有清洗过动物，但是我是个医生，所以大致知道怎么做。首先，我想，先要拔毛。那有什么难的？

一个小时后，一只半秃的鹅躺在车库中间的报纸上。鹅毛到处都是。我从缝合手术的工具中取出乳胶手套并戴上。现在，来清理内脏吧。

好了，我从肚子中间给它做了剖腹手术，接着是整胃切除术、十二指肠切除术、回肠切除术、空肠切除术，还有结肠切除术。倘若在鹅肚子里面还有什么的话，我是一定会把它拿出来的。哦，对了，还有脖子和腿，也得切下来。

又是一个小时过去了，我已经收拾出了满满一塑料袋的下水，足够整个罗切斯特的浣熊高兴地吃上一个星期了。时间已经是晚上 10 点，帕蒂应该还醒着。我拿着战利品走上后门的台阶，却发现门已经被锁上了。应该是帕蒂一时疏忽罢了。于是我轻轻地敲敲门。

“帕蒂，”我叫道，“帕蒂？”

走廊里传来一个声音。“要是你还拿着那个东西，就不要进来了。”

“帕蒂，快点儿，让我进去吧。它现在很干净了，我收拾完了，可以拿来做菜了。过来看看嘛。”

她穿着浴袍走过来，拉开锁，马上就退回去几步。我打开门，拿出鹅。她看看我手中湿乎乎的报纸里沾满血的一团东西，差点作呕。

“哦，天哪，你怎么能这样？”

帕蒂看起来像是要呕吐。我把鹅放在桌子上，走向她。

“你敢！”她喊起来，“你敢把那东西放在我桌上！拿出去！马上！我说真的呢，迈克尔。把那东西拿出去，否则我扔你身上。”

帕蒂的左半边身子还想回到走廊，右半边已经快要把我从后门轰出去了。在通常情况下，有一场好戏要看了。但结婚 5 年的经验告诉我，今晚上她脸上的反感、厌恶、讨厌加上愤怒表示帕蒂真的不高兴了。虽然反感和厌恶能在我把鹅拿出去后从她脸上消失，但是讨厌和愤怒恐怕得需要我的后续工作了。

我退出了门外，疲惫地向车库走去。

现在怎么办？我往哪儿放这只鹅呢？帕蒂不会让我把它放在屋子里。可我要是放在车库里，松鼠和浣熊又会偷吃。那就……车后座！对，就放那儿。就放一晚，明早在帕蒂醒之前再拿出来。

我把鹅放在引擎盖上，打开车后门。儿童安全带中的一个还扣着，黑暗中我找不到扣头，索性就回到车前面，抓起鹅，把它放到了后座上。确定所有的车窗都关上了，我关上门，回屋睡觉。

∽ ∽ ∽ ∽

周六早上 6 点钟的时候，艾琳走进我们的卧室，把脸贴在帕蒂脸上。

"妈妈？"

帕蒂微微张开了眼睛，"嗯？"

"玛丽有点事儿。"

帕蒂的眼睛又张开了一点儿，"玛丽怎么了？"

"她被吓到了。"

帕蒂在被子下面动了动，叹口气说："'她被吓到了'是什么意思？"

"她在车座椅上被吓到了，而且她闻起来还有股怪味儿。"

哦，天！我一骨碌从床上坐起来。我完蛋了。"没关系，艾琳，"我赶紧穿上裤子说，"爸爸看看去。"

帕蒂慢慢地坐起来看着我。我不喜欢那种眼神，和哥斯拉喷火烧了东京前那最后一眼一模一样。

"你不会吧。"她说。

我不敢看她。"别紧张，亲爱的，可能没什么大事儿。你也知道孩子们是怎么回事。啊哈。我这就出去看看艾琳说的。"

在她还没来得及发飙之前，我赶紧出了门，但仍然听到"迈克"和"杀了你"一声高过一声。我跑到车库，把鹅从玛丽的座椅上拿下来，塞到独轮车里，用一袋肥料盖上。不幸的是，车座上还残留着鹅的汁液，并且毫无疑问的有种野外的气味。

我转身回到房中，帕蒂正在后门那里等着。

“嗯？”她说。

有很多时候你要撒谎，不知羞耻、死不悔改地撒谎，矢口否认，看着你老婆的眼睛发誓说着黑白颠倒的话。然而，这次不能。

帕蒂被震惊了，她满是厌恶和气愤。我怎么可以做出这种事来？我脑子里怎么想的？可怜的艾琳会因这件事留下心理阴影的。

“我不知道那脏东西哪儿去了，”她说，应该是指鹅，不是艾琳，“但是我不想再见到它。”

我被告知如果心里还有点良知，还惦记着老婆孩子，就应该把那让人恶心的东西马上扔出去。“还有，没做完之前不许回来。”接着，后门“啪”的一声关上了。

我用塑料袋把鹅包好，然后去了杰克·曼宁家。他今天要去圣保罗看妹妹去，他答应把它放到我兄弟皮特的公寓。

几天后，皮特告诉我，他室友把鹅填上料烤了。“这是我们一整年吃到的最美味的肉了，”他说，“真是感谢帕蒂和你送过来。”

“别客气。”

“一定要替我谢谢帕蒂啊。”

这可是条不会被转达的消息。

HOT LIGHTS , COLD STEEL

Life, Death
and Sleepless Nights
in a Surgeon's
First Years

永远的萨拉

11 月

完成了最后一台手术后，我让查理·诺里先走一步。他整晚都没睡上觉，现在双脚都快麻木了。“回家吧，查理，”我告诉他，“这儿有我呢。”他累得连答应的力气都没有，只是抬起手表示感谢，然后走了回去。

我现在是汤姆·黑尔的高级住院医生，查理是初级医生。汤姆是梅奥的年轻骨干之一。他非常聪明，技术高超，而且经常放手让下面的住院医生做手术。每个梅奥的住院医生都梦想着在他手底下做事。查理和我有机会和他共事一季，真是万幸。

我们名下有 21 位病人，很多正处于关节移植、骨折以及骨切开术等大手术之后的恢复期。我们有在轮车里的病人，有打着夹板的，还有吊在牵引器上的；有正出血的病人，有脱水的，还有呕吐不止的；有高烧不退的病人，有血细胞计数低的，还有脉搏虚弱的。这是个挑战，几乎要把人榨干。但是我还是尽力排除一切杂念，用专业的态度对待每一个病人，努力分辨哪里出了问题，应该如何治疗。

长久以来，我都没有安全感。即使是现在，在我补习了许久之后，还是觉得自己不像其他住院医生那样优秀。因此我常常强迫自己要面面俱到，不要遗漏任何一点。

这种不安感帮助了我，也激励着我、鞭策着我，在我疲劳想要放弃的时候给我支撑。但同时，它也在某些方面不那么让人愉快。我仿佛患上了强迫症，每天晚上都必须学习。我必须清楚地了解每个病人的所有病情。

像以往一样，还是帕蒂帮我维持在正确的方向上。她知道什么时候该鼓励我工作，什么时候该让孩子到地下室“告诉爸爸把书放在一边，我们要去公园了”。

∽　∽　∽　∽

没有查理陪伴的查房，我独自一人进行了3个小时。完成后，我把最后几张表格放在护士站。坐下的时候，我发现在医药车后面的墙上挂着一幅画。那是一个年轻女人的背影。她站在小山上一棵树的旁边，面前是开阔的平原。女人的头发在微风中轻舞。这是一幅美得让人窒息的画面。看了一两秒之后，我才意识到这个女人拄着双拐——她仅有一条腿。

“你喜欢这幅画吗，大夫？”其中一个护士问。

“是啊，很美。”美，但是令人不安。一个漂亮的女孩儿——但是缺了一条腿。“这是萨拉·贝伦松，她是您的一个病人。”

萨拉·贝伦松！我当时一定是倒吸了一口凉气吧，我不知道。

护士一定看出了我的沮丧。“您认识她吗？”

哦，天！那个时刻，我真的鄙视自己。我认识她吗？我曾经协助比尔·克莱默亲手切除了她的那条腿。术后的几个月，我都无法将萨拉从脑海中抹去。萨拉，她的金色头发在枕头上摩挲，胸部在医院无菌单下起伏。萨拉，那个有着孩童般目光的萨拉，而且没有任何挫折与磨难能够剥夺那目光。萨拉是我发誓忘不掉的女孩。

又是一个被打碎的誓言——我把她忘了。

我意识到距离上一次想起萨拉已经快有一年了。我在想怎么会忘掉一个对我有如此重要意义的人呢——一个我发誓都不会忘记的人?

有时我的记性不是很好，但就在这时，有什么触动了我，我突然意识到萨拉绝对不可能从我记忆的角落里自动溜走。我一定是把她挤到了记忆的边缘，然后又推又碾地把她从记忆中剔除。我一定是认识到在医生生涯中，会遇到许许多多的萨拉。如果我像这样把她们封存在记忆的神柩里，如果我再在神柩前点上蜡烛，火花就会汇聚成大火，也会把我烧着的。

我一定还想过萨拉，也会猜想她现在过得怎么样，但是我却没采取过实际行动。我从来没有问过比尔·克莱默关于她的事情。我认识安·齐沃斯，那个术后照顾她的护士，她俩之间还保持着联络，但是我也没有问过安。

为什么?我想，不是因为我不在乎，我反而很在乎萨拉。可能就是这个原因吧，可能就是太在乎了。也许我害怕知道问题后面的真相。也许，我是怀疑真相到底是什么。

好了，现在我不必隐藏了。今晚我就会打电话给安·齐沃斯，问问萨拉现在怎么样。

然而结果是，我并不需要打电话问安了，因为就在这个时候，身边的护士说:“萨拉几个月前走了。她是最甜的女孩，我们都喜爱她。”

我猜想我预料到了这个结局，这恐怕也就是在过去一年中我极力躲避的原因。我看着照片，看着萨拉风中飘舞的头发，很想知道她看着面前展开的广阔生命图景的时候，心里在想着什么。她一定知道，自己的生命图景再也不会像这样展开了。

她几个月前走了。

这就意味着萨拉在术后活了大概一年。我们到底为她做了什么?我们切除了她的腿，我们让她饱尝疼痛。为了什么?她还是死了。我们的手术给她带来了什么?延长她的生命了吗，还是缩短了?我怀疑如果从没听说过梅奥这个地方，她的生活或许会更好一点。我们尽了最大的努力，但是我又第100次地意识到，即便是最大的努力也还是不够。在我心中的某个地方需要的是结果而不是过程。不要告诉我曾付出了多大的努力，只需告诉我有没有成功。

我忍受不了了。我开始狠狠地敲打自己。让我把这事情捋顺了。我暗自嘲讽自己：一个年轻漂亮的女孩找到你。你切了她的腿，卸下了她半个骨盆，抽干了她体内大部分的血液。然后你给了她药物，这药物能让她不断地掉头发、让她的细胞逐渐死亡、让她总是呕吐，直到食道出血。接着，你开始给她加上辐射，直到杀死了她卵巢里的每一个卵子。你就一直这样做着，直到她死去。但你还嘴硬，说是癌症杀死了她。最要命的是，在这一切发生后，在你折腾了这么多之后，事情居然可以蒙混过关，因为“你的本意是好的”。哼！帮我个忙，大夫，我得病的时候，请带着你的好意离我远点儿，越远越好。

∽ ∽ ∽ ∽

感谢上帝，我们还有成功的；感谢上帝，我们还有那些移植过膝关节的病人对我们感激涕零；感谢上帝，我不必每天回家都要问问自己做了什么有益的事。我受不了这样。我受不了总是接受失败和死亡。

或许这就是我“忘记”萨拉的原因——也许这一切对我来说是不能承受之重。

HOT LIGHTS , COLD STEEL

Life, Death

and Sleepless Nights

in a Surgeon's

First Years

成为住院总医生

1月

我们在芝加哥过的圣诞，之后在暴风雪中驱车回到了罗切斯特。那一天正好是新年。最后到家的时候已经是午夜了。车子在车道中间卡住了，所以我就把它搁在那儿了。

第二天早上，我起得很早，急着上班。这是个特殊的日子。我要开始履行在梅奥的最后一个任务了：骨科住院总医生。我会有自己的病人，可以自己亲自动手术，还会给我配一个初级住院医生当助手。

我本应该兴高采烈、手舞足蹈的，这是自从三年半前在哈丁医生手下工作后我努力的结晶。然而不幸的是，我对被选为住院总医生没有丝毫的兴奋。我早已经不为愉悦而工作了，我为的是成就。我并没有沉浸在荣誉中，而是很快地制定了下一个目标：成为一个好的，而不是杰出的住院总医生。因而我开始盘算应该做什么，如何去做。

我告诉帕蒂我很担心。担任住院总医生，肩上的责任重大，我不想搞砸了。她扫除了我的焦虑。“你很棒，”她说，“你会做得很好的。”当然，要是我想做总统，帕蒂也会说我很棒，会做得很好的。

刮完胡子，我看看帕蒂的浴袍、松软的拖鞋和凌乱的头发说：“看起来不错。”

她把头发梳到脑后，微笑着回答：“是感觉不错。”

她俯下身，捡起一个橡胶恐龙塞到浴袍的口袋里。裹紧浴袍的时候，我注意到袍子有点紧了——又一次的。她正怀着我们的第4个孩子，预产期在5月。

“你可以向那个‘年度计划生育’奖吻别了。”比尔·查普林听到这个消息时说。

“没有约束、动物般的繁殖。”帕蒂那个思想开放的姐姐听后评价道。

“我不在乎。”我们的小儿子帕特里克知道后说。

当我穿上鸭绒服和靴子时，注意到街道上的雪已经铲干净了，但是此时车道的出口处已经堵上了一道雪墙。我倒是不担心，因为“战舰”会越过去的。

我朝地下室里忙着毁坏东西的孩子们道别。她们蹦蹦跳跳地爬上来。艾琳说玛丽拿了她的蜡笔，玛丽说帕特里克用冰球杆打了她，帕特里克说玛丽是“外星人”，他是要“铲飞”她。帕蒂则拿着那个冰球杆说要是不立刻停下的话，就用它把他们都“铲飞”。

“祝你今天愉快，亲爱的。”我在一片嘈杂声中边拉拉锁边说，说完拉开门。

帕蒂朝我张牙舞爪。“关门！你个笨蛋，”她说，“我们都会得肺炎的。外面太冷了！”

“嗯，”帕特里克说，“外面冷。”

“你个笨蛋！”我关上门的时候艾琳咯咯地笑着说。

我从雪地里穿过，到了车子跟前，听到房子里的笑声。此刻她们趴在起居室的窗户上，一个压着一个，朝我挥着手。我驾驶“战舰”驶离车道，从雪墙上碾过，到了两边堆雪的街道上。

阿兰·哈金斯是配给我的高级住院医生。我到圣·玛丽医院的医生休息室的时候，他在等我。阿兰是个安静好学的伙计，从不打冰球，不打高尔夫，不喝啤酒而喝白酒。表面上看，我们毫无共同之处，但我们有一个共同点：对待工作极其严肃。

查房过后，我告诉阿兰周日他可以休息，我可以自己查房。他当然极力婉辞，但是我打定了主意要这么做。

“周一早上 7 点见，”我说，“周末我都在，有什么问题打电话。”

阿兰走之后，我走到医生休息室看看有没有实践的机会。再过 6 个月，我的住院医生生涯就结束了。我需要找到一份工作。在梅奥当住院医生的好处之一就是永远不缺工作的机会：西雅图、科罗拉多、芝加哥、坦帕、达拉斯、波士顿。我基本上定了工作地点。找工作的感觉很怪。虽然我已经是住院总医生了，但是仍然感觉自己处于起步阶段，可是现在就要计划走了。

虽然我渴望走马上任，担任住院总医生，但是有件事困扰着我。按传统，每个住院总医生都会让自己的住院医生进行很多手术。只有讨人嫌的家伙才“吃独食”。我知道阿兰期望我会将很多手术分给他做，可这对我来说恐怕有点儿难。我刚刚习惯于一个人做手术，但是现在要让个新手来做——以我的名义？如果阿兰搞砸了，岌岌可危的可是我的名声，因为是我的病人被伤害到了。我还不知道自己是否准备好了应对这样的状况。

住院医生做手术的事情自从去年比尔·查普林在唐·阿什福德手下工作的时候就已经成为部门里头版头条的话题了。阿什福德是新来的医生，对于让住院医生做手术还不太确定，因而他的住院医生基本上没有做过什么手术。比尔不乐意了，他可是从来没有缩在后面过。于是他就和 BJ 抱怨说应该采取点什么措施。

“这或者是培训项目，或者不是，”比尔坚持说，“如果是的话，住院医生就必须做手术。”

阿什福德则高举道德旗帜，坚持说“病人的福利”要摆在第一位，“我们给病人提供优秀的治疗要摆在培训住院医生的前面。”

阿什福德打到了要害，他自己也知道。每个医疗机构都冠冕堂皇地宣称病人的福利是第一位的，尽管有时他们知道事实并不总是这样。这是那些让人忽视比重视来得更容易的惨烈真理。

病人并不总是排在第一位的——尤其是在外科手术方面。倘若梅奥首要考虑的是病人的话，那怎么会让住院医生做手术？住院医生总不比主刀医生的医术高明。我现在是住院总医生，手术也做得很好，但是我从来没有一刻认为自己比安东尼奥·罗梅罗、汤姆·黑尔或是马克·考文垂的技艺高超。那梅奥怎么来解释会让我做手术，尤其是当大家都知道我不如那些医生有本事的时候？同样，当我清楚地知道阿兰不如我的时候，又怎么能让他来做手术？

住院医生若是不做手术，是成不了外科医生的——谁都知道这一点。可住院医生又不像主刀医师那样技艺精湛——谁都知道这一点。在美国的任意一家医疗机构里，住院医生都在做手术，而且每一家医疗机构的管理者都宣称："病人的福利放在首位。"

我正在克里斯·皮菲尔的奥兹车前座上喝着一罐麦带。时间是晚上的11点45分，冰球比赛于15分钟前刚刚结束。克里斯是耳鼻喉科的四年级住院医生，在哈佛的时候玩过冰球。我们经常在回家前在停车场一起喝上点酒。发动机启动了，车子就要发动了，我们还在探讨有关让住院医生做手术的问题。

"我感觉自己像个伪君子，"我说，"如果我真心相信这个，过去4年就应该拒绝做任何手术，让带我的主刀医生去做。我为什么没有勇气承认主治医师是比我好得多的外科医生？为什么没有勇气承认病人的福利比让我学习的权利更重要？那个时候，我的良心哪儿去了？见鬼，我见着机会就上，做了所有能做的手术。"

"我也是，"克里斯说，"还在这么做着。"

"你知道什么事最好笑吗？"我说，"现在我处在最后一年，反而不能包揽所有属于我的手术了。我做了足够多的髋部、膝部移植手术，不需要再做了。我让年轻人去做。"

克里斯喝了一大口啤酒，笑了起来。"知道了，"他说，"你不自信的时候，想尽可能多地做手术；但一旦你变成了好手，就把它们让给初级住院医生了。”

“嗯，这是什么制度！它保证了手术总是由最不具资格的人来做。”

“你想得太多了，”克里斯伸个懒腰，又递给我一罐啤酒，“你和我不是制定规则的人。我们充其量只是几个冰面上的磨冰机——让我们到哪儿就得去哪儿，有人在控制。”

“那也不能说这就是对的。”

“上帝啊，迈克，撇开这些‘对的’东西，行不？你愿意在这儿待上 4 年，走的时候连一个手术也没做过吗？”

“好吧，我不想。”

“那就闭嘴。让 BJ 和其他大人物去操心吧。克里斯·皮菲尔和迈克·柯林斯怎么能想出办法来呢？咳，我们本来就够有难处的了。看看他们给咱们的那点钱——一小时两块五。”

那个晚上，我开车回家的时候一直在想是不是对自己太苛责了。我把手术交给初级住院医生并指导他，正如当初我的高级住院医生把他的手术交给我来做一样。虽然我这样开导自己，但我还是对现有的机制持怀疑态度，我依旧怀疑我们是在打着为病人负责的旗号，暗地里为自己谋福利。

∽　∽　∽　∽

“再向前倾一点儿。看见我怎么使胫骨呈直上直下的角度了吗？你需要把股骨部件向那边划过去一点儿。”

我正在指导阿兰。这是他的第一台整体髋部移植手术。他已经见习过几次了，早已熟悉整个流程。我逐渐让他越来越多地参与其中，但这次是我让他自行实施手术的第一例。

他很紧张，每进行一步都等着我的指示。还不错，我想。我宁愿他小心谨慎，也不愿他大大咧咧。把股骨部件粘上之后，阿兰修整了髌骨，并且来回试着活动了几次。最后，我们把病人的腿放在轮车上，开始缝合。我看得见阿兰眼中的如释重负。最难的部分结束了。

“干得漂亮。”我告诉他。

“非常不错，医生。”清洗护士格拉迪斯说。

“天，阿兰，你一定干得非常不错。格拉迪斯从来没对我说这个。”

“我也认为你不错。”

“你也认为？那就是说你认为我和考文垂医生一样好喽？”谁都知道她极度崇拜考文垂医生。

“才不是！”她立刻说，“你们两个都不是。”她把止血钳递到我手上。

“连杰克·曼宁也不如考文垂？”我边消毒血管边问。

“噗，”她说，“曼宁医生。”她也是喜爱杰克的，但是不喜欢他那种自认为是下一个考文垂医生的语气。

术后X光显示手术结果很好。我让技师给阿兰额外冲出一份光片。格拉迪斯、巡回护士尼塔和我在上面签上名字后送给他。

∽ ∽ ∽ ∽

阿兰和我共事一个月，进展顺利。有一天，我正在给“战舰”加油的时候，帕蒂告诉我阿兰来电话。那周末是我们值班。这就意味着阿兰遇到伤病员或是要问诊了。此外，遇到什么难题他也会给我打电话的。

“迈克，”他说，“我在急诊室。我们有一个62岁的老妇人，中部股骨骨折，开放性科勒斯氏骨折，踝骨错位，还有严重的腹部以及脑部创伤。”

“车祸？”

“不是，自杀。她从窗户跳出去的。”

自杀。我们在罗切斯特不常有这样的病例。我问他这位妇人的生命体征是否稳定。

“不太稳定。血压60的样子。外科医生现在把她送进手术室了。他们说处理完他们的部分，我们再来。”

我告诉阿兰我马上到。给“战舰”加完油，我马上驱车去急诊室。阿兰给我介绍了病人家属。老太太的自杀让他们感到羞愧、焦急、气愤和受了伤害。老太太因酗酒而为整个家庭带来许多不必要的麻烦。我很难说清他们是希望她自杀成功还是不希望她成功，因为这些人看起来并不关心她的伤势以及我们要怎么处理。

外科医生处理完腹部创伤的时候，时间快要到晚上5点了。他们移除了脾脏，修补了肺部。等到阿兰和我修复了她的股骨，为踝骨打上夹板，给距骨安上螺钉，在外部修复了远端桡骨之后，已经是晚上的10点钟了。我们把她送到重症监护病房。1个小时后，她死了。

我出去想告诉家属这个消息，可是候诊室里空空如也。他们都回家了。

真是浪费。我想，多大的浪费。

我曾多么努力地想把她复原。我希望尽善尽美。我确保选取了正确的转子和股骨，确保采取了正确的外踝修复的方法，也确保了我们将远端桡骨的位置摆正。她的术后X光片看起来十分完美。

我坐在医生更衣室的椅子上，低垂着头，双手放在腿上，发觉这一切都毫无意义。我运用了所有的技艺来修补这位老妇人——一个家人毫不关心的人，一个自己都不关心自己的人，1个只活了1个小时的人。

我试着用一贯的方法给自己打气：你努力做了，事后发生什么不在你的控制范围内了。但是在那晚，这番打气的话并没有奏效。那是许多个我感觉万事皆荒谬的夜晚之一。许多事情都那么的自以为是。如果她多活了1小时、1天、1年、10年，结果会有什么不同吗？到最后，没有什么会改变。

我是个骨科医生，我想。我做的是修复的工作。所有我修复的最终还是落到棺材里。

HOT LIGHTS , COLD STEEL

Life, Death
and Sleepless Nights
in a Surgeon's
First Years

我和患者

3 月

随着我们经历的第 4 个明尼苏达州之冬摇摇曳曳地进入尾声，我开始在住院总医生的位置上感到得心应手了。我乐于有自己独立的手术，这让我感觉自己是个真正的医生。但同时，担任住院总医生有时候也就意味着要有点精神分裂。初级住院医生认为我是主治医师，他们总是向我寻求建议，问我怎么去修复这个、处理那个。然而，主治医师则认为我是住院医生，是个可以随便甩给麻烦事的对象。在生活中的其他时候，当事情有糟糕的趋势的时候，我还得到场处理。每个棘手的病例、每个人人避之的问诊都被塞给住院总医生。

有一天早上，我正在吃早餐，查理·诺里过来坐在我边上。查理曾作为初级住院医生和我一起在安东尼奥·罗梅罗手下工作过，他是个工作认真的伙计。

“迈克，”他说，“我有个会诊要问你。”

坐我旁边的弗兰克·威尔士拍拍手，“住院总医生的会诊，哈哈，这个好玩儿。”

“一边儿去，威尔士，”比尔·查普林说，“别给柯林斯捣乱。查理的会诊很可能是需要髋部移植的IBM集团的头头儿。迈克给做手术后，他没准儿特别感激，一激动就给迈克买了环游世界的机票呢。是不是，查理？”

查理皱皱眉头说：“啊，不……不是这样。”

“说吧，查理。”我说。

他清清喉咙，看着我前面的记事簿。“病人是个发育良好的、营养充足的52岁白人女图书管理员，她抱怨说……”

“查理，节省点那些医学术语吧，直接说。”

“是个膝部感染的老妇人。”

“嗯？”

“第6次了。”

查普林和威尔士在旁边挤眉弄眼。弗兰克拍拍我的背说：“这个难道不是为住院总医生准备的梅奥历史上最烦人的、完美的病例吗？”

我已经习惯了形形色色奇怪的会诊。我开始告诉比尔和弗兰克，上个月我参与了关于肩部疼痛的男病人的会诊。梅奥的规矩就是值班的初级住院医生先对病人进行会诊，第二天他要报告给住院总医生，后者再进行诊断。

结果，那天肩部疼痛的先生是费城大名鼎鼎的律师。他一上来就急着干完所有的事。一入院，这人就开始抱怨：病房太糟、医院太糟、护士太糟、为他端来的晚餐也太糟，于是他把晚餐扔到了地上。

护士们终于再也忍不下去了。安·齐沃斯呼叫了我，她说病房里的男人拒绝让初级住院医生进门。“求你了，”她说，“今晚你能过来看看吗？我怕他会打伤谁——如果不是这样的话，谁都可能会打伤他。”过去这几年，安帮了我不少忙，因而我告诉她我这就过去。

我赶到圣·玛丽医院的时候大概是10点钟。那位律师大人正衣冠楚楚地坐在床边，他拒绝换上医院的病号服。此刻，他正用脚尖敲打着地板，看着自己的劳力士。我连自我介绍的话都还没说出口，他就开口说已经等了3个小时，质问我到底是什么意思，让他等这么久?

我向他道了歉，告诉他一般情况下，第二天才开始会诊。当我自我介绍说是住院总医生的时候，他马上愤怒了。他才不想要“狗屁住院医生”呢，他要见部门主任。我倒是非常乐意打电话给在家的大约翰·哈丁让他过来，甚至进一步打电话给BJ。我迫不及待地想看BJ会怎么和这位绅士说话。

我开始询问病史，但是男子并不搭话。他站起身，在病房里来回踱步。他说肩膀已经疼一个月了，自己已经厌烦透了，就好像每时每刻，山姆之子正用大匕首捅着他的肩膀。

“你明白我在说什么吗，大夫？”他问。

我正在想山姆之子是谁。我知道他不是为特蕾莎修女工作的，但是我记不得他到底是个杀人凶手还是尼克松的内阁，或是其他什么东西。

这个病人突然大步流星地横穿病房，猛地用手砸在我的左肩膀上，接着就将指甲抠进我的皮肤。“你感觉到了吗，‘谁管你是谁’大夫?这就是我每天的感受，现在我要让它消失。就现在！”

随着他手指甲抠进我的肩膀，我感到逐渐加深的疼痛。他的下巴突了出来，就在距我紧握着的右拳3寸远的地方。要不是在病房而是在别的地方，我也许就会发火了，但我还是保持着职业素养，挪开他的手，站起来，盯着他。

“我要走了，”我说，“但在那之前，我会让护士礼貌尊重地对待你。我希望你也能以同样的方式对待医院的每一个人。”

我去了护士站。安·齐沃斯准备了一杯咖啡和一些巧克力薄饼等着我。“安，”我说，“经历了这些，我想我需要一瓶安定片。”安感谢了我，然后告诉我，应该给他开这个世界上最强力的安眠药。

就在这时，弗兰克·威尔士打断了我的故事。“好了，”他拍了一下桌子说，“任谁都受不了。很显然应该给这个家伙TPW。”

我们都看着他。“什么？”

“是古老的怀俄明州偏方。在我们老家用它来对付宁死不从的家伙。”

“它是什么？”

“TPW，”他缓慢地点头说，“治疗性枪击。没什么大不了的。你只需要将六发式左轮手枪指着那个家伙的脑袋开枪。用枪击的声音吓吓他，但不要杀了他——那样就是安乐死了，事后会有许多麻烦。TPW 就足够了。”

“当然了，你也可以采用 PPW——预防性枪击。你都不用等那条‘虫子’兴风作浪。进了屋，直接就用 0.45 口径的手枪把他撂倒。看大腕先生醒过来还能不能变得收敛点儿。”

“TPW，”我做沉思状摸着下巴点点头，“你认为这个安全吗？或许我今天早上就可以试一试。”

∽ ∽ ∽ ∽

我感谢了弗兰克为我提供建议之后就去会诊了。简·萨特坎普是个 50 岁上下的令人愉快的老妇人。她很小的时候，患上了小儿麻痹症，左腿已经干枯萎缩。她所用的那个老式的金属支架，看起来像是用铁和犀牛皮制成的。支架经年累月地摩擦她的膝盖，引起刺痛。只消看看那冒着脓水的一团就让我反胃了。简说她不能离开这支架，因为离了它，她就走不了了。除了感染，简还患上了麻痹后遗症，这病正一点点地剥夺她的健康。

“您不能使用几周轮椅吗，好让伤口愈合？”我问。

“不行，”她说，“我不能。我好像一天比一天虚弱了。要是停止走路，那恐怕以后就再也不会走了。”

简和我很合得来，她是为数不多的被我直呼名字的病人。我以前总是感觉以名称呼病人似乎太随便了，并且显得放肆，但是萨特坎普夫人却没有这些讲究。“我坚持让你叫我简，”她说，“我本来就老了，要是三十几岁的人叫我萨特坎普夫人，我就感觉自己更老了。”

我力所能及地帮助了简。为了修好她的支架，我不断地和梅奥支架商店交涉。他们从来没见过这个东西，害怕它太老了，即便修好也怕它会碎了。

于是他们给简准备了新的支架。但是简却不喜欢。她说新支架支撑不了左腿，她还要原来的那个。

我告诉简要送她进手术室清洗伤口。在手术前的晚上，我问她是否有丈夫或者儿子以便于我和他们沟通。

她困惑地看着我，好像很惊讶我会问这样幼稚的问题。“我没结婚。”她说。

我们都感到很尴尬。不是因为她说的话，而是因为她说话的语气与声调之外所饱含的潜台词：“我没结婚。我是个残疾。谁愿意和我结婚呢？”

我可以说这是无稽之谈，也可以责怪她说这样的蠢话，但可悲的是，我知道她的意思。我们生活在以貌取人的世界里，简已经向这个事实妥协。

尽管是残疾，但是简仍然是个漂亮的女人，并且聪明亲切。是啊，她有一条残疾的腿。那又怎么样？有什么大不了的？有哪个傻瓜会拒绝一个女人，理由仅仅是她的一条腿看起来与另一条有差别？简抵得上 20 个有着美腿的女人，但是男人们还是无法接受她的那条残腿。

我一直在想，男人们是怎样地被达尔文式的冲动所规约的啊。他们更愿意去追逐空虚、自我中心主义的美女们，其吸引力不在于她们是谁，而在于她们代表了什么。

在我短暂的医疗生涯中，我曾经治疗过许多身患顽疾或者从小患有残疾的病人。他们中很少有人结过婚，生活对他们来说看起来并不公平。他们不但是可怕疾病的受害者，而且还被剥夺了爱的权利与被爱的安慰。

那晚回到家，我和帕蒂谈起这个不正常的现象。“为什么那些与正常人不同的人会很难从我们这里获得爱和宽容？”我问。

帕蒂摇摇头，她怀疑是不是残疾人的生活迫使我们直面人类的脆弱。“可能是他们使得我们意识到生命是如此的脆弱。或许我们讨厌他们是因为他们的存在提醒着我们宁愿忘记的事实。”

我想到了简膝盖的刺痛，那种恶心的感觉又反了上来。那块折磨简的腿萎缩的金属想要告诉我什么呢？

简和我勇敢地与病魔搏斗，但结果却不尽如人意。我先后 4 次把她推进手术室，但却不见伤口愈合。每当她戴上支架就会磨到刚刚愈合的伤口，然后伤口就会又一次感染。最后我告诉简，如果她不停止使用支架，就只能截肢了。

她不情愿地答应先使用一段时间的轮椅。经过了漫长的两个月后，简的伤口终于痊愈了。然而，两个月时间也足以使简的那条残腿失去了力气——她不能再走路了。

这不是 4 年中的第一次了，我问自己什么地方出了差错。我尽了最大努力，但是事情并没有转到正确的方向。

“可这不是我的错！”我想向全世界尖叫，“我尽了最大努力。是的，很遗憾简的腿不能再行走了，但我能怎么办呢？对感染听之任之，让她最后死于脓毒症吗？”

后来我终于意识到，问题出在我始终停留在自己的理念中，认为一个好的医生应该是怎样的。我想成为那个人们遇到人生的不公而要求帮助的那个人，我想成为直面人生不公并且将不公驱逐出境的那个人。

在遇到我之前，简就知道人生给了她选择：死于感染或是下半辈子在轮椅上度过。她早已经知道了这个结局。她到了我这里，双手摊开，里面就是这个选择。她恳求我将它赶走，恳求我带来公正。

我努力了，简。我真的努力了。

HOT LIGHTS , COLD STEEL

Life, Death

and Sleepless Nights

in a Surgeon's

First Years

再来一个

5月

欠帕特里夏·柯林斯

时间：母亲节

另附带所有利息

迈克尔·柯林斯

太阳还没有升起。帕蒂靠在床上打开母亲节卡片。“欠条”可并不好笑。去年母亲节的时候我就把她一个人丢在家。

我们的财政状况依旧不乐观。我有5张嘴要养活，很快就6张了。仅靠住院总医生那点儿薪水是远远不够的，我必须做兼职。但现在安排人顶班越来越难了，而我也越来越难离开帕蒂。她已经怀有9个月身孕，还有3个孩子要对付。

“亲爱的，”我拉起她的手说，“我真是很抱歉。我要走了。”她嘟哝着伸出手给了我一个拥抱。

“我要是生了怎么办？”她问。离预产期只有10天了。

“你给我打电话，我马上回来。杰克说会顶替我。”

“你为什么不让杰克替你一整天呢？”

我站起来来回踱步。“啊，宝贝儿，你知道为什么。我们需要钱。不然怎么付账单啊？怎么养孩子呢？”

“这不公平。肚子里的孩子在踢我的肋骨，腿还疼，另外那几个孩子还淘气。”

“今天还是母亲节。”我说，心里希望她知道我在这时候离开是多么的不忍。

“好啊，母亲节快乐。”

“帕蒂，我不知道该怎么做。”

“所以你轻松出门了，留我在这儿一个人带孩子。”

“我又不是去野餐，这你是知道的。”

她翻过身，开始哭起来。“是，我知道，但为什么是今天？你就不能待在家里吗？”

“我也希望可以天天待在家里啊，但是我不能。你知道。”

“那走吧。”她说。

“这样子我不会走的，你生我的气了。”

“我没生你的气。”枕头底下传来她的声音。

我走过去，在她身边躺了下来。“帕蒂，对不起，”我用手抚摸着她的头发，“把你扔在家里，你又有9个月的身孕，今天还是母亲节……”我自己都差一点儿哭了。

我们就这样相拥着待了几分钟。“我要走了，宝贝儿。”最后我说。

“我知道。”

我吻了她，起身要走。

“周一晚上见？”她问。

“嗯，”我没有回头，说，“周一晚上。”

∽ ∽ ∽ ∽

3 天后的晚上，帕蒂终于生产了。那天我去玩冰球，直到半夜才回家。洗了澡，我进了卧室，发现帕蒂正躺在床上，双手捂着肚子。她那边的床头灯开着。

“我想我快要生了。”我钻进被窝时她轻轻地说。她总是这样镇定，有所准备。

“要生了？现在？”

“嗯。”

“好，”我从床上蹦起来，在地上踱步，“坚持住，放松，不会有事的。”我指着电话：“我打给多恩。”多恩是护校学生，就住在隔壁。她答应若是帕蒂生产，她会过来帮着照看孩子们。

“我已经打过了。”

“打过了？什么时候？”

“半个小时前。我告诉她你午夜会打冰球回来。她会留意着咱们的车。”

1 分钟之后，门铃响了。我把多恩让了进来，然后问帕蒂该给她准备点儿什么。

“我已经打点完了。在后门那里放着呢。”她一边说一边挣扎着站起来。

我赶紧跑到她身边。“感到收缩了吗？”我问。

“感到了，亲爱的。这是女人生孩子的正常反应。”

“哦，”我伸手去扶她的胳膊，“有什么我能做的？”

“你已经做完了。”她勉强地笑了笑。

两个小时后，莫琳出生了。我们的产科医生肯尼·比林斯时间赶得正好。一切都结束的时候，当晚值班的杰克·曼宁把头伸进产房向我们祝贺，问：“帕蒂怀上没有呢？现在？”

帕蒂说，她要是能起来，就会立刻用手掐死他。

∽ ∽ ∽ ∽

我们有 4 个不满 5 岁的孩子，他们都认为我俩是傻瓜。可能是吧，但是我们喜爱这样。

多年之后，当帕蒂几乎死在生我们的第 12 个孩子的产房里的时候，她的妇产科医生告诉我们这就是终点了，这会是我们的最后一个孩子。“你们可以有 12 个孩子加上一对父母，”他说，“或者 13 个孩子加上一个父亲，看着办吧。”

接下来的数年里，每当我们看见一对夫妇带着小婴儿，帕蒂就会满眼含泪，挽起我的胳膊。那个时候，我们都会想起那个无言的愿望。要是我们能再有一个该多好——就一个，那样我们就感激涕零了。只要把那个小小的身子放进臂弯，感觉他的皮肤，闻闻身上的婴儿味道。我们知道自己很幸运了，我们已经被上帝赐福了。但要是再能有一个……

汽车“死”了

5月

突然间我想家了。我与兄弟蒂姆通了电话。他去了丽兹姑妈70岁的生日聚会，回来后告诉我，我们的堂弟艾迪如何倒立着喝啤酒。他是聚会的焦点。我们的堂兄弟中有飞行员、警察、士兵、政治家，还有律师，但是没人在乎这个。每个人都想看艾迪如何倒立着喝啤酒——一次、一次、又一次。

“大概是第6次了，”蒂姆告诉我，“艾迪就站在那儿，头朝下。然后丹尼把一杯冰水从他裤管里倒下去。艾迪猛吸一口气，从鼻孔吸进大半杯啤酒。第二天他就得了人类历史上最严重的头疼。”

“比你在西恩·威尔什告别单身聚会后的还厉害？”

“我告诉你别提那事儿了。不管咋样，艾迪看医生了，结果是鼻窦感染。艾迪还不如喝枪子儿呢——它们可以直接把鼻窦给清理掉。医生给了他抗生素处方，告诉他下次要是再倒立喝啤酒引起发炎的话，就另请高明吧。”

蒂姆给我描述这些的时候，我仿佛看见聚会就在眼前：我的兄弟们在一块儿，手里拿着啤酒，笑得前仰后合；姑妈的脖子上围着狐狸毛领，面前的桌子上摆着几杯古典鸡尾酒或是罗布罗伊酒；几十个小孩儿跑来跑去，在厨房里、餐室里的大人间挤来挤去。

我有两年没有见到丽兹姑妈，4 年没见艾迪了。随着搬到罗切斯特，帕蒂和我远离的还有 10 个兄弟、3 个姐妹、19 个姑妈、14 个叔叔，还有几乎上百个堂兄妹。我花了好长一段时间才意识到我的生命中最重要的东西都在芝加哥。其实帕蒂一直都知道，她只是在耐心地等我自己醒悟过来。

1 月，我开始给芝加哥的骨科医生写信，打电话给在洛约拉医学院学习时候的骨科主任，还与现在在芝加哥的梅奥前住院医生联络。最终我们精挑细选了两个单位：我们长大的地方——橡树园的一家医疗机构；另一个则是稍微靠西一点儿的，在欣斯代尔。

欣斯代尔的医院哪里都好，除了一点：新人的工资少得可怜。如果接受了这个工作，那我就成了本年度从梅奥出来的住院医生中收入最低的。不过，吸引我的是这家医院提供的机会：第一年我仍然是合同工，但从第二年起，就成为合作者，有权利在必要的时候自行管理事务。最终我决定忽视第一年糟糕的薪酬，接受这份工作。我们穷了这么长时间，再穷一年也不算什么。

∽ ∽ ∽ ∽

我们买了“新”车——一辆 8 年的、有木质仪表盘的福特小货车。两个星期前，我们从要回爱尔兰的布莱恩·昆恩手中买过来的。而那辆“战舰”，在明尼苏达州的冬天中服役过的“战舰”，于周五早上在车库里死于自燃。詹森先生过来看了看，本来是发动机的地方一团糟，他甩上引擎盖，向我们“宣告”死亡。

“完蛋了，”他说，“这东西烧得什么都不剩。反正你们也是时候换台新的了。天，都快两年了。你们可得照顾一下面子啊。”

我谢了他，回屋打电话给垃圾场。

39 汽车“死”了

“哦，大夫，”厄尼说，“好久没有您的消息啦。让我猜猜，一定是你的新奔驰烟灰缸满了，要把它卖了。”

我说不是，我这又有一辆车要卖给他。

“你是我认识的最逊的大夫了，总是开着那些破玩意儿。梅奥不给你们开工资的吗？”

“是啊，可我都花在威士忌和娘儿们身上了。”

帕蒂听了这话，朝我扔过来一把芹菜。“好像有人会要你似的，哼！”“好吧，”厄尼说，“还是老规矩。开过来，35 块。我们去，25 块。”

“过来吧。”我说，“老‘战舰’完成最后一次航行了。”

“那叫‘吞锚’，大夫。”

“啥？”

“吞锚，是海军专用词。谁要是退休了，我们就说他吞锚了。”

“啊，好吧，吞锚也好，呛水也罢，反正老姑娘就是不行了。”

4 个小时后，吉米把拖车开进我们的车道上。他咧着嘴笑。

“大夫，近来咋样？很高兴见你。”

我们握了手。

“厄尼说你要去芝加哥了。太糟了。你要是走了，这里就不像以前一样了。”他勾住“战舰”的前轱辘，“你是厄尼最好的主顾。”

这可真不错，我是梅奥住院医生中卖给垃圾场最多车的纪录保持者。我父母会感到骄傲的。

吉米将“战舰”的前轮拖离地面，准备走的时候转过身来。“回见，大夫，”他说，“我们不提供上门服务到芝加哥去。我想你会找到新的垃圾场。”他挥挥手，跳上车，驶离了车道。那辆老旧的、锈迹斑斑的“战舰”也随之而去。

艾琳看着他开车走远。“为什么那个人拿走了我们的车？”她问。

“那辆车不能用了，宝贝儿。”帕蒂告诉她。

“它不能修吗？”

“不能了，宝贝儿。车死了。”

“死了，”艾琳重复道，“像外祖母一样吗？”

“是啊，像外祖母一样。”

“哦，天呐！我们回到芝加哥，能把车放在土里，然后开一个聚会吗？”

“不，艾琳。人们不把车像人一样下葬入土的。”

“那人们就把车子放到盒子里？”

“不，他们也不放在盒子里，而是把车放到垃圾场。”

“他们把外祖母放到——”

“不！去问爸爸吧。”

艾琳疑惑地看着我。

“艾琳，”我耐心地说，“你看，车子不是人。”

她点点头。“嗯，是狗娘养的。”

“艾琳！说这话可不好，”帕蒂说，“你从哪儿学的？”

“那是爸爸说的，昨天车子冒烟、轰隆隆响的时候说的。”

帕蒂盯着我，好像是我冒烟和轰隆隆响似的。“有时候，爸爸说了不应该说的话。”

“就像圣母队输了的时候？”

天，这孩子什么都没忘。

“是啊。像那时候，爸爸就说了一些脏话。”

“我们应该用香皂洗他的嘴。”

“啊，也许我们应该再给爸爸一个机会。”

“也许爸爸会把这个小大嗓门抱起来扔到垃圾桶里去。”我抱起艾琳举过头顶，作势要把她扔到垃圾桶里去。玛丽在一旁拍手笑，说帕特里克是个傻瓜，我应该把他也丢到垃圾桶里。帕特里克说玛丽是狗屎。帕蒂则问我们到哪儿去弄钱再买一辆车。吉米又回来了，说我忘了把产权证给他。艾琳看见拖车回来，上面有我们的车，就说我们的车回来了，那也应该把外祖母带回来。吉米拿了产权证，告诉我别人都不信他描述我们生活的话。帕蒂从帕特里克手中拿走螺丝刀指着吉米。我告诉吉米赶紧走，要不吉米就要惨了。吉米走了,几步一回头。帕蒂说这并不好笑,像吉米这样的人就应该管好自己的事儿。艾琳告诉玛丽，说吉米是狗娘养的。帕蒂转身朝我说:“看看你做的好事儿。”

∽ ∽ ∽ ∽

这是个5月末的傍晚，太阳刚刚落山，一片温暖。我们开车到芝加哥与新的合作伙伴共进晚餐。在欣斯代尔的街道上，我们缓缓地开着，寻找请柬上的地址。这时，我看见一个标有3400的指示牌和一个左指的箭头，于是转头上了一条两面是高大扭曲大树的林荫窄道。树弯向街道，遮住了仅存的一点儿日光。左前方出现了一抹灯光。

“那儿,”帕蒂说,“那个一定是了。”

我们拐过最后一个弯，在面前的山脚下，看见一幢灯火通明的白房子。我停了车，两个人不可思议地盯着房子看。这房子真是太棒了，雄伟壮观。我们俩从来没有见过这样的房子。它就像是从电影中走出来的似的。我们转身相互看了一眼，又转头看着房子。

“你确定就是这个吗？”帕蒂小声说。

“看看,”我指着邮箱旁边的小木牌说,“3400。没错，是它。”

帕蒂马上开始整理衣服。她照着后视镜捋捋头发。“上帝啊，我看起来真糟糕。”

“可不是。”我极力忍住笑。

她打了我一下，让我闭嘴，说这可不好笑，本来她也没必要来这个傻气的晚餐；一开始也不应该把头发梳成这个样子；还有就是最不应该让艾琳把紫色记号笔的水滴到了裙子上。

“看不见。”我说。

“看得见。”

我拍拍她的手。“你看起来很好，亲爱的。别担心了。”我挂上挡，沿着车道开过去。“好了，我们去见见他们吧。”

我的新合作人和气得不能再和气了。女眷们也非常优雅友好。不到10分钟，帕蒂已经开始和大家说说笑笑，好像是一起长大的姐妹。晚餐吃得很好。

结束的时候，帕蒂搂着我的胳膊走回车子。

“他们看起来是很好的人。”她说。

“嗯，是。我们能加入到这样一群人中真是幸运。”

到了车子那里的时候，我转身看着房子，差一点儿被吓到。

“真大，是不？”我轻声说。

“是。”

我们两个就站在那儿，不知道如何面对心里的五味杂陈。

“我不想生活有什么改变。”帕蒂把头靠在我的肩上说。

我笑了。帕蒂总是能看透我的想法。我们开的是老旧的破车，穿的是陈旧的衣服，从来没度过假。我们像狗一样工作。可即使如此，我们也不想生活有什么改变。我们已经拥有了所需要的，已经拥有无价之宝，不想丢掉。

我搂着帕蒂，在她脖子上亲了一下。“我也不想我们有所改变。”我说。

HOT LIGHTS , COLD STEEL

Life, Death
and Sleepless Nights
in a Surgeon's
First Years

骨科医生的抉择

6 月

离结束住院医生生涯仅有 3 周的时间了，但是我仍然得值班。作为住院总医生，值班的时候可以在家里，但是必须携带传呼机，并且保证随叫随到。接下来的周五晚上，我刚睡了两个小时，电话响了。是阿兰·哈金斯从圣·玛丽医院的急诊室打来的。

"不好意思把你吵醒了，迈克，"他说，"但我需要你的帮助，医护人员正在运送一个从奥瓦通纳来的小孩。复合型粉碎性骨折。非常严重，15 分钟后到。"

我坐起来，晃了晃垂在床边的腿，吐出一口气，说："好的，阿兰，我马上到。"

这是我最后一周值班。我真希望晚上能不被打扰，但是我早就习惯了值夜班，习惯了在睡梦中被叫醒，从来没有多想什么。穿上裤子和汗衫，10 分钟后就赶到了医院。

刚换上手术服，急诊室的门“砰”地被撞开，急救护士们推着病人鱼贯而入。我在旁边跟着一路小跑，冲进了外伤第一诊室。

“男孩，14 岁，拖拉机碾伤！”急救护士汇报，“我们到时还有意识，高压 100、低压 60。右腿完了——开放性骨折、全身都是泥！”

“名字？”我问。

“约翰逊。肯尼·约翰逊。”

“挺住！肯尼！”我对这个不省人事的男孩耳语。

掀起盖住男孩下肢的床单，一股浓重且刺鼻的粪便恶臭味扑鼻而来。他的腿已经面目全非，偏向一边。参差不齐的胫骨一头已经戳破满是泥巴的牛仔裤。身下的血形成了一汪“小塘”，浸红了下面的床单。

正当我们将男孩抬起放到诊室的手术台上时，男孩的眼睛挣扎着张开了。他一边轻声地念叨，一边似在找寻认识的人。于是，我轻轻地抚摸他的头发，说：“肯尼，你现在在圣·玛丽医院的急诊室，爸爸妈妈也来了，在别的屋子里。”

他摇了摇脑袋，发出痛苦的呻吟：“我的腿。哦，天哪！我的腿。太疼啦。”

“是，肯尼，我知道。现在我们正在帮助你。”

“高压 80、低压 40，脉搏 61。”护士高声叫道。

我检查肯尼的伤口。在已经分离的腓骨长肌一端嵌进去了楔状的粪便，上面满是血。我用钳子把它夹出来，接着，用止血钳卡住前部胫骨动脉进行检查。这时，除了缓慢的渗血，男孩已经停止了大出血。

接下来的几分钟，我们在其锁骨下的静脉做切口，为其输血。不到半个小时，他的血压恢复到 110/60。我让护士长准备好手术室。她接了个电话之后告诉我男孩的父母想要见我。

约翰逊夫妇蜷缩在接待室圆角的沙发上。看见我后，立即跳了起来。约翰逊夫人双手抓着丈夫的胳膊，无力地靠在他身上，眼睛一直盯着我血迹斑斑的裤子。

做了自我介绍之后，我告诉他们虽然肯尼失血不少，但是生命迹象已经好转，目前处于稳定状态。“我们正要将他送入手术室。”我说。

我还没来得及继续说下去，接待室的门就被撞开，一个年轻人奔了进来。“爸爸！”他喊道，“找到啦！”

“我儿子艾瑞克，”约翰逊先生说，“他回农场找肯尼的那截腿。”

艾瑞克把手伸进夹克兜里，拿出一团用干净白手帕包着的东西。里面是一根约一米长、沾满泥的部分胫骨。尽管我不相信它对手术有用，但仍然尽力让男孩感觉到他所做的是有意义的。“谢谢，艾瑞克，”我说，“这块胫骨有很大帮助。”

“您能保住肯尼的腿吗？”约翰逊先生问。

此时此刻，我关心的是能否保住肯尼的命。他受了极大的惊吓，差点因失血过多而死去。虽然我希望能缓解这对父母的紧张情绪，但是经验教育我不要承诺什么。最终我表示：“约翰逊先生，我们会竭尽全力。”

“求您了，医生。求您了！”

点头、握手、拍了拍约翰逊先生的肩膀以示安慰后，我快速跑进了手术室。

∽ ∽ ∽ ∽

这个时候，他们已经把肯尼送进了最大的手术室之一。手术室不同于急诊室：急诊室里人声嘈杂，每个人都形色匆匆，不停地发号施令，要求备好仪器；在手术室里，一切都是很安静的，近乎鸦雀无声，人们都压低音量说话，一切也都井然有序。我们是外科医生，手术室就是我们的领地。

另一侧的墙边，提供层流[①]的机器小声地嗡嗡着，心脏监视器发出机械重复的响声。两位麻醉师肩并肩站在手术台的前端，他们刚刚运用插管术做完麻醉。清洗护士则站在手术台的末端，小心地准备用具。巡回护士端着用具盘，从消毒柜中取出工具送到手术桌。如此往复。放射科技师安静地站在角落里等待着，身边是便携式X射线检测仪。

我将那块胫骨递给巡回护士，并告诉她放在消毒柜里消毒。我搓搓手，

① 为保持室内的空气流动，手术室通常使用特殊的仪器以提供层流。——译者注

加入了其余5个住院医生的行列。他们来自不同的领域，此刻正围在肯尼那条七零八落的腿旁。男孩的伤势现在看来已经很清楚了。大部分的肌肉组织、表皮与骨头已经丢失，部分动脉以及神经被撕裂了，而且所有这些都被泥巴、粪便、肥料污染了。

那几位住院医生都只是触碰一下伤口，眨眨眼睛或是摇摇头，随后退了回来。没人知道到底应该怎样做。我们应该保住，还是切除这条腿？

一时间，他们都转向了我。在骨科诊室，我是应该做决定的人。

我站在手术室中间，刺眼的灯光对准了肯尼血肉模糊的腿。我尝试摒除一切杂念。不管昨夜我仅仅睡了几个小时，也不管今天晚些时候我要做些什么，什么都不能想。现在，这个奄奄一息的可怜孩子正毫无意识地躺在手术台上，身边是一群即将要做出是否要切除他这条腿的决定的陌生人。

我急促地咳嗽了几声，又顿了一会儿。本能告诉我：要保住这条腿——哪怕只有百万分之一的希望。孩子才只有14岁。试一下有何不可呢？倘若失败了，也有机会切除它。难道不应该为他试一下吗？

然而，我并不确定。肯尼的腿伤得太严重了。尝试保住这条腿或许会要了他的命。

肯尼呢？他会怎么决定？如果我们叫醒他："肯尼，你的腿伤得太严重了。我们是切除它还是留着它？"他说："切了吧！"有人信吗？

房间里一片寂静，只听见呼吸器的声音与心脏监视器有节奏的嘟嘟声。帘子后、手术台的前端，麻醉师将疑问的目光投向我。其余的住院医生默然而立，有的看着地面，有的盯着面前血淋淋的伤口。没人走动，没人发声。他们都在等着，等我做决定。

∽ ∽ ∽ ∽

面前的手术台上摆着一条腿。这是我能看到的唯一物件。手术单精心地囊括了所有，使其余的一切都显得多余。我们为肯尼盖上无菌单，在遮住了他身体的同时，也遮住了其余的事实。我们像所有外科医生那样尝试说服自己，说自己已经将问题摘出来，问题就在于我们面前蓝色无菌单上那一堆皮肉上面。这样一来，事情就简单容易得多了。

可是生命那看不见的卷须从这条腿上一点点地衍生出来，伸到无菌单下，伸出病房，伸向我们极力回避的那无法预料的世界。肯尼的篮球怎么打？舞还能不能跳？还可以在林中散步吗？难道我们真的以为在医院二楼的一个病房里挂上蓝色床帘，就可以不去想这些事情了吗？

这不是个有关抽象的手术术语和病情诊断的问题，也不是个冷冰冰的有关肌肉活动能力和神经复原力的问题。这是个有关是否要切除孩子的一条腿的问题。一次截肢意味着不仅仅是切除骨头、肌肉或肌腱，这关乎如何理解一把手术刀能做的与不能做到的。

我知道事情说简单也简单。我会说这是肯尼的决定，不是我的。我会退后几步，举起手，说："别责怪我，我只是做了肯尼需要的。"

是吗？

不，不是。我意识到，这不是肯尼要的。也不是他父母想要的结果。他们需要的是一个有同情心的、医术高明的外科医生，他会为孩子的福利着想，做出最有利的决定。我知道什么是对孩子有利的——我真知道，我只是不想就这么下手。

开始吧，我告诉自己。做个英雄，修复孩子的腿。当肯尼和父母知道本应该截肢的时候，你已经远在几百里之外了。那个时候，会有人做这个手术的。但是这家人会永远记着你，记着你是曾经挽救过孩子腿的英雄医生。

我看着那一摊血肉，那一摊两个小时前还生龙活虎的血肉，现在只剩黑黑的一团。血液在无菌单上蔓延，带走的是生命的气息。

我拾起手术刀，开始进行截肢手术。

∽ ∽ ∽ ∽

我们将肯尼推进康复室的时候，已经是凌晨 4 点半了。他的生命迹象稳定，看起来可能会挺过来。他的父母、哥哥、叔叔和阿姨在我进入候诊室的一刻全都站了起来。我告诉他们肯尼顺利通过了手术。虽然现在仍处于关键时刻，但是我想他会没事的。

“那腿呢？”他的父亲问。

我看着他们，挣扎着寻找合适的词语。我的迟疑证实了他们的最坏打算。“肯尼的腿伤得太严重了，”我开始了，“没办法……”当我告诉他们不得不截肢的时候，肯尼的妈妈用手捂住了嘴，爸爸则耷拉着肩膀，头垂了下来。

“但是，”我说，“安上假肢的话，肯尼还是很有希望能重新走路的。”我又说了诸如肯尼在最初几个星期需要很多支持的话，但他们似乎并没有听进去。我可以看得到他们眼中的失望与控诉。为什么我不能挽救肯尼的腿？为什么我辜负了他们的期望？

与家属交谈之后，我回到了医生更衣室。时间是 4 点 50 分，我考虑要不要在沙发上睡一会儿，7 点半的时候好去查房。但是最后我打算回家。想到在家里的床上睡两个小时是我无法抗拒的诱惑。我本来想穿着手术服走的，但是低头看见裤子和鞋上都是血，于是就换了衣服，之后回了家。

去停车场的路上，下起了淅淅沥沥的小雨。我站了一会儿，钥匙还在车门上。我仰起头，让轻柔的雨滴洗刷着脸颊。冰雨在头上的灯下晃过。像这样站着感觉真好，能猛然发现人生并不都充满苦痛与磨难的感觉真美妙。我很庆幸做了回家这个决定，把这些丢在身后——至少一会儿的时间。

闭上双眼，我感受着雨滴的安慰。几秒钟后我晃晃悠悠地撞到了车上。猛地张开眼，回家。我想，我需要回家。

转身看看灯火辉煌的急救室的入口，有一辆救护车停在那里，门敞开着，里面空空如也，但是一股紧张的氛围却在空气中蔓延。驾驶室的司机位置上垂下一条安全带。我听见前座的收音机隐隐约约传来声响，说其他地方有需要急救的病人。在救护车的后面，我看到挂在车壁银色挂钩上血压仪的带子来回摆动。车底板上零落着一些雨水、药瓶、一个氧气罩，还有 10 块或者

20 块 4 寸见方血糊糊的纱布。

要是换一个晚上，我可能随着他们推着病人入内而进去了。我可以看见急救手术室的主治医师喊着命令，初级住院医生满头大汗，努力想开启静脉监控器。还有人正在检查寻找锁骨下的动脉。技师反复地做着血液检测，拍着 X 光片。

不是今晚，我对自己说。今晚是他们的舞台，不是我的。我要回家了。

打开车门，我一屁股坐在驾驶座上，将车掉转向西。我知道温度在回家的这 5 分钟里是不会上来了。因此前座的我轻微地打着寒噤。好在雨刷还可以工作。后视镜里，墨色的天空中现出一道灰白，黑夜慢慢地让路给白昼。

这是怎样的生活啊，我想。多么疯狂的生活。早上 5 点钟回家就把我乐得不行，仅仅是因为有机会在家中的床上睡上两个小时。

在车子行进过程中，我开始思考我的人生在过去这 4 年里的转变。我想起了和我一起长大的伙伴。每个圣诞节回老家的时候，我们都能聚上一聚，在一起开派对、开怀大笑，去欧迪酒吧玩桌球，看白袜队比赛，打十六寸的垒球，周六的晚上喝到卡拉汉酒吧关门。他们也会结婚、工作、养家，同时，他们也会长时间劳作，但是至少他们的生活是平衡的，至少不用担心无意中犯下的错会导致一个人的终身残疾。

我还记得那个时候，在很久以前，在我还是单身的时候，我游荡在西区的所有酒吧里，打着桌球，哼着爱尔兰小调，喝到酒吧关门，然后再找另一家，直到最后一家端上最后一杯酒。上帝！那看起来完全是另一种生活，另一个人。到底哪个才是真的我？

我喜欢 10 年前的自己，但是不确定是否喜欢现在的自己——这个外科医生。他是谁？我从来没有了解过他。我没有时间。时间是我用来完成更伟大的事情的工具。我已经学会了如何更有效率地管理时间，我已经变得如此崇尚实用主义和功利主义，我没有工夫去做无关紧要的事。

也许是由于夜太深，再加上缺少睡眠的缘故，我开始幻想遇到 10 年前的我。此刻，车子出了城，到了乡间路上。在最后一个街灯处，我似乎看见一个人——那是我，年轻时候的我，站在雨中，写有圣母队标志的夹克拉到了脖子下。他竖起大拇指，想要搭个便车。我停下，让他上车。我知道他认识我。他坐到了后座上，“砰”地关上车门，甩甩头上的雨水。

“谢了。”他一边说，一边偷偷地打量我。最初他还恭恭敬敬的，仿佛很敬重我——大概是由于看到我变了这么多的缘故吧。他感到自己处于劣势。我知道他的所有，而他却不知道我的。于是他盯着我看，猜想变化怎么会这么大。他也说不上是否满意这样的变化。他开始问我做了些什么。

“我是个医生。”

他惊奇地看着我，认为我在开玩笑，他从未想过要当个医生。他俯身把手放在前座上，我闻得见他呼吸中的酒气。

“真的，医生。嗯？”

“嗯。”

“什么医生？”

“骨科医生。”我只有在想给人留下深刻印象的时候才说“骨科医生”，而在其余的情况下，我就只说自己是“骨科的”。

“骨科，”他说，“就是处理骨头的，对不？”

“对，骨头和关节。”

“天呐，”他安静了一小会儿，然后问，“那，你结婚了？”

“嗯。”

“结婚了？”他看起来更像是惊讶而不是高兴，他想知道有关帕蒂的一切——长得什么样，我们怎么遇到的，她从哪儿来。当我告诉他我们有 4 个孩子的时候，他不可思议地盯着我。

“真的，”他更像是对自己说，“1 个老婆加上 4 个孩子。”坐在那儿，他望着窗外的雨，脸上挂着若隐若现的微笑。

我们就安安静静地坐着，各自望着与彼此不同的方向。车子在夜色中继续行进。我看见他在后座上不安起来，我知道怎么回事了。

“前面有户人家。”我指着路边的草丛说，“看来我得停车了。”

车子在草丛边上停了下来。他开了门，之后把身子向前一探，伸出手来。我们握手的时候，他感谢我的捎载，然后说："好好照顾帕蒂和孩子们，好吗？"

我笑了。"你都不认识帕蒂呢。"

他走下车，然后又把手放在门上，探头进来道："听明白我说的话。我不在乎医生不医生的，你一定先要好好待帕蒂。"

他定睛看着我。我知道那种眼神。一瞬间我明白，自己在被裁决着。

"不要担心，"我说，"我会的。"

"那就好。"

他还看着我，但是重心已经转移到了脚上。

"快点吧，"我指着草丛，"快点出去吧，要不一会儿来车会撞到你。"

他盯着我有几秒钟，像是要记住今晚发生的，仿佛如果不把握住这个时刻，这一切就只是个梦。终于，他甩手关上车门，举起手说再见，然后跌跌撞撞地走远。走过草丛的时候，我听见他在哼着熟悉的歌谣："自由来自于上帝的右手，它需要好好地训练……"

"正直的人会在我们的土地上重建国家。"我和着。

我重新启动车子，很高兴至少有人觉得我混得还不错，这让我信心倍增。

告别梅奥

6 月

一年一度的骨科住院医生欢送会在假日宾馆的宴会厅举办。有 1 小时的鸡尾酒会时间，结果被延长到两个小时，有牛排和土豆的晚餐，还有许多初级住院医生的欢送辞，称赞我们是多么优秀的住院医生。我们举起酒杯说："非常正确。"初级住院医生竟然还准备了幻灯片，是一幅取自《奥德赛》的画面。上面的独眼巨人和 BJ 非常相像，而那些女妖则被换上了骨科护士的脸。

吧台在餐前餐后一直开着。每个人都请我们喝酒，拍拍背，说着会如何想念我们的话。杰克·曼宁从卫生间出来，脑袋上带着个从婚礼宾客那里得来的帽子。比尔·查普林回来的时候，带着某个女孩从全美指挥大赛上得到的桂冠。"和我的领带很配，是不？"他问帕蒂。

帕蒂说看起来很不错,但是她不希望比尔开车回家。"事实上,"她说,"你们都不要开车。"

晚宴结束的时候，我郑重地与杰克、弗兰克还有比尔握了手，然后告诉他们闭上嘴巴，我有很重要的话要讲。张嘴的时候，我已经有点站不稳了。我说我永远不会忘记他们在我做兼职的时候帮我看管传呼机。“要是没有你们，帕蒂和我可能走不到今天，”我说，“你们就像是我的兄弟。”

弗兰克说谢谢，但他可不想有一个带着一大帮孩子的兄弟。

琳达在弗兰克肩膀上打了一下，说:“帕蒂和迈克可不需要你的俏皮话。”爱丽丝·查普林给了我一个大大的亲吻，告诉我“好好待帕蒂，否则我就杀了你”。苏·曼宁说她喜爱我，还说芝加哥有的是爱尔兰天主教婴儿，问我能不能放帕蒂一马。

然后，杰克开始信口开河地说我们是世界上最棒的哥们儿，可不可以和他一起唱《绿贝雷帽之歌》？我们唱了，虽然除了杰克，谁都不会歌词。

接着，弗兰克唱了一首伤感的牛仔之歌。歌中讲的是除了马，所有人都被杀了的事。唱完的时候他说，在他的农场总会给我们留着位子，让我们去玩。“每个人,”他重复道,“任何时间。就连你和你那一大堆孩子也包含在内，柯林斯。”他搂着我的肩膀说。之后又走向帕蒂,吻了她,说她应该去玩,当然，不要带我。

既然每个人都唱了，我也唱了那首《重建家园》。杰克说这歌真傻，还说爱尔兰人不管什么都要打仗，既然这样，为什么不相互打，让世界上其余的人们消停消停。

比尔正了正桂冠，说我们都是一群流氓，他可不愿让我们中的任何一个人给他的狗做手术。然后，又一轮的攻击开始了。

∽　∽　∽　∽

我们就此分手了。比尔去了密苏里一家大的综合医院；弗兰克回到怀俄明，在杰克森霍尔附近的一家三人诊所工作；杰克·曼宁则留在了梅奥。

“他们要了曼宁，但我才是他们真正想要的人。”比尔说。

到现在，妻子们已经把我们拽到了停车场。她们站着，抱着肩膀等我们。“哼，梅奥的大人物每天都给我打电话，打了一个月，”比尔接着说，“但是我知道杰克老兄还找不到工作，于是我去找 BJ。我说，‘BJ，我们需要谈一谈。我和你，单挑，是关于杰克·曼宁的。他找不着工作，没人愿意雇用那个蠢货。我们要做点什么，BJ。看在我的面子上，你能给他在梅奥留个位子不？’”

“老 BJ 给我一支大个的古巴雪茄，‘比尔，’他给我点上说，‘别管这个杰克·曼宁了，你才是整个队伍中最耀眼的明星，要怎么样你才能留下呢？’”

“我伸手搂住他。‘BJ，’我说，‘你这儿不错，我很乐意帮助你，可我是个闲不住的拉斯维加斯伙计，我要走了。但你要是给曼宁找个工作，那么我会感激你的。他可以处理所有感染的、疑难病症的，还有工伤赔偿的病例。’”

“BJ 伤心地摇摇头。‘曼宁！’他说。我看见他眼里的失望。最后他站起身，叹口气说：‘好吧，比尔，我看在你的面子上——但你欠我一个人情，大人情。’”

“查普林，”杰克说，“他们发明胡吹的时候你在哪儿呢？”

∽ ∽ ∽ ∽

告别晚会结束了，但是没有人说再会。我们默然地站在停车场昏暗的灯光下。4 个想要让时光凝固的家伙。我们不想这个夜晚、我们人生中的篇章就这样结束。我们 4 个或是盯着地面，或是看着远方的天空，就是不敢看彼此的眼睛。我们的老婆都耐心地站在假日宾馆的出口处等着，看着我们疯狂——她们也不想夜晚就这么结束。与我们一样，她们也知道在告别后，各自上车，我们告别的不单单是彼此，而是许许多多的人和事。

我们就那样站着。就像认为自己患上癌症的病人，不愿意让医生做活体检查一样——仿佛没有检查结果，就说明自己并没有得癌症似的。似乎如果拒绝做检查，就不会得癌症；如果我们不道晚安，如果我们就这样站在停车场里，我们就能永远地做朋友和住院医生。我们，在过去的 4 年里一直抱怨狗一样的工作、可怜的薪酬和永远没有自主权的我们，在这一切就要结束的时候，竟然很舍不得。

最后，女人们走过来。

“走吧，杰克，”苏柔声说道，“我们该走了。”

杰克点点头，但是什么也没说道。他站在那里，低着头，轻轻地踢着沥青路面。

帕蒂把手放在我的肩上。“迈克，”她说，眼里盛满恳求，“还有一刻钟就到 3 点了。”

我看着她笑了。“你听起来像欧迪家的酒保，”我说，“下一句你就会问了，‘你们没有家要回吗？’”

我长吁了一口气，转向弗兰克·威尔士，“好了，牛仔，我想是时候带上马刺出发了。”

弗兰克点头。“4 年，”他缓缓说道，“很高兴与你共事，迈克。很高兴。”

我拍拍比尔·查普林的后背，“管好阴部神经，成吧？”

比尔大笑，骂我滚蛋。

是时候了，我们都知道。我把手中的麦带啤酒放在身边车子的发动机盖上，最后一次与 3 个人握了手。我亲吻了爱丽丝、琳达和苏。

之后帕蒂载我回了家。

HOT LIGHTS , COLD STEEL

Life, Death
and Sleepless Nights
in a Surgeon's
First Years

最后一日

6 月末

这是我就任住院总医生的最后一天。没有毕业典礼，没有学位帽、学位袍，没有仪式和庆典，就连证书都没有。大家都认为我们应该收拾收拾，马上走人。在大厅里，我遇到了几位住院医生。他们太忙了，来不及交谈，但是都拍拍我的肩膀，祝我顺利。我上楼到住院医生休息室收拾柜子和邮箱。邮箱旁边的一把老旧的扶手椅上，一个身穿蓝色运动服的住院医生正在熟睡，脑袋歪到右侧，嘴巴微微张开。

下午的时候，我把传呼机交给圣·玛丽医院的操作员。4 年来的唯一一次，他没有再给我个新的。从高中起就开始的 17 年教育就此结束了。世上最负盛名的医疗机构将我派遣出去，向全世界声明我准备好了。

但是我并没有感觉自己准备好了。当然了，我在初级住院医生的眼里相当于神——当我是初级住院医生的时候，即将卸任的住院总医生在我眼里就是一个神。然而，我还有许多东西要学习。什么时候我能像“全能先生”、汤姆·黑尔或是安东尼奥·罗梅罗那样呢?

∽ ∽ ∽ ∽

帕蒂和我坐在后院里的秋千上，谁都没有说话。我们刚刚结算完，明晚就会有另一户人家住进我们的房子里了。

“再过一周，覆盆子就能摘了。”我用下巴指着角落的架子说。

“再过一周，我们就不在这儿了。”

我不用看也知道帕蒂在哭泣。她在兜里摸着纸巾。我不知道为什么，她从来不带的。于是我把手绢递给她。

她擦擦眼睛说：“能抱抱我吗？”

于是我俩起身，我用手抱着她。

“感觉真好。”她把头靠在我胸前说。

我想，这就是我最想要的离开世界的方式——我不在乎是否富足或是声名斐然，只要让我能在帕蒂的怀中死去。

我们之间有很长一段时间的沉默。我知道她在想什么。“我得离开，亲爱的，”我说，“你不也是吗？”

“是啊，”她说，“来的时候我哭了，走的时候我又哭了。”

她看着我笑了。这就是帕蒂，总是带着勇气面对未来。我从来没有告诉她这个伤心的微笑让我的心都碎了。我猜没人告诉她微笑和眼泪放在一起是非常不配的。

“好了，”我亲亲她的前额，“我要上班了，你确定没事儿？”

“嗯，”帕蒂说，“我们没事的。”

这是个周五的晚上。第二天早上搬家工人就要来了，但是搬家工人要钱，像往常一样，可是我们没钱。工人们说要是周一早上在芝加哥没有支票在等着他们，他们就不会卸货。

我们没有钱，但是已经做好了准备。帕蒂会指导搬家，然后开着我们的小卡车载着孩子们去芝加哥。同时我会借辆车去曼卡托，做一场“马拉松”的兼职：从周五晚上 7 点到周一早上 5 点。完事之后，我驶回罗切斯特，还车，然后飞回芝加哥，去银行兑现兼职所得，最后去新家付钱给搬家工人。

事情如计划进行。第二天，帕蒂督导了整个搬家过程。之后，弗莱厄蒂夫人赶了过来。从我们搬到罗切斯特的时候起，她的女儿玛丽就一直做我们的小孩看护。弗莱厄蒂夫人将圣水洒在车子上，还有帕蒂和孩子们的身上，祈祷一路顺风。

晚上 8 点，她们平平安安地到达帕蒂母亲家中。与此同时，我则在曼卡托兼职。周六早上 3 点半，救护车送来一个颈椎骨折的病人。我稳住他，然后打电话给梅奥安排转院。史蒂夫·德伯克是值班的骨科住院医生。他刚刚完成了基础科学培训，现在已经是高级住院医生了。

“你是柯林斯医生，前梅奥住院医生吗？”

“前”字从他嘴里说出来很别扭，但是他说得对——我不再是他们中的一员。明天早上，一群医学院的新毕业生就要进入梅奥了。我的朋友们、住院医生同事们都走了。比尔、弗兰克、杰克还有其他人都会整理行装，重新上路。他们住院医生的生涯结束了，可我还在工作。我是我们中的最后一个，最后的住院医生。

“你知道不，我刚刚想起点儿事，”我说，“我不在梅奥干活了。直到下周我才开始新工作。我卖了房子，直到周一才有新的住处。我现在，34 岁，结婚了，有 4 个孩子，但是没工作、没家、没钱。”

史蒂夫大声地打着呵欠：“大半夜的，3 点钟，你打电话给我就为了说这个？”

“不，不是。我这里有个第五颈椎爆裂骨折的病人。神经没有受损，但骨折情况很不稳定。”

“没问题，送他过来吧。”

康妮·弗莱茨周日晚上上班的时候看到我说：“你疯了，不是吗？”康妮在圣·乔医院上夜班已经有 27 年之久了。在过去的 4 年里，我们相处得很愉快。“周五晚上我和你上夜班，”她说，“然后我回家睡觉、买东西、看孙子们。周六晚上我们一起上夜班，然后我回家睡觉、去教堂、在我妹妹家吃晚饭。现在是周日晚上，我又来上夜班，你还没走。你看起来很糟糕。怎么了？发生什么事儿让你这样拼命工作？”

我告诉康妮说并不太糟。我偶尔也睡一会儿。

“小伙子，睡得少，小心 40 岁就死掉。”她说。

“如果我死了，你能到芝加哥，帮我带孩子吗？”我问。

“我会到芝加哥，在你坟上尿尿。”

∽　∽　∽　∽

到周一早上 5 点的时候，我已经整整工作了 48 个小时，中途仅睡了几个小时觉。我现在浑身异味、胡子拉碴、双眼乌青，只是凭着本能在工作。我似睡非睡、似醒非醒，不知是死是活——这和我过去 4 年的状态也差不多。我麻木地从一张病床走到另一张病床，检查发炎的耳朵，听诊疼痛的腹部和缺血性痉挛的心脏，以及修补开裂的伤口。

我喜欢做修补伤口的工作。因为在这期间，我可以暂时停止大脑复杂的思考，维持一种类人猿的状态即可。然后就皱起眉头，全神贯注地慢慢缝合每一针。小心翼翼地将针从伤口处穿进穿出。在穿针引线、剪刀纱布之间存在着的无声节奏，有一种舒服的小资情调和踏实感：无牵无挂地朝着既定目标做着重复的动作；伤口的边沿逐渐地随着针脚而靠拢。

完成修复之后，我抹掉最后一点血迹，仔细地包扎，然后直起身。一瞬间，我又丢失了焦点，迷茫起来。现在做什么？

没有什么事情需要我处理，我发现自己没办法再工作了。我无比渴望快点下班，闭上双眼休息一下。同时我又不得不承认，我喜欢这样的缝合术。再有 30 分钟就全都结束了。

缝完最后一个醉汉的伤口，接收最后一个胸部疼痛的病人入院，以及开完最后一例抗生素处方，我把处方簿随手扔到柜台上，把大褂丢在篮子里，和护士吻别。现在，轮到我“吞锚”了。

康妮递给我一杯咖啡，说：“现在滚吧，你这个呆子。”然后在我开车离开的时候，她召集了所有护士，站在门口挥手道别。“小心驾驶，医生。”“照顾好孩子们。”“有时间的话回来看看我们。”

我摇下车窗，解开上衣扣子，打开收音机，一路向东，朝着初升的太阳，最后一次回到罗切斯特。在半梦半醒的状态下我开着车，沉浸在回忆之中。鹰湖、史密斯磨坊、简斯维尔，这些镇子中都有我曾经看过的病人。有的是缝合，有的是打石膏，还有的是修复骨折或是抢救。我打心眼里喜爱他们，也为自己曾经帮助过这些人而感到满足。虽然那是无比繁重的工作，而且有时我会感觉自己正在自杀，但是现在我记起的是这些工作曾带给我怎样的乐趣，以及从医是件很棒的事。

我勉强在回罗切斯特的路上保持清醒，但却差一点儿错过航班。

“您最好快点儿，”登机口的女士对我说，“飞机就要起飞了。”

我想跑过通道，但是双腿不听使唤。空姐正要关门的时候，我连滚带爬地上了飞机。她好奇地看着我，检票后把我带进了机舱。我嘴上嘟囔着谢谢，一步三晃地走到座位，“扑通”一声坐下，终于可以闭上眼睛了。

∽　∽　∽　∽

呜呜。

一阵噪音。从远处传来的噪音。

呜呜。

是人的说话声。

“先生。”有人说道。

我睁开眼睛。声音从一张脸那里传来。为什么眼前有一张脸呢？

“先生，飞机已经着陆。请您下飞机。”

42 最后一日

飞机？着陆？

“先生，您还好吗？”

“没事。”我说。

“我们到芝加哥了。您需要下飞机。”

“下飞机。”我站起身，差一点摔倒。机舱里没有乘客。

“先生，这是您的包吗？”

“我的包？啊，是我的包。谢谢。”

我兄弟蒂姆来接我。我没有行李。蒂姆拉我到银行，我拿到了银行支票。之后他把我拉到新家。帕蒂和孩子们已经在那里了。

帕蒂看着我，好像在看一个小丑。

“怎么了？”我说。

“我在想当初为什么嫁给你。”

我用手摸摸下巴。“因为我无比的帅气和过人的才干，还有我的——”

“拿到支票了吗？”

“支票？什么支票？”

“不要让我打你。”

9点整。搬家工人从卡车上下来，伸着懒腰，打着哈欠。帕蒂与他们之间已经熟络到直呼其名。当然，他们也喜爱帕蒂。在罗切斯特搬家的时候，帕蒂给他们吃点心、爆米花，还有啤酒。而反过来，他们陪孩子们玩，知道了孩子们的名字，也听说了那个工作三天三夜才能有钱付给他们的男主人。

“你做到了，大夫，哈？”搬家工人收起支票，放进上衣口袋里。

“是啊，我做到了。”

“你睡过觉了吗？”

“睡了一点儿。”

“这是你的收据。”他递给我一张纸，“完事儿的时候还需要你签字。”

“到时候我可能不在这儿了。”

“啊？你去哪儿？”

“睡觉。”

“啊，也是，”他笑了，“等会儿，你看看这个。”他卸下沉重的门插，打开车后门。第一个映入我眼帘的就是我们的床。“帕蒂一定要我们把床放在最后。她说你可能会用到。”

就在这时，帕特里克跑过来，与搬家工人击掌相庆。“耶！哦耶！”他喊着。

“嗨，小短腿儿。你过来帮忙吗？”

“帮。”帕特里克挥舞着手臂含糊地说着。

不到10分钟，我们的床就组装好了。总是十分周到细心的帕蒂甚至准备好了床单和毯子。

“你娶的真是个了不起的女人。”搬家工人和我说。

“帕蒂？她是最棒的。”

我一头倒在床上，手蜷在枕头底下，闭上双眼。在残存最后一丝清醒的时候，我意识到自己是多么的幸运：我忽然发现过去的4年——那些漫长的工作、微薄的薪水、漫长的学习、辛苦兼职以及值班的日日夜夜——一切都值了。我忍受过的每一件事的每一部分都值了。

搬家工人拿起最后一件工具，关上灯。他还未出门，我已进入了梦乡。

Hot Lights , Cold Steel

Life, Death and
Sleepless Nights
in a Surgeon's
First Years

译者后记

白灿灿的无影灯悬在头顶上方；明晃晃的手术刀在手间传递；面前的手术台上躺着等待拯救的病人；紧急输血、CPR、截肢……每一次抉择、每一次走刀都决定着病人下一秒的生命状态。而这，仅仅是住院医生所经受考验的一部分，更大的考验还来自于生活、工作与前程的三重重压。住院医生们的工作量巨大，但是薪酬却较少，和付出的辛苦不成正比。然而，有志于医疗事业的住院医生们，顶住了巨大的压力，执着地前行。因为困难过后即是黎明。这一切在《梅奥住院医生成长手记》一书中得到了充分的展现。

如果你对光鲜的医生职业颇有微词，如果你有志于拯救受苦的病人，如果你想感受手术室里屏息静气的紧张氛围，如果你想了解或白或蓝的大褂后面不同于常人的喜怒哀乐，那么，来读一读这本书吧！

栀子花飘香的季节，我终于完成了《梅奥住院医生成长手记》的翻译工作。翻译的过程有如参演一段跌宕起伏的电影人生。书中许许多多的病人的惨痛遭遇常让我夜不能寐，感慨世事无常。同时，主人公对前程的担忧、对手术及病人的认真负责、对妻儿与家庭的关爱与亏欠也紧紧地牵动着我的心。我已经走入了这个五味杂陈的住院医生世界，在阅读与翻译中收获着情感上的愉悦。

然而，常言道：幸福总是伴着辛苦。在翻译本书的过程中，不可避免地遇到了些许困难。但好在这是一本不可多得的教人克服困难的书，主人公痛并快乐着的精神时刻感染着我，让我能够及时走出沮丧的阴影，充满信心地前行。

本书得以顺利地翻译出版，首先需要感谢我的家人对我翻译工作给予的全力理解与支持，感谢我求学阶段的导师李增教授将我引上翻译工作的道路，以及好友谢玉鑫、刘畅、夏朝雪、许向心、李明、白帆、王颖杰、梁霄、张明霞为本书翻译出版的沟通工作所付出的努力。最后，怀着谦卑的心，希望读者能够接受这本译著。倘若读者们能够喜爱此书并从中受益，那将是译者的无上荣光。

未来，属于终身学习者

我这辈子遇到的聪明人（来自各行各业的聪明人）没有不每天阅读的——没有，一个都没有。巴菲特读书之多，我读书之多，可能会让你感到吃惊。孩子们都笑话我。他们觉得我是一本长了两条腿的书。

———查理·芒格

互联网改变了信息连接的方式；指数型技术在迅速颠覆着现有的商业世界；人工智能已经开始抢占人类的工作岗位……

未来，到底需要什么样的人才？

改变命运唯一的策略是你要变成终身学习者。未来世界将不再需要单一的技能型人才，而是需要具备完善的知识结构、极强逻辑思考力和高感知力的复合型人才。优秀的人往往通过阅读建立足够强大的抽象思维能力，获得异于众人的思考和整合能力。未来，将属于终身学习者！而阅读必定和终身学习形影不离。

很多人读书，追求的是干货，寻求的是立刻行之有效的解决方案。其实这是一种留在舒适区的阅读方法。在这个充满不确定性的年代，答案不会简单地出现在书里，因为生活根本就没有标准确切的答案，你也不能期望过去的经验能解决未来的问题。

而真正的阅读，应该在书中与智者同行思考，借他们的视角看到世界的多元性，提出比答案更重要的好问题，在不确定的时代中领先起跑。

湛庐阅读App：与最聪明的人共同进化

有人常常把成本支出的焦点放在书价上，把读完一本书当作阅读的终结。其实不然。

时间是读者付出的最大阅读成本

怎么读是读者面临的最大阅读障碍

“读书破万卷”不仅仅在“万”，更重要的是在“破”!

现在，我们构建了全新的“湛庐阅读”App。它将成为你“破万卷”的新居所。在这里：

- 不用考虑读什么，你可以便捷找到纸书、电子书、有声书和各种声音产品；
- 你可以学会怎么读，你将发现集泛读、通读、精读于一体的阅读解决方案；
- 你会与作者、译者、专家、推荐人和阅读教练相遇，他们是优质思想的发源地；
- 你会与优秀的读者和终身学习者为伍，他们对阅读和学习有着持久的热情和源源不绝的内驱力。

从单一到复合，从知道到精通，从理解到创造，湛庐希望建立一个“与最聪明的人共同进化”的社区，成为人类先进思想交汇的聚集地，与你共同迎接未来。

与此同时，我们希望能够重新定义你的学习场景，让你随时随地收获有内容、有价值的思想，通过阅读实现终身学习。这是我们的使命和价值。

倡导亲自阅读

不逐高效，提倡大家亲自阅读，通过独立思考领悟一本书的妙趣，把思想变为己有。

阅读体验一站满足

不只是提供纸质书、电子书、有声书，更为读者打造了满足泛读、通读、精读需求的全方位阅读服务产品——讲书、课程、精读班等。

以阅读之名汇聪明人之力

第一类是作者，他们是思想的发源地；第二类是译者、专家、推荐人和教练，他们是思想的代言人和诠释者；第三类是读者和学习者，他们对阅读和学习有着持久的热情和源源不绝的内驱力。

CHEERS

以一本书为核心

遇见书里书外，更大的世界

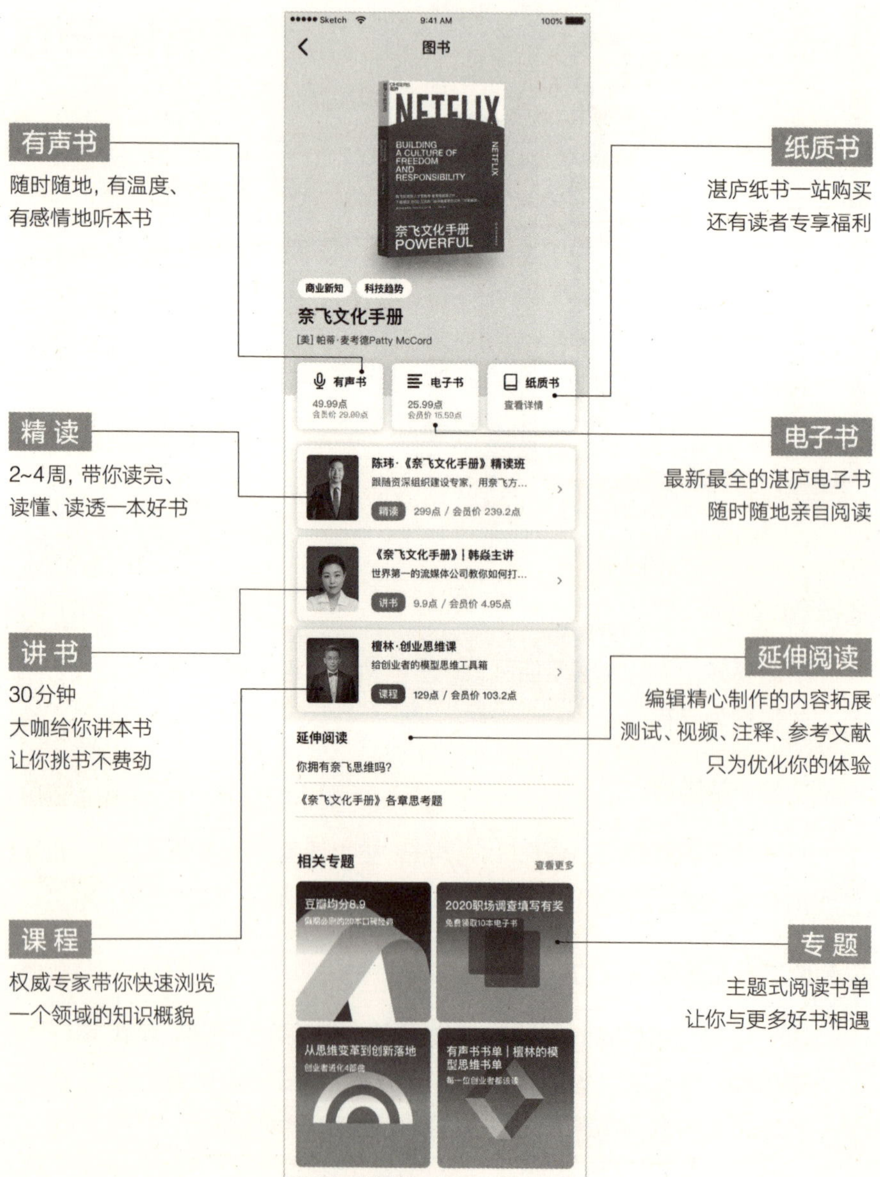

湛庐文化获奖书目

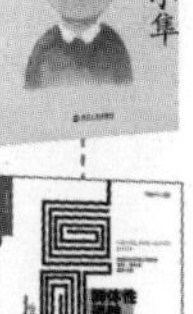

《爱哭鬼小隼》
国家图书馆"第九届文津奖"十本获奖图书之一
《新京报》2013年度童书
《中国教育报》2013年度教师推荐的10大童书
新阅读研究所"2013年度最佳童书"

《群体性孤独》
国家图书馆"第十届文津奖"十本获奖图书之一
2014"腾讯网•啖书局"TMT十大最佳图书

《用心教养》
国家新闻出版广电总局2014年度"大众喜爱的50种图书"生活与科普类TOP6

《正能量》
《新智囊》2012年经管类十大图书，京东2012好书榜年度新书

《正义之心》
《第一财经周刊》2014年度商业图书TOP10

《神话的力量》
《心理月刊》2011年度最佳图书奖

《当音乐停止之后》
《中欧商业评论》2014年度经管好书榜•经济金融类

《富足》
《哈佛商业评论》2015年最值得读的八本好书
2014"腾讯网•啖书局"TMT十大最佳图书

《稀缺》
《第一财经周刊》2014年度商业图书TOP10
《中欧商业评论》2014年度经管好书榜•企业管理类

《大爆炸式创新》
《中欧商业评论》2014年度经管好书榜•企业管理类

《技术的本质》
2014"腾讯网•啖书局"TMT十大最佳图书

《社交网络改变世界》
新华网、中国出版传媒2013年度中国影响力图书

《孵化Twitter》
2013年11月亚马逊（美国）月度最佳图书
《第一财经周刊》2014年度商业图书TOP10

《谁是谷歌想要的人才？》
《出版商务周报》2013年度风云图书•励志类上榜书籍

《卡普新生儿安抚法》《最快乐的宝宝1•0~1岁）
2013新浪"养育有道"年度论坛养育类图书推荐奖

图书在版编目（CIP）数据

梅奥住院医生成长手记 /（美）柯林斯著；裴云译 .—杭州：浙江人民出版社，2016.4（2021.11重印）

ISBN 978-7-213-07232-1

Ⅰ.①梅… Ⅱ.①柯… ②裴… Ⅲ.①随笔-作品集-美国-现代 Ⅳ.①I712.65

中国版本图书馆 CIP 数据核字（2016）第 056597 号

上架指导：社会科学 / 医学

梅奥住院医生成长手记

作　　者：［美］迈克尔·柯林斯　著
译　　者：裴　云　译
出版发行：浙江人民出版社（杭州体育场路347号　邮编　310006）
市场部电话：（0571）85061682　85176516
集团网址：浙江出版联合集团　http://www.zjcb.com
责任编辑：吴　华
责任校对：杨　帆
印　　刷：石家庄继文印刷有限公司
开　　本：710 mm × 965 mm　1/16　　**印　　张：**17.75
字　　数：26万　　**插　　页：**1
版　　次：2016年4月第1版　　**印　　次：**2021年11月第6次印刷
书　　号：ISBN 978-7-213-07232-1
定　　价：49.90元

如发现印装质量问题，影响阅读，请与市场部联系调换。